寂静证词

无声

不明眼
——
著

中国出版集团　现代出版社

目录

〈 热转杀手 〉

1

凌晨两点，周宁市某高层小区。

周末刚过，第二天一早还要上班的白领们大多已经进入梦乡，小区里静悄悄一片，偶尔还能听见远处刚开发的楼盘工地里传来几声狗叫。

安静的房间里，戴帽子的男人跨过地上巨大的阴影，他动作熟稔地打开电脑，翻了几条房主人的最新微博动态，很快便在黑暗里发出一声冷笑。

时间逼近两点十五，男人合上电脑，他手脚很轻地下了楼，在这样的深夜里，他的身影很快就消失在夜色当中，甚至像从没有来过一样。

次日下午。

阎非赶到的时候是下午六点多，他穿着一身黑色行头，更显得整个人雷厉风行，接过副手姚建平递来的资料："报案的人是谁？"

"是被害者的女友报的警。"姚建平天生一张娃娃脸，"被害人叫赵博，独居。"

"监控呢？"

"小区是新小区，监控都还没开呢，就是摆个样子。之前还有业主在那儿堵物业要说法，动静太大，怕把媒体招过来，所以现在劝他们回家了。"

两人从二十二楼出去，进了左手边的屋子，阎非套完鞋套往里走了两步，谢顶的法医刚刚从尸体边起身。

郭兆伟是他们这儿除了段局之外年纪最大的，一帮徒弟都还没出师，不得已只得回回自己跑现场，见阎非来了，说道："死亡时间在凌晨的一点半到三点左右吧，颈上有被电击过的痕迹，不致死，真正的死亡原因是机械性窒息，用某种绳子勒的。"

阎非环顾四周，赵博不大的家里到处都挂着健身的照片，茶几上还放着几大罐蛋白粉，门口的鞋子也大多是运动鞋。"是健身教练？"

"以前是，现在是健身网红。"姚建平带着阎非进了其中一间房，本来会被当作客卧的房间里摆着跑步机和动感单车，周围还配有很多直播的工具。阎非打开电脑，亮起的屏幕上显示的正是死者赵博的微博主页，粉丝七十万，是有认证的大 V。

阎非皱起眉："又是一个网红，跟昨天那个许丽一样也是被勒死的，还有电击痕。"

"而且一样都没监控。"姚建平感到头疼，也就在一天前，一名二十六岁的女性被勒死在南岗公园的东湖旁，事后发现她是周宁市一家大型网红孵化公司的旅行博主许丽，有夜跑的习惯，几乎每天晚上都会在南岗公园夜跑。案子先是被报到分局，后又因为影响恶劣，由市局接手。

姚建平道："速度太快，两天之内就死两个，而且怎么这么巧，都没监控，总不能是算计好的吧？"

阎非合上屏幕："既然都是网红，让技术那边查一下微博，然后你按照老郭给的时间调小区监控，凌晨两点半小区门口不会有太多人，一个个筛一遍，我晚点来看。"

"好。"

相同手法死了两个人，事情的苗头不太好，阎非最终决定要打电话给段局反映一下情况，他拿出手机，正好林楠的电话打进来，一接通，电话那头匆匆说道："阎队，刚刚来了一个人报警，请求我们保护他，还说这两天的案件也和他有关系，他可能会是下一个受害者。"

阎非一怔："许丽案的细节都没有公开，他是怎么知道的？"

"他说受害者联系过他，我查了一下，好像是个搞媒体的，很多事儿没敢和他细说，老大，你要不回来直接见见他？"

"我知道了。"

阎非挂了电话便回了队里，林楠在电梯门口等着他，见了阎非先把来人的底子给报了。萧厉，二十八岁，职业是自媒体，主要经济来源是给周宁市几家比较大的报刊和公众号写稿，他查了一下微博，之前这人也给局里找过不少麻烦。

林楠愤愤不平："之前那篇说我出警作风粗暴的东西就是他写的。"

阎非这下终于知道这个名字为什么这么熟悉了，他推门进了接待室，因为之前出了作风粗暴的舆论风波，现在房间里都多了零食和茶包。

在那儿，一个扎着小辫子的年轻男人正在桌上挑着零嘴，看长相倒是有几分亲和力，见到阎非进来笑笑："知道你们平时都很忙的，我本来还以为我今天盼不来了呢。"

"我是支队队长阎非。"阎非和萧厉握了一下手便直入主题，"我的同事说你认为有人会对你不利，为什么这么说？"

萧厉没想到阎非上来连半句寒暄都没有，愣了一下道："赵博是我朋友，我用微信联系他，今天一整天他都没回过我消息，也没有直播。"

他看着阎非，却不见这个五官端正的刑警脸上有丝毫的波动，萧厉有些没趣："赵博以前是我的私教，几天前他和我聊天的时候说有人给他发私信，要他为自己的行为负责，还说他认识的另外一个人也收到过这条私信。我从他发给我截图里的头像判断了一下，之前那个收到这条私信的应该是和赵博互关的旅行博主，网名叫'四处旅游的呱'，网传前天她死在南岗公园里了。"

阎非脸色不变："那这些和你又有什么关系？"

"阎队，我是搞媒体的。"萧厉说话时习惯性地转着手腕上戴得很紧的腕表，"对这样的事情保持一定的好奇是我们这行的通病，赵博和我说了之后，我翻完他和那个旅行博主的微博，在里头找到了一条最近他们共同的热门转发，是关于一个玩 cosplay 的女孩子拍摄色情写真的曝光文章，既然是要对自己的行为负责，那多半就和这种网络骂战有关。我当时不就无聊嘛，为了测试真伪，一时手贱也就跟着转了。"

"你也转发了？"阎非皱起眉，"你收到那条私信了吗？"

"目前还没有，但是如果说赵博和之前的旅行博主都出事的话，那应该只要微博粉丝超过一定基数就可能会成为靶子，我现在有四十五万粉丝。"

"你为什么这么确定是那条微博？"

"因为网红都得注意形象，以他们的粉丝数已经不需要再发表激烈言论引流了，成名之后都是这样，转发这种东西人设容易崩塌，所以这个就很奇怪。"

阎非面不改色："那你为什么觉得赵博会出事，就因为他不回你信息吗？"

阎非的话里既没有肯定也没有否定，萧厉叹了口气："对于网红来说，资讯就是一切，尤其是赵博的大多数客户都是靠微信和他联系，他不可能长时间不看微信。"

阎非沉默了一会儿，就在萧厉觉得他要给出说法的时候，阎非却说道："你所说的情况我们会考虑，只是现在事态还不明了，请你留下联系方式，我们会和你联系的。"

萧厉震惊："老哥，真的不保护我一下？都死了两个人了。"

阎非没说话，但脸上就写着"你觉得呢"几个大字，萧厉见状只能无奈地站起来："阎队，你以后会后悔这事儿的。"

眼看阎非一副油盐不进的样子，萧厉这下算是知道他一点儿机会都没有了，最后又不甘心地抓了两袋零食，跟着林楠出去了。他也没想到和阎正平的儿子第一次打交道会是在这种情况下，结果多少也有点让萧厉失望，阎非的嘴巴很严，本来还想再不济也能骗到点情报，结果到头来他反倒是像来给这个阎罗王送情报的，真是得不偿失。

出了支队，萧厉在隔壁的便利店里买了包烟，看他的金主兼前女友罗小男又发来催稿的消息，萧厉用牙咬住烟屁股，心想都要死了，这个女人还想着压榨他，简直不是人。

接近七点，他不甘心地打开私信列表，见没有任何新消息，萧厉不禁烦躁地抓了一把扎得有点乱的头发。

与此同时，刑事侦查局八楼，阎非刚刚翻完赵博案现场的勘查报告，死者的财物并没有少，家中的贵重物品也都在。林楠帮着姚建平把监控记录拷过来，临走前阎非叫住他："小林，这个萧厉你带人去看着点，无论有没有人盯上他，放任他私自去查这个案子也很麻烦，现在这个时期敏感，不要让他乱发布什么和案情有关的东西打草惊蛇，引起舆论上的恐慌。"

自从进了刑侦局，这样的嘱咐林楠已经不止一次听到过了，说起来还是个历史遗留问题。近二十年来，周宁的媒体一直和他们支队不太对付，自从当年的"七一四案"成为刑侦局之耻，公众对于刑侦局的工作一直相当苛刻，上级领导一方面鼓励媒体进行监督，另一方面也多次要求局里做好舆情上的措施，不能让大众怀疑司法的公正性和办案效率。

林楠叹气："我知道了阎队，这个事儿交给我吧。"

阎非点点头让他走，埋头开始看监控，但很快就发现凌晨一点半到三点之间没有任何人出入过小区正门，只有零星的车进入车库，而到了早上六点左右，小区的清洁人员便已经上班，人流也开始多了起来，这时候再排查就失去意义了。

如果真的是因为网络上的信息杀人，那对方是如何对应上网络和现实中的身份，又是如何在现实当中找到这些人的？网络不存在地域性，死去的两个网红却都在周宁，难道是巧合？

阎非并不喜欢等，一想到线索，人就已经起身往楼下的技侦科去了。

除了这些受害者，他也确实还有些别的东西想查。

2

从某种程度上来说，阎非在周宁市刑侦局算是个挺有名的人物。

做他们这行，单身的比例奇高，谈恋爱的人本就不多，其中结了婚的就更少。这么长时间以来，阎非左手无名指上戴着的戒指局里几乎人人都见过，实习小姑娘来了一批又一批，每次看到那枚戒指脸上都要不自觉失望个两三秒，也有很多人好奇阎非从不露面的妻子到底长什么样，问起局里的一些老人，对方却大多缄口不言。

就和二十年前的"七一四案"一样，这件事几乎成了刑侦局的禁忌。

"所以，没人知道他老婆的事儿？我刚听见他和咱们头儿打电话了。"

晚上八点，刚从临市调来不久的技术员张琦和邻座的丁曼咬耳朵，还没说上两句，一个身材瘦削的人大步从电梯那边过来，对两人道："有点东西要查。"

张琦没想到几分钟前才说的人这就出现了，目光不自觉扫过来人的戒指。阎非道："帮我查一下这两天遇害的赵博和许丽的微博，他们之前转发过一条关于cosplay玩家拍摄色情写真的消息，应该还没删，我现在要知道那条微博里主要涉及人员的真实姓名。"

"好。"张琦有了工作也顾不上八卦了，一番操作后很快就出了结果，两名受害者上个月确实都转发过一条和cosplay相关的内容，COSER网名喵二，是认证用户，真实姓名是陈雨。

就在上个月十七号，有一个名叫"说给喵二听"的微博小号发了这条微博，上头列举了喵二过去曾经拍摄的色情写真，并附上了相关照片，在网络上被转发了将近三千条。

张琦道："平台方面回应，'说给喵二听'的小号因为发布信息少，并没有经过实名认证，无法查出是谁发的这条微博。"

丁曼打开陈雨的户籍信息："陈雨今年二十四岁，之前在一家直播平台工作……"

"之前？"阎非打断她，"她现在怎么了？"

张琦叹气："自杀了，这个月二号尸体被发现，能查到她的死亡证明，是吃了安眠药之后割腕死的。"

"是因为之前的网络暴力吗？"

"无法核实，不过陈雨最后发的微博确实比较消极，具体信息需要走访之后才能确认。"

阎非陷入沉默，陈雨如果已经死了，那凶手的动机极有可能是为她报仇，虽然阎非并不信任媒体，萧厉投稿的那几个公众号也多少给他们添过麻烦，但现在看来，他提供的确实可能是关键性线索。

"陈雨的工作性质是什么样的，那条微博里说的东西是属实还是编造的？"

阎非的指尖敲着桌面，这一次张琦更清楚地看见了那枚戒指，是一枚铂金婚戒，也不知道另外一枚戴在谁的手上。

她微微走了一下神："现在还没有查到，不过陈雨在死前曾经再三澄清过这件事，但负面影响仍然很大，每一条澄清微博的下头都有不少人在攻击她，说她敢做不敢认。"

丁曼道："相对转发数目较多的有五个人，许丽，网名四处旅行的呱，转发数目 381 条；赵博，网名赵大兄弟，转发数目 414 条；还有三个，分别是 123 条转发的宠物博主宋熙，网名迎风逗花；334 条转发的摄像卫兴鸿，网名周五打球；还有目前转发 20 条的自媒体人萧厉，网名小厉害。都是认证用户，粉丝基数大，可以直接从平台方面对应出真名。"

"这些人当中还有谁是周宁的？"

"除了卫兴鸿在同心市，其他人都是周宁市的，连陈雨都是。"

张琦补充："并且除了卫兴鸿作为摄影可能和陈雨有过合作关系，以前发过陈雨的照片，陈雨和其他人都不存在网络交集，也就是说，赵博、许丽、宋熙和萧厉都是在没有任何网络交集的情况下转发陈雨的黑料的。"

"这很正常。"阎非淡淡地说道，"奇怪的是明明是网络平台，却都是同城的人转发，萧厉的情况我知道，其他三个人，他们在社会关系上有没有联系？"

丁曼道："赵博和许丽虽然签约的是莓果传媒下不同的子公司，但是他们本质上属于同一家网红孵化公司，不过宋熙的情况稍微有点奇怪，她现在的工作单位是一家上市财经公司，跟其他两个人明显不同。"

"赶紧查一下宋熙现在的家庭住址，对方的速度很快，我们要在他再次下手之前阻止他。"阎非又道，"再帮我查下萧厉，他是在已知出事的情况下转发的，查一下他的家庭成员还有社交媒体情况。"

"好，阎队稍等。"

张琦动作飞快地在电脑上操作，出了结果后阎非凑上去，很快他的表情便怔住了："这是他的家庭成员？"

"对，胡新雨和萧粲，都已经过世了。"

阎非目不转睛地看着屏幕上白底黑字的名字，过了很久，他低声问道："他家人是什么时候过世的？"

"父亲是两年前，母亲是 1999 年，阎队，怎么了？"

阎非深吸口气，一瞬间他甚至能清晰地听见人群愤怒的叫喊。

"我知道了，谢谢你们，这些档案我要一份纸质版的，整理好了放到我八楼的工位上，还有宋熙以及陈雨家人的地址，马上给我，要快。"

他看了一眼时间，晚上八点四十七分，尸检报告还没出来，以对方的速度，今晚可能就会有人出事。阎非迅速在脑中过了一下现有的线索，分别发微信给林楠和姚建平，让他们盯好剩下的三个热门转发人，像卫兴鸿这样不在周宁的，就要邻市的支队配合一下进行监护。

晚上九点，阎非离开支队，直奔微博当事人陈雨的父母家去。

尸检报告是在半个小时后出来的，郭兆伟尸检后发现，赵博和许丽的死亡方式相同，都是被某种表面光滑，宽度大约在 0.5 厘米的绳索勒毙，同样赵博的颈上也有电击留下的痕迹，可能是某种民用电棍改造的电击器，之后赵博和凶手发生了缠斗，后腰上有很多撞在坚硬物体上所导致的瘀伤。

　　郭兆伟还说，在赵博的指甲缝里找到了一种蓝色胶皮碎屑，经检验属于网线外皮，现在还无法得知勒死许丽的是不是同一种材质的绳索，但两名死者的勒沟形态类似，凶器多半也属同一种。

　　阎非办过这么多案子，用衣架把人勒死的都有，但用网线勒人还是第一次碰到。网线的表皮光滑，对于凶手来说在戴着手套的情况下也相对难以抓取，不会是凶器的第一选择，但是偏偏两起案子都用了网线，这肯定和他的动机有关系。

　　时间已经逼近晚上十点，剩下的三个热门转发人里，目前只有宋熙还联系不上，她的航班晚上八点起飞，十一点才能到周宁，在这期间姚建平只能在机场等着。

　　阎非步履匆匆地来到陈雨家，一个五十岁左右的男人开了门，正是陈雨的父亲陈一国。进屋之后，阎非下意识地四处看环境，只见电视柜上放着陈雨的黑白照片，照片上的女孩儿笑得很腼腆，和网络照片里的像是两个人。

　　在二老的叙述中，陈雨平时因为工作繁忙很少回来，但是往家寄钱没有落下过，在过去也并未和二老说有非常要好的朋友或者男朋友，每隔一段时间，陈一国夫妇会带一些东西进城去看她，但又因为地里有活儿，所以往往待个一两天就要回来了。

　　阎非的视线从茶几上扫过去，陈父用的手机是老人机，整个房间里没有太多电子物品，更不存在电脑或者网线这样的东西，他问道："虽然有些唐突，但是最后还要请你们配合我们的工作，能不能告诉我，昨天和前天晚上你们在哪里，做什么，有没有人可以证明？"

　　陈父一愣："怎么了？"

　　阎非面无表情："最近发生了一起案子和陈雨有关，有人被杀，动机可能是为陈雨复仇，因此我得知道你们昨天和前天人在哪里。"

"你……"陈父慢慢睁大了眼，"她是自杀的，我们还能说什么呀？"

看着陈父愤怒的样子，阎非不为所动，陈一国被他弄得脸色铁青，半晌终于粗声粗气道："前天晚上我们俩去给孩子买纸钱，八九点钟，卖纸钱的能证明，昨天晚上我们没出去，很早就睡了。"

二老的脸色都不好看，阎非正要再问，口袋里的手机骤然狂振，是林楠的电话。另一头传来巨大的风声："萧厉……萧厉不见了！刚刚进了趟超市，我和小唐抽了根烟他就没了！"

"你说什么？"阎非皱起眉，一下站了起来，"赶紧找！他现在也是有嫌疑的，别让他跑了！"

3

阎非风驰电掣般赶回市区的时候心里跟着了火一样。

在林楠来电话后不久，技术那边也传来消息，经过二次核查，宋熙在微博上发出的照片和她登记时的照片并非同一个人，但因为长相相似，筛选过家庭成员后确认微博上的"宋熙"真名叫宋芸，是宋熙的亲妹妹，住在周宁市的果壳公寓里。

他们的方向完全搞错了，剩下的三个转发人萧厉失踪，宋芸失联，简直是最坏的情况。

阎非面色铁青地往宋芸的公寓赶，刚上高架，林楠的电话就来了，说萧厉五分钟前刚刚报了警，他人就在宋芸的公寓前头，还和凶手直接打了个照面，被电击器弄晕了。

阎非没想到到哪儿都能有这个人掺和，连带着车速都往上提了一挡："把人看好了，我马上就到。"

二十分钟后，阎非的车几乎是甩进了果壳公寓的停车场里，现场已经拉起警戒线，物证科和法医正在忙活，远处林楠一脸歉意地跑过来："对不起头儿，他在急救车那边，因为被凶手用电击器袭击，所以受了点轻伤……不过也因为他，凶手把电击器落下了。"

阎非一言不发，径直走到一边的救护车旁，医生正在给萧厉做简单的处理，阎非面无表情："怎么找到这里的？"

萧厉也不瞎，一看来人杀气腾腾，赶忙答道："今天晚点时候赵博案子曝光，已经有媒体扒出他和之前的许丽是同一家公司的网红了，我觉得这事儿太凑巧，赌了一把，猜想说不定转发的人都是他们莓果传媒的，结果对着他们公司年会的照片我还真找着了，一般来说发了照片不都会圈人吗？一对名字就对上了。"

"找到人，怎么知道的住址？"阎非语气冰冷，明显没这么好糊弄。

萧厉干笑："人红是非多，之前就有人人肉过她，说她作为宠物博主摆拍动物，网上随便搜了搜黑料就有地址。我知道，阎队你找人盯着我是为了保护我，这不就是想叫你意识到问题严重性嘛，想着来跑一趟证明我的推测，就是没想到会这么巧。"

他说得很是坦荡，阎非盯着他："知道撒谎的后果吧？"

"知道，太知道了。"萧厉投降似的举起手，"要不先别管我，进去看看？"

他指了指公寓，阎非虽然明显还信不过他，但最终还是戴手套往里走去。

事发突然，姚建平从机场赶过来还带着宋芸的姐姐宋熙，如今正在公寓门口泣不成声，而她的亲妹妹宋芸倒在公寓客厅的地板上，身子已经冷了。郭兆伟见到阎非深深叹了口气："我真是服了，都来不及验，上一个才完事，就又死了一个。"

阎非看了一圈，客厅的地板上还散落着一些给猫狗玩的玩具，巨大的猫架被放在非常显眼的位置，他皱眉："她不是宠物博主吗，家里的宠物呢？"

宋熙擦着眼泪："她说这两天要给兔子和奶牛做体检，会把猫和狗都寄养在医院。"

阎非猛地回过头："这个事情除了你，还有什么人知道？"

宋熙眼眶通红："她每周直播里都会说的，按理说，她的粉丝都知道。"

阎非绕过宋芸的尸体，在客厅里还能看到直播用的麦克风支架和平板电脑："他可能是通过直播和社交平台知道这些细节的，许丽在南岗公园的夜跑路线，赵博的新小区没有监控，还有宋芸家里的宠物都不在，来人也不会有狗叫……"

这时姚建平从楼下上来："头儿，问过了，这个是单身公寓，租客大多都是独居，为保证安全所以摄像头很多，楼下保安说之前有个送外卖的来，但因为衣服穿得很多，他没看清脸。"

阎非走回尸体边查看，宋芸穿的是家居服，不是要会客，问道："怎么样？"

法医摇摇头："一样的，电击，然后勒沟也差不多是 0.5 厘米的宽窄，外皮并不粗糙，多半就是之前说的网线。"

第三个了，看起来对方真的是因为那条微博在杀人。阎非走到窗前，宋芸家住得不高，他一眼就看到萧厉靠在救护车旁边抽烟，在阎非的印象中，他的母亲胡新雨也是一个记者，这些年"七一四案"的案宗阎非看过无数次，萧厉在他母亲过世的时候虽然只有八岁，但他的名字在案宗里出现过，因此阎非还有印象。

事到如今，"七一四案"的旧人这样出现在他面前，会是巧合吗？

他和姚建平去了监控室，走廊里的监控摄像头被人刻意弄歪了，也因此在凶手破门而入的时候，保安室并没有发现任何异常。之后楼下电梯间的监控显示，晚上十一点左右有人从楼上下来，穿着外卖的衣服，他的帽子压得很低，脸上还戴着外卖小哥冬天常常会穿戴的防风面罩，在门口把萧厉电晕后离开。

两人下了楼，萧厉正在寒风里打哆嗦，一脸无奈："查清楚了吧？我真是见义勇为啊阎队，你看我现在既转发了微博，还直接见到了凶手，要不然还是继续保护我一下吧？"

见他这么胡搅蛮缠，林楠憋了一晚上的火终于有点忍不住了："怕死那你乱跑什么呀？"

"行了。"阎非把人拉住，想了想忽然道，"局里在特殊情况下不是可以有编外人员做顾问吗？小林，你帮他办一下。"

"啊？"林楠睁大眼睛，"头儿，可这个待遇一般来说不是给教授什么……"

他自然知道阎非说的是什么，只不过这种协助调查的位置一般也至少是给懂行的人准备的，之前还从来没有媒体人被外聘过，见所有人都满脸不解，阎非抬手止住他们的提问："别问了，回去就去办。"

事情来得突然，萧厉同样也一脸蒙："还能有这种名头？这算再就业？"

阎非盯着他："你不是觉得有人盯上你了吗？放任你自己一个人查会出更大的问题，还不如让你跟着我们行动，你还可以提供一些网络媒体的思路……但是我丑话说在前头，你的身份特殊，入队之后一切的社交媒体账号都要上交，不能随便公布案情，避免引起不必要的恐慌，你最好遵守，否则我有权力依法拘捕你。"

中彩票了。

萧厉用力捏了一把自己的大腿，意识到阎非不是在开玩笑，虽然最初他主动报警确实是有接近阎非的意思，但是也没想玩这么大。

"不愿意？"阎非见他不说话扬起眉。

"哪儿的话。"萧厉回过神，赶忙让自己看起来诚恳一些，"我一定好好配合。"

…………

翌日早上八点，忙活了一夜的支队队员睡的睡，趴的趴，林楠打着哈欠找到阎非，发现他还在一帧一帧地看着果壳公寓外的视频，林楠有点犹豫："头儿，虽说要交账号，但要是他用小号走漏什么风声就麻烦了。"

阎非接过临时证看了一眼："放心吧，我之后会给段局解释，这事儿你们就别管了。"

他拿着临时证下楼，萧厉正一脸憔悴地在超市里蹲着，阎非把临时证递过去："你单独使用是没用的，我得在场，进出案发现场和支队都是。"

萧厉笑道："那我这哪儿是找了份工作，简直是给自己找了个爹啊。"

两人上楼录完笔录，紧跟着便去了莓果传媒，简单走访后发现，在莓果传媒，赵博和许丽都算是公司骨干，至于最后遇害的宋芸，大多数人都不知道她是公司刚刚签约的新人，只有前台还记得宋芸在不久前才来过公司面试，时间大概也就在陈雨那条微博发出前后。

萧厉奇怪地说道："他们三个都是在微博发布后的一小时内转发的，为什么会忽然转这个？他们和陈雨有没有什么关系？"

阎非淡淡地说道："他们和陈雨没关系，但和莓果传媒有关系。"

萧厉一愣："你是觉得，这三个人可能只是替公司出头……倒也能解释得通，公司骨干为了拍领导马屁去整一个小网红，新人也是为了讨领导的欢心，还真是个好题材。"

"别想这些有的没的。"阎非冷冷看他一眼，"这些东西都属于队里内部消息，上了网或者见了报，会追究你的责任。"

阎非很快出去带了一个西装革履的男人回来，来人自我介绍叫李晓，上来先给两人都递了名片，萧厉一看："人事总监，厉害啊。"

李晓打扮得体，点头哈腰地跟两人握手，阎非却不怎么给面子，直截了当地问道："你认识陈雨吗？她是一个玩 cosplay 的小网红。"

听到陈雨的名字，李晓的脸色瞬间就变了，萧厉出去采风这么多年，一眼就能看出这人有问题，笑道："她可是这次案子的关键人物，李总要是知道可不要吝啬告诉我们啊，毕竟这事儿这两天媒体炒得厉害，警察身上压力可大了。"

阎非冷冷接话："而且陈雨已经死了，我们现在怀疑是有人为她寻仇。"

这下李晓脸色又白了一截，阎非盯着他道："我们已经查到刚刚死的许丽、赵博和宋芸在死前都转发过一条和陈雨有关的微博，并且他们在死前也收到过私信：有人要他们为自己的言行负责。关于这个，你没什么可以告诉我们的吗？"

"我……"

李晓慌张地抿了抿嘴，竟说不出话来，很多事情至此已经呼之欲出，而萧厉见状笑了起来："说起来凶手还没抓到呢，李总，你说他要是为了陈雨来的，现在就杀了三个人，是不是还有仇没报完啊？"

4

听了萧厉的话，李晓整个人如遭雷击，纠结很久才哭丧着脸道："警官，你们理解一下，真的是因为我老婆不让我删……"

阎非问道："不让你删什么，那条微博是你发的？"

李晓满脸慌张："警官，这原来真的是私事，我给陈雨发微信被我老婆发现了，她让我一定要想办法整死陈雨，否则就要跟我离……

我也就是一时鬼迷心窍，当时找了他们三个帮忙，谁能想到一个一个都死了。"

阎非问道："为什么是他们三个？"

李晓紧张地吞了口唾沫："许丽和赵博都是我一手培养起来的，他们一开始在平台混得也不怎么样，后来是我给了他们机会，所以我打电话叫他们帮忙扩散，他们答应了。"

萧厉问："那宋芸呢，你用这个事情当条件，她做了你才肯签约？"

李晓心虚地低下头："宋芸一直想和我们公司签约，但是她之前摆拍宠物黑料有点儿多，公司上层有顾虑，我就跟她说，转了这个，我就会想办法在董事会那边说说话。"

萧厉恍然大悟："敢情是放不下事业，结果连命都没了，李总，你更狠，为了你老婆，死了三个人这条微博还敢留着？"

有支队队长在旁边坐着，萧厉说话底气十足，而李晓对上阎非冰冷的目光已经彻底慌了神，很快同两人交代，他和陈雨认识，其实就是三个月之前的事。

当时的陈雨只是个不怎么有名的小主播，没整过容，李晓觉得她是个可以发展的好苗子，便想拉拢顺带占点儿便宜，但让李晓没想到的是，陈雨不同于其他的小网红，稍微说两句就什么都愿意做，他为此也碰了好几次钉子。

"我说，如果她给我一点好处，我就让她在莓果坐稳位子，但是没想到这丫头骨头这么硬，我以前没碰到过这种，她越是不肯，我就越是感兴趣，谁知这么一来一往的就被我老婆发现了……"李晓哆嗦道，"我老婆说要和我离，但我俩孩子都三岁大了，她催得太紧，我这不没办法，就在网上收集了一些陈雨以前尺度大的 cos 照来 PS。"

"所以这整件事就是你捏造的，陈雨从来没拍过这些东西。"萧厉听完李晓口中事情的始末冷冷地说道，"你想要陈雨服从你的潜规则但她不愿意，你就为了自己的私欲毁了一个无辜的女孩儿，不光是她的前程，你还把她害死了。"

阎非淡淡地说道："网络诽谤在当今算是犯法，这件事后头会有专人再来和你了解情况，这两天请保证联系方式通畅。"

两人目送李晓失魂落魄地出了房间，阎非看了一眼萧厉："下次说话注意点分寸，不要威胁人。"

萧厉哪里知道他们警察办案这么多规矩，自知理亏地吐了吐舌头，又听阎非道："既然如此，知道内情的人可能也是公司内部的，而且只有莓果传媒内部的人可以一下知道他们三人的真实身份。"

"不一定。"这话萧厉却是不太赞同，"公司内部有多少人知情先不说，就算有知情的，要为陈雨复仇，为什么不直接去找罪魁祸首李晓？那三人只不过是被他当枪使就被杀了，这从逻辑上说不通。"

阎非没说话，而萧厉看着他满脸严肃立马认怂："别别别……你是领导，所以你想怎么查是你的事，我服从安排。"

阎非冷冷看他一眼，领着他去了楼下的饺子店，吃饭时又大致同他讲了之前的案情，萧厉听到最后咬着筷子连连摇头："如果是我，我可不会把照片往网上放，把自己暴露在舆论面前是很可怕的，轻则退网出家，重则家破人亡啊。"

阎非道："那既然这样，为什么还要转发？你当时应该已经猜到死了两个人了吧。"

萧厉心想原来是在这儿等着他，笑了笑："你们又不是唯一想要知道真相的，再说调查真相很危险不是很正常吗？战地记者天天还得面对炮弹呢？我这还算有求生欲的，要换了我前女友，她现在肯定在想着怎么加凶手微信了。"

他想了想又道："其实人肉搜索不是难事，我就是钻了个空子才找到的宋芸，但是凶手应该比我做的功课要多多了。"

阎非若有所思："陈雨的微博是上个月十七号发的，尸体这个月才被发现，这么短的时间，对方做了这么多事？"

"网上大多数的人都是这样，研究别人的事儿最起劲。"萧厉笑道，"所以说阎队长没事儿还是得把自己藏好了，不要太信得过网上的人，说不定哪天就杀上门来了。"

事情到了这个地步，涉及陈雨微博的五个热门转发人，三个被杀，剩下的两个都受到了严密的监护，虽然凶手似乎暂时不会有下一步的行动，但由于是连环凶案，被害者又都是自带热度的网红，舆论上的压力还是逼迫着警方尽快破案。

吃完饭，阎非带人将莓果传媒上下近两百个网红全部筛查了一遍，由于人数众多，其中还有大多数人并不在公司，直到晚上将近十点才查完。

几人凑在一起，萧厉翻了一下手里将近五十人的名单，没好气道："我看阎队你就是缺苦力吧，我以前赶稿都没这么累过。"

阎非道："说有用的。"

萧厉翻了个白眼："莓果传媒对网红的直播频率有严格的要求，网红隔一天要直播一次保持人气，换言之，我这儿五十个人都可以提供至少一天的不在场证明，证人就是所有看过他们直播的粉丝。"

阎非若有所思，似乎他那边的情况也差不多，林楠道："虽然其中一些人知道喵二，但是没有人清楚喵二的真名叫陈雨，事实上就算是同一家公司的，他们互相也基本不怎么认识。"

眼看事情陷入僵局，萧厉道："我还是觉得同公司做这种事的风险太大了，再说对方如果知情他应该直接去找李晓，滥杀无辜算什么？还有一点，对方并没有按照转发量来杀人，按道理说，那个同心市的卫兴鸿转发得也很多，甚至多过宋芸，如果要为陈雨复仇，为什么不先去找他？"

阎非抱着手臂思考了片刻："仇杀的话，有没有可能他只是最优化考虑，选择一个地点杀掉最多和这件事有关的人，所以宋芸虽然转发不多，但因为跟其他两人在同一城市，还是死了。"

萧厉倒吸口凉气："那我怕是也在最优化选项里了，我还和他见过面呢。"

姚建平奇怪道："那他这样做算是给陈雨报仇？"

萧厉摇摇头，总觉得这个推断有些牵强，他四顾望去，莓果传媒的巨大墙体上挂着各类优秀网红的照片，公司为了鼓励新人，在每张照片下都附上了他们的粉丝数量。萧厉盯着看了一会儿，忽然道："网红作为公众人物，要对行为负责……如果是复仇的话，一个月不够他查这么细，而且很多直播内容是不会留下来的，随口在直播里讲的话如果不看直播也不可能知道，你觉得有没有可能，对方说的为行为负责，可能指的并不只是这次陈雨的事？"

阎非一愣："你是说他可能在陈雨事件之前就注意到他们了，只不过这次陈雨的事是一条导火线？"

萧厉无奈道："我也只是瞎猜，我觉得他对这些人的了解非同一般，在短时间内做不到这样，查一查这三个人以前还有没有什么过火的言论总能有点线索，尤其是在成名之初，那时候人为了火什么事都能干得出来。"

他说完又打了个很大的哈欠："不过在那之前，阎队，我这个命悬一线的人今晚该住哪儿？有人来保护我吗？"

四周的空气一片沉默。

萧厉的话像是把剩下三个人问住了，姚建平憋了一会儿才说道："要不睡局里？我们有折叠床，平时会在上头打盹儿。"

萧厉差点给气笑了："不至于吧，我帮你们查案还没地方睡？一般来说不都会有两个警察在我家门口的警车里喝着咖啡保护我吗？"

"你外国电影看太多了。"阎非冷冷道,"你现在一个人住?"

"父母双亡的黄金单身汉。"萧厉两手一摊,"虽然我觉得找我前女友她也会勉强收容我,但是她也是个搞媒体的,我可不觉得面对那个女人,我的嘴巴能牢靠到哪儿去。"

"那你就睡局里吧。"阎非不由分说道,"会有值班的警察,有什么需求可以对他说,不要乱跑也不要乱翻,东西丢了,拿你是问。"

5

第二天早上八点半,阎非到支队的时候,萧厉正顶着两个硕大的黑眼圈坐在他的工位上吃包子,他实在没想到天底下还能有这么难睡的床,中间好大一个窟窿,简直是给人练功用的。

为了调查三个被害者过去的网络言论,阎非要去一趟周宁网信办,萧厉在车上抽了两根烟终于清醒一点,见阎非一如既往地沉默,他忍不住道:"我就好奇呀,阎队,你究竟为什么会让我跟你们一起查案啊?不会别有所图吧?"

这话一出,阎非终于用看傻子的表情看了他一眼:"图你什么?"

"什么都不图的话,那为什么?"

萧厉发挥他打破砂锅问到底的本事,几次之后阎非终于像是被问烦了,冷冷地说道:"就是为了让你们媒体看看,警察到底是怎么办案的,作风粗不粗暴。"

萧厉几乎立刻就知道阎非肯定是看过他微博上写的那些报道,试探道:"偷偷看我写的东西了?"

阎非把车在路口停下来,甚至懒得看他:"你写的那篇诟病警察作风粗暴的报道,当时去的人就是林楠,他在女学生哭了之后还安慰了她,这件事在报道里一个字都没有。"

事情已经过去了一段时间，萧厉闻言还认真回想了一下，记起他的编辑兼前女友罗小男的原话是："丽丽你干这么多年了，不懂什么叫作极致性？这种无伤大雅的东西前头写得这么批判后头就别圆！"

最后，好好一篇稿子改得他这个当爹的都快不认得。

"主要是我如果不这么写就没人看，东家也不给钱，我原本也没写成这样。"萧厉有点尴尬，苦笑道，"阎队，你们是有固定工资的人，我可是全靠这些稿子吃饭的。"

阎非没接他的话茬儿，他比任何人都知道，那些网络上的东西是如何变成现实当中的利刃的，冷冷地说道："做事之前动动脑子，这次陈雨的事情就是一个教训，她的料全是假的，几个人为了自身的利益把陈雨推到风口浪尖，然后她就死了。"

阎非的语气很硬，萧厉大概也能猜得到他的愤怒从何而来，在这一点上，他和阎非说不定还有不少共同话题。

两人沉默了一路，很快到了目的地楼下，阎非带着他上了楼，找到负责对接刑事案件的负责人林凯，根据赵博、许丽和宋芸成名的时间线，技术员找到了当年三人共同的一个成名节点。

林凯道："他们三个大火的时间差不多相同，但是问题是，导致他们爆红的那条微博已经被删掉了，因此从平均转发二十条到转发四百条之间，缺少一个节点。"

萧厉冷笑："爆红这种好事儿却要把微博删掉，看来是吃了人血馒头。"

阎非不解："人血馒头？"

"大概就是把快乐建立在别人的痛苦上，当然还有另一种说法，叫蹭热度。"

萧厉耸肩："那有办法知道他们删掉的微博是关于什么吗？"

林凯让技术员打开隶属于三人的一些其他社交平台："我们跟受

害者的家人沟通后取得了授权，调查出受害者当时都还在使用的另一个社交平台，在2015年年初，许丽曾经发过这样一条博文，'人贱还不许人说，活该被烧'。"

林凯又切换到宋芸和赵博的页面，同样，两人在同时期都发表过负面意味很重的博文，其中赵博写得十分明显："很多人没被人骗过，不知道世界上的贱女人有多少，放火烧还没死，算是她的运气好了。"

"嚯，这可真是没想到。"萧厉扬起眉，"果然人在网上是没有秘密的。"

林凯道："我们根据关键词找到了2015年年初的一个热门事件，是关于一个二十三岁的少女被追求者恶意报复，被浇汽油后锁在一间仓库里烧成重伤的恶性事件。"

"陶泉事件？"萧厉恍然大悟，"这在当年可是个大新闻。"

阎非作为刑警自然也听说过这个，因为求爱不成，一个叫于建飞的人将陶泉烧成重伤，后来靠社会募捐才救了回来，但即使这样，她在一年半前还是自杀了。阎非问道："所以说，当时他们三个删掉的微博，应该是关于陶泉烧伤案的点评？"

林凯道："我们也只是猜测，为了论证，我们翻了三人全部的私信，许丽和宋芸有清理私信的习惯，只有赵博留着当时的私信，其中有大量关于陶泉案的咒骂内容，这些发私信的人当中有部分已经不用微博，还有一部分甚至想不起来曾经对赵博发过这个。"

萧厉冷哼一声："不管是正义或者是所谓的非正义，大家都是图嘴快，压力这么大，骂谁不是骂？"

阎非闻言像是有所触动，皱眉道："林主任，麻烦你再查一下当年网络上陶泉案的舆论走向，最好跟粉丝核实他们三个人是否有发表过激言论，我想如果这次的案件真的和当年的陶泉烧伤案有关，那牵扯进来的，应该绝不止眼下的这三名被害者。"

随后，两人通过电子档案翻阅当年陶泉案的资料，萧厉过去没有看过详细档案，翻了几张受害者的照片后叹了口气道："我记得后来有人扒出陶泉以前的艺术照，说她是脚踏两只船才招来报复。"

阎非此时已经完全回忆起当年这起案件的前因后果，于建飞是陶泉的同事，曾经追求陶泉将近两年未果，在案子发生后，为了在舆论上占领高地，于建飞的家人出示了很多他给陶泉买礼物留下的单据。虽然最终也无法证明陶泉收下过这些礼物，但因为舆论的反扑，陶泉作为受害人还是遭受了巨大的网络暴力。

两人没看一会儿，林凯从外头推门进来，说他们查了一圈，三个受害者超过三年的老粉都记得他们过去经常不过脑子发微博，但是其中也只有个别人还记得当时的陶泉案了。

萧厉意料之中地耸肩："互联网就是这样的，在当时发表这种爆炸性的言论引流是一种很划算的手段，因为热度不分褒贬，即使是特意关注来骂他们的人，过了一段时间可能就记不得他们干过什么了。"

之后林凯又同两人说了一下当时舆论的主要走向，呈两极化，一部分人极度同情陶泉，另一部分人则站在完全相反的立场。在烧伤案发生后，由于媒体第一时间曝光了陶泉是因为感情纠葛被烧伤，也因此出现了"活该"论，而在陶泉出院快半年后，网上开始讨论当时给陶家捐款的去向，有人甚至捏造了陶泉家的地址，让外界误以为陶泉的父亲在出事后买了一栋三层楼的别墅……这事在当时引发了轩然大波，虽然之后被澄清，但是还是有很多人深信不疑，最终导致陶泉在一年半以前选择了跳楼自杀。

"越来越多的观众喜欢看'反转'戏码，这就注定了会有人利用这个来借题发挥，搞臭受害者的名声。"萧厉听完整个过程之后很是唏嘘，转头看阎非的脸色不太好，为防躺着中枪，他知趣地给阎非递了一根烟。

"我觉得咱们办的案子不利于咱俩培养感情。"不大的吸烟室里，萧厉点上火一脸惆怅，"刚刚我都觉得你要毙了我了。"

阎非抽烟时不爱说话，吞云吐雾跟个雕塑一样，说道："陶泉在网络上受到的伤害不比她在现实当中受到的少。"

"那当然，网络上的一面之词会被放得很大。"萧厉弹掉一些烟灰，将头靠在墙上舒了口气，"阎队，你知道美容院的美容师得尿毒症的比例比常人要高吗？因为为了接待客人，美容师都要长时间的工作不能停下，很多人都有憋尿的习惯。我在美容院当过几个月的保安，曾经见过不少穿金戴银的富太太投诉那些小姑娘，说她们在服务的过程中偷工减料，但其实只是因为美容师也有三急而已。"

阎非不解："为什么忽然说这个？"

萧厉笑了笑："我是想说，真相是很复杂的，陶泉的事儿也一样，对于大众来说，媒体只是一个信息渠道，然而就算是媒体给了两种说法，大多数人通常也只会坚决相信其中一种，然后将另外一种完全否定。"

阎非难得有些惊讶，又道："可你还是会为了流量写那种有舆论导向的东西。"

"我也要吃饭啊大哥，我要是在那种挣饭钱的小稿子上也那么刚正不阿，我的东家早就让我饿死街头了。"萧厉哭笑不得，"不过如果是我来写这个烧伤——"

他的话说了一半便停住了，阎非看着他的表情突然凝固："怎么了？"

"烧伤……我当时在宋芸家门外碰到那个凶手，他身上的衣服裹得特别厚，现在想起来，也可能是为了遮掩身上的伤疤！"

萧厉跳起来，拉着阎非回了档案室，这次他们仔细看了一遍当年陶泉案的详细案宗，萧厉念道："陶泉的男友薛哲，由于只身闯入火场，全身多处二级烧伤……刚刚就顾着看这件事引起的舆论效应，都没看到这个，男性，烧伤，程序员，和三个人都有仇，这不咬上了吗？这人和陶泉一样是黎阳的，距离我们这儿只有两个小时车程。"

萧厉眼巴巴看着阎非："阎队，我这个编外人员能参与出差吗？说不定见到他我还能认出来，不考虑一下？"

阎非看他一眼："出差的标准没那么高，到时候不要嫌东嫌西。"

"保证半个不字都不讲。"

"一人开半程，"阎非把车钥匙丢给他，"你开前半程，马上就走。"

6

下午一点半，阎非和萧厉赶到黎阳后径直去了陶泉的父母家，因为这些年一直陆续有媒体骚扰，陶家在短短三年里搬了四次家，最后一次搬去了黎阳的老城区，为了不再刺激二老，两人干脆自称是社区服务中心的人。

陶泉的母亲将两人迎进屋里，一问才知道，在陶泉走后，陶父眼睛便慢慢坏了，后头也没法去教书，只能在家里静养，如今二老的生活拮据，陶母的头发都熬得花白。

阎非看了一圈，陶泉家里最多的就是报纸和杂志，在客厅的一角放着陶泉的灵位，上头是一张陶泉生前的艺术照，那是整个客厅里最整洁的地方。

陶母的腿脚不好，给他们倒茶倒得艰难，她无奈地笑笑："你们了解完情况就赶紧走吧，我还要备课，现在我家先生教不了课了，我们也不能全都指望别人。"

阎非一愣："别人？"

陶母叹了口气："是我们家的女婿小薛，每个月还会给我们寄钱，我家先生眼睛坏了之后，他还给我们寄了很多保健品，这孩子平时也不回来，就一个月给我们打次电话，弄得好像他当时那个事有多见不得人一样。"

两人都没想到他们在找的人一下就出现在了陶母的描述里，萧厉小心问道："他之前发生了什么吗？"

"这个事情说来话长。"陶母脸上浮现出愧疚的神色，"小薛这孩子，本来出了这个事儿，泉泉的样子全毁了，我们也没指望着他能……"

她望向一边书架上的相框，照片里的两个年轻人正对着镜头笑得很甜，说起以前的事情，陶母还是禁不住红了眼眶："谁知道我家闺女都走了他还把我们当爸妈一样，每个月给我们寄钱，人也看不见，就在外头漂着，每次电话打回去都不是他，你说这……"

陶母说得断断续续，但两人还是很快听出个大概，薛哲比陶泉大三岁，是计算机硕士，毕业后他找了份还不错的程序员的工作，两个人原来已经要结婚了，结果就在同一年，陶泉被于建飞烧伤。

在事发之后，陶泉重伤住院，薛哲也因为冲入火场救人被烧伤，伤情虽没有陶泉严重，但还是在全身留下了不可磨灭的伤疤。陶母回忆起那段最难熬的日子，几乎一直都是薛哲在陪着陶泉。哪怕后来大量的媒体涌入，有些甚至上来就问陶泉是不是劈腿了，薛哲对此始终就只有一句话，绝无可能。

陶母忍不住深深叹气："小薛真的是个好孩子，即使泉泉都成那样了，他还是没放弃，还是想娶她，本来我们也不想耽误他，但是他求了我们很多次，所以我们也同意了，就是……没想到会忽然有人在网上说那些话，泉泉她本来就已经很难受了，我不明白，为什么那些人还可以这么堂而皇之地在网上骂她……"

萧厉给陶母递了张纸巾："阿姨您别太难受了。"

陶母痛苦道："泉泉走了之后，我们家就垮了，小薛也接受不了，他之前……用电脑找到了一个在网上骂泉泉的，直接找到人家家里去了。后来虽然调解了没留下案底，但是小薛他自己过不去这个坎儿，回来得越来越少，就是每个月给我们寄钱，都看不到人了。"

陶母用纸巾拭泪，到最后几乎说不下去，萧厉一边轻声安慰着她，一边对阎非投来不太妙的眼神。薛哲在过去就有过人肉他人的行为，这是一个危险的信号，如果说以前他还是冲动行事，那现在事情可能已经到很严重的地步了。

待到陶母的情绪稍稍缓和，萧厉问道："阿姨，要不然您告诉我小薛的联系方式吧，我们帮您找找他，这又不是什么大不了的事儿，回来让他陪您说说话。"

"真的吗？"陶母抬起通红的眼，"你们能想办法找到他吗？其实我和我先生一直想要当面谢谢他。"

"我们会尽力的。"阎非的声音也难得柔和不少。

陶母握住萧厉的手："那就麻烦你们了，我这儿有他最后几次打给我们的号码，还有，小薛这孩子父母去得早，之前给他在黎阳留了一套房子。小薛给了我备用钥匙，只是我先生的眼睛不好，我走不开，一直没回去看过，能不能麻烦你们替我走一趟看看，回头钥匙丢在社区，我会去拿的。"

她说着便要给他们写地址，萧厉从怀里掏出一支常带的绿色钢笔递过去，只觉得百感交集。他不知道，如果陶母知道他们是来抓薛哲的，心里会做何感想。

下午五点半，从陶母家出来，太阳已经西沉。

萧厉一个个打了那张纸上的电话，其中有三个已经停机，还有两个是来自黎阳的某个小卖部座机，他摇摇头："看来这个薛哲是打游击的。"

阎非道："薛哲一年多前就辞职了，我们得去问一下他之前的同事。"

薛家的老宅并不远，阎非循着纸上的地址找到了一栋老式的单元楼，两人上了三楼，陈旧的楼道里有一股淡淡的霉味，因为空置太久，薛家老宅的门铃已经被扯掉了线，阎非叩响了防盗门，结果等了快三分钟还是没有回应，他便拿出陶母给的备用钥匙直接打开了它。

屋子里一片黑暗，阎非迅速确认了一遍，两室一厅的房子里并没有任何人迹，但到处都是有关陶泉案的报纸，所有窗帘都被胶布封死，因此房间里几乎没有任何采光。

手电筒的照明有限，阎非不得已，只好费了些力气直接将窗帘扯开，随着大量的灰尘落下，他被呛得咳嗽起来，而萧厉在他背后倒吸了口气："你看这个。"

阎非回头，只见客厅墙壁上贴了满墙的照片，由于数量巨大，照片墙带来的视觉效果极其冲击，其中大多都是生活中的偷拍照。

萧厉指着照片墙的一角，上头的女人非常面熟："这个是宋芸吧？"

照片里的宋芸坐在咖啡厅里，并没有注意到外头的街道上有人正在偷拍她，萧厉皱眉道："这可不是一两天能干成的事儿。"

整面墙上至少有五六十个人，仔细看过之后，赵博、宋芸还有许丽都在里头，阎非道："或许你说的是对的，他的目标远不止这三个人。"

"这些人会不会都是以前在网络上污蔑过陶泉的？"萧厉看着照片墙上的男男女女，总体都是年轻人，"看年纪都是经常上网的群体，不存在老人。"

为防止还有没被他们发现的受害者，阎非拍了照片之后立即传回局里，而萧厉看着满地的狼藉，几乎能想象得到薛哲在房间里暴怒地将照片一张张钉上墙的样子："他失踪这么长时间就一直在做这个事情，难怪，在这点上其实陈雨和陶泉很像，不知道她当时决定吃安眠药再割腕的时候，是不是也跟陶泉一样绝望……"

他说完，阎非却忽然狐疑地抬起头："你怎么知道陈雨是吃安眠药再割腕的，我好像没和你说这么细吧。"

…………

萧厉倏然便出了冷汗，心里痛骂自己说话不过脑子，直接把罗小男之前跟他说的调查结果讲了出来。眼看阎非的眼神变得探究起来，他只得硬着头皮摆出一副无辜的脸："你不是跟我说她自杀了吗，我有手有脚，总会上网搜索的。"

"网上能查到？"

"没有真名，但对照你和我说的日期就能找到，我毕竟做这行的。"

阎非若有所思，萧厉生怕阎非再深究下去，赶忙道："这下子薛哲的嫌疑应该是板上钉钉了。"

阎非摇摇头："今天先撤，我让技术那边过来，现在除了宋芸家外的监控录像还有你的证词，我们没什么证据，但是如果情节严重，我可以跟段局申请网上通缉。"

看阎非似乎没再打算往下追问，萧厉终于松了口气，总不能让他知道自己之前就做过不少调查，知道陈雨已经死了……显得太有备而来，只会被阎非怀疑他主动报警的动机。

接近十一点，两人离开薛哲家，径直去了当地的酒店，萧厉冲完澡出来，正看到阎非把手里的药片吞下去。

"明早去薛哲的公司。"

阎非说着人已经进了被子，萧厉发挥自来熟的品质，随手拿过瓶子看了眼，是医院开的处方药。他没想到阎非也要靠这个东西睡觉，很长一段时间他每天睡觉前都跟吃糖一样地吃安定，直到后来才慢慢改成了喝酒助眠。

"可别吃太多啊，阎队。"

萧厉拿出手机，仿佛不经意地斜过摄像头对着瓶子拍了一张照，眼底浮现出一丝冰冷的笑意："安定这个东西吃多了，很容易做噩梦的。"

7

次日清晨，萧厉在副驾驶上恹恹地靠着玻璃，他也没想到这个东西一段时间不吃还会退步，早上被阎非强行叫醒简直要了他半条命。

"你是怎么做到吃了安眠药一大早还能这么精神抖擞的？"

萧厉顺水推舟地问，半天等不来回答，很显然阎非不是个轻易能被套出话来的人。萧厉上次就发现了，阎非比他过去调查的那些傻子要精明得多，萧厉职业生涯里经历过的暗访无数，也知道一口吃不成个胖子，见人不想接茬儿，便也知趣地没再开口。

不到九点，两人根据队里给的地址找到了薛哲的老东家，一家黎阳本地的互联网公司。接待他们的正是当时薛哲的上司孟辉，谈起薛哲，男人满脸惋惜，同两人说本来以薛哲的能力，公司有心想要提拔他，谁知道突然出了这么大的事儿。其实在薛哲被烧伤后公司也没有辞退他，直到一年半前，陶泉自杀，薛哲的精神也出了些问题，后头才主动辞职的。

阎非问道："他当时精神状态异常，有什么表现吗？"

男人回忆道："有不少同事都发现他在上班时用电脑收集网站上的一些用户信息，出现过几次后，我本来是想找他谈谈，没想到他就在这个时候提出来要走。那段时间每天早上他都是第一个到公司的，戴着兜帽浑身上下裹得严严实实，一大早就在工作，对周围的人都好像看不到一样。"

萧厉皱眉："他辞职之后去了哪儿，你们知道吗？"

孟辉摇头："之前他在公司也有些朋友，之后联系他，发现他的手机已经停机，微信再也没有用过。"

两人在写字楼问完大致的情况，林楠那边也差不多完成了对薛家老房子的勘查，核查后发现，房子最后一次交电费是在两个月前，而在老房子里发现的照片里总计五十三人，其中除了许丽、赵博、宋芸三人，还有两人分别在去年因为车祸和癌症去世，其他的人都还活着。

萧厉全程在旁边竖着耳朵偷听，忍不住插嘴："他只杀了那三个人？"

"是这次陈雨的事情刺激了他。"阎非眉头紧皱，"他一定没办法允许这些人再做和当年一样的事，他给过他们机会了。"

萧厉恍然："难怪，他对这些人观察很久了，随时检查他们有没有越线，这次赵博他们非但走了网络暴力的老路，而且还把陈雨逼死了，所以他才会……"

"所以他才只杀他们三个，因为已经是第二次了。"

阎非替他说完，打电话让姚建平准备通缉。时间紧迫，晚些时候两人返回周宁，技术队反馈薛哲的银行卡早就已经停用，加上陶泉父母也说薛哲从不给他们转账，每次给的都是现金，一切都说明薛哲早就有了反侦察的意识，是个非常不妙的苗头。

距离宋芸被杀已经超过了四十八小时，舆论热度水涨船高，几乎阎非一回到支队，段局便给他递了消息，要求尽快破案。在一切线索断头的情况下，阎非也不得不用最笨的办法，按照薛哲最后的行踪位置进行排查。

"现在不都有什么人脸识别吗？"萧厉瞠目结舌，"非得用这么笨的方法吗？"

"是有，但是你碰到他的时候有看到他的脸吗？"

阎非一句话就把他堵了回来，萧厉哑口无言，陪着一直看监控看到了凌晨三点，他困得头晕眼花，抽了好几根烟还缓不过来，最后阎非走进吸烟室只说了一句话："你现在知道警察是怎么破案的吧？"

到这份儿上，萧厉想嘴硬但是两边眼皮子都在打架，他无奈道："我们这个方法太笨了，按照现在这么搞，后头至少半个星期你们都没觉睡。"

"没觉睡也得破案，你们媒体说的，要给公众一个交代。"

阎非丝毫不给他面子，萧厉现在也没力气和他计较冷酷无情打白工的事情，靠在窗口出了一会儿神，忽然道："你说我是不是也在他那张名单上？虽然我没有点评陶泉，但是陈雨的事情激怒了他，我和卫兴鸿其实也都算是初次犯戒。"

见阎非没回答，萧厉接着说道："薛哲只杀第二次犯错的人，但是只要被激怒就一定会动手，你觉得我们是不是可以利用一下这点？"

"不要轻举妄动。"阎非听出了他的意思，"不要去试探一个连环杀手，否则一定会有人因此丧命，我们是要阻止他，不是要把靶子送到他面前。"

天刚亮，阎非让一个叫唐浩的小警察送萧厉回家。萧厉有两天没回到他的单身小公寓了，一进门甚至有种恍如隔世的感觉。他走到窗边往下看，果然唐浩并没有走，那辆车停在不远的地方，位置刚好能看到他的公寓。

"还说我电影看多了。"萧厉翻了个白眼，心想阎非到底还是有点良心的，只可惜按照他们的办法，估计一个星期都不可能抓到薛哲。

他在黑暗里点上一根烟，因为熬夜而发昏的头脑在这一刻变得无比清醒。他当初让罗小男调查陈雨的事，只说他是冲着阎非去的，要找这个人出二十年前的气，这自然也是一部分的缘由，但同时萧厉心里更清楚，凶杀和流言，他不幸从小这两样雨露均沾，因此这次才格外看不过陈雨的案子。

萧厉吃过舆论的亏，他可以理解凶手的动机，但却无法认可他为之杀人，自打罗小男和他确认过陈雨已经不在人世，更多的转发也无法伤害到她，萧厉便决定要赌一把，拿自己钓鱼，也能顺理成章地和支队攀上些关系。

如今这一切只差最后一点了。

萧厉打开桌上的电脑，黑暗的房间没开灯，荧光屏的亮度几乎灼眼，他试了快二十分钟，终于试出了自己当年脑子发抽申请的小号密码。

萧厉手指飞快地在发送框里打满了字："跟前女友分手了，果然女人都不是什么好东西，要不是我胆子小也该拿火烧她，就像之前那个什么陶泉，都是咎由自取，骗男人感情，骗人同情心的东西。"

萧厉打完又检查了一遍，一片昏黑里，他仰头吐出口烟，想到马上要发生的事，心脏还是不受控地加快了跳动。

"可别让我白把自己搭进去。"萧厉的声音很轻，"我也还有仇要报的。"

…………

八月，正是周宁一年当中最热的时节。

下午三点，明晃晃的阳光透过枝丫落在地上，蝉鸣不绝于耳，不到十岁的男孩叼着几毛钱一根的冰棍儿，正百无聊赖地在院子里踢着石子。

他的母亲已经快一个星期没回来了，自从最后在巷子口分开，男孩就再也没见过她。他热得烦躁，猛地把一块石头踢到很远的地方，只听一声脆响，石子撞上墙面，而矮墙外这时走过来一个瘦削的男人，汗水几乎将他的衣服都浸湿了大半。

"小朋友你是萧厉吗？"男人看见他便蹲下身子，脸上带着笑，并不像是一个坏人，"我想问你两个问题，别怕，我是警察。"

男人从怀里掏出一本证件交到男孩的手里，里头是一张非常端正的证件照，底下的字小男孩还认不全，但那确确实实是警徽。

"想问问关于你爸爸妈妈的事，你能不能告诉叔叔……爸爸妈妈最近有吵架吗？"

男人的声音中断在一片蝉鸣里，直到一切都陷入白光，萧厉才在床上悠悠地醒来，夕阳的余晖正通过窗帘的缝隙在天花板上拉出一个三角形的光区。

不知道是不是这两天太累，这个梦竟然又来找他了，萧厉坐起身，胃里饥火正旺，他走到门口，从一只陈旧异常的矮橱上拿了一个苹果。这只矮橱和这屋里大多数的软装不同，上头除了一支绿色的钢笔，就是香炉和几个小盘子，里头盛放着糕点和水果之类的贡品。

"妈，吃你一个苹果。"萧厉点上一炷新香，将有点软的苹果随便洗了洗放进嘴里，解决了饥饿问题，注意力便又重新回到了电脑上。

他早上发的那条微博还没什么动静，粉丝数量毫无变化，私信里也没有任何新消息。

"这都不上钩，亏我还放了照片。"

萧厉有点失望，他看向窗外，那辆车还在，局里的人手都扑在薛哲那边，也没人和小警察换班……在这种情况下，一个人要全天候盯着这里是不可能的。

这已经是萧厉第二次打算在阎非眼皮子底下开溜了，他估计阎非不会同意他用这么冒险的法子，他们警察办事规矩太多，但现在最快找到薛哲的办法就是钓鱼，激怒他，接下来就只需要等着他上门就行。

萧厉觉得自己也是吃饱了撑的，他进支队的动机本就不纯，但到头来还是要帮着阎非把薛哲抓到。天底下报仇的方法千千万，但杀人绝对是下下策，它伤害的人太多了。过去很多年萧厉都忍不住想，如果那时他没有和母亲分开，母亲也没有死在那条小巷子里，是不是后来他的生活会变得完全不同？

萧厉做了两个深呼吸，又迅速发了一条新的动态："自由了，酒吧见。"

钓鱼怎么说也得先把自己置身在一个方便对方下手的环境里。萧厉发完微博迅速换了身行头，直到站到门口，他的心脏再度不受控制地狂跳起来，耳边又响起阎非的话："不要去试探一个连环杀手，否则一定有人会因此丧命。"

薛哲杀完那三个人就没了动静，他在等着下一个犯错的人。

萧厉想，他现在应该是离薛哲最近的……不论是抓他，还是救他。

8

晚上七点，萧厉独自一人在官塘街附近的酒吧一条街上晃荡。

避开唐浩的监视离开公寓后，他又连发了两条定位，如今已经在这一带晃荡了快两小时。随着夜幕降临，萧厉心中越来越觉得这一次他没赌赢，然而就在这时，他怀中的手机却骤然响起了提示音。

"要学会为自己的言行负责。"

萧厉打量着发来私信的小号，心中的高兴和惊惧参半，下意识开始注意起周边的环境，然而就在他借着橱窗玻璃往后看时，却发现有个包裹很严实的人在距离他不到十步的地方亦步亦趋地跟着……在这个气候已经回暖的季节里，这样的穿着显得十分异常，而且对于萧厉来说也过分眼熟了。

鱼原来早就上钩了。

萧厉也不知该感慨自己的运气是好还是坏，事到如今，先斩后奏斩都斩了，再不奏就真会有生命危险。萧厉立刻低头给阎非发了微信，有过前车之鉴，这次阎非回得很快，给他发了三个点，萧厉甚至能想象到他要杀人的表情。

阎非道："注意看他的动向，五到十分钟就到。"

萧厉看着短信定下心，带着薛哲兜了五分钟圈子，而就在他再次抬头确定薛哲位置时，却发现这人像是失去了耐心，竟然扭头欲走。萧厉心里咯噔一下，不知道要是这次放走了薛哲下次再找到他会是什么时候，他想到这儿脑子里一热，转身便拐进了左手边的小巷，手上飞快打字和发定位："赶紧来，我在小巷里，他跑不掉我也跑不掉，别让我死了。"

一个打白工的变成他这样，怎么都应该能评上劳模了。

萧厉心里腹诽，然而几乎在抬头的一瞬间就后悔了。

到了这个点，光线昏暗的小巷子越往里走人就越少，在这种让人窒息的安静里，萧厉感到自己的呼吸也越来越沉重。

二十年前，胡新雨就是死在这样一条巷子里，身中十七刀，刀口密集到内脏外流。萧厉后来才从警察那儿知道，他的母亲是在和他分开不到十分钟之内被杀的，或许他们在巷子口说着闲话的时候，"七一四案"的凶手就已经在暗处看着他们了。

眼下的场景一如他小时候的噩梦，萧厉掌心里一片湿冷，低着头给阎非连发了四五条微信却得不到回应。与此同时，他却已经能听到身后的脚步声，路灯将来人的影子拉得很长，他甚至稍稍低头就能看到对方漆黑的裤脚，步伐不快不慢，一直跟在他后面。

总不能真跟电影里一样，他这边都完事儿了警察才姗姗来迟。

萧厉心里叫苦，却也只能逼迫自己冷静，尽可能地拖延时间等到阎非过来，他背着身做了两次深呼吸，停下脚步："老哥，你跟我跟得也太明显了，劫财还是劫色呀？"

身后人没有回复，萧厉转过身，只见在离他四五米开外的黑暗里站着一个男人，穿着很大的兜帽衫，帽檐拉得几乎遮住了大半张脸，但脸上的伤疤隐约可见，薛哲道："如果我说，我原本没打算再杀人，你会觉得自己做得很亏吧？"

萧厉不动声色地往后退："哥们儿你说什么呢？"

薛哲淡淡地说道："我在宋芸家见过你，查了一下，小厉害也是你。"

他说完从口袋里把手拿出来，蓝色的网线一下便垂在了地上。

萧厉心里一凉："即使我是为了阻止你，说的那些话都不是真心的，我还愿意为我的言行道歉，你还是要杀我？"

"每个人都可以有理由，你的理由是为了阻止我，还有很多人的理由是好玩儿，只是因为这样，他们都可以说自己不是真心的，但是他们最终害死了我的妻子。"

薛哲渐渐逼近，此时巷子外还没有任何动静，萧厉心里大骂阎非属鸽子的，口中急道："我家里也死过人，二十年前我妈也是被人谋杀的，我不知道杀她的人是不是和她有仇，但她的死毁了我爸的一辈子，或许还有我的……薛哲，杀人是下下策，你完全可以用别的方式让他们付出代价，我有渠道，我可以帮你。"

"所以你是想救我？"薛哲冷笑。

萧厉诚恳道："我经历过和你一样的事……甚至更糟，杀人是没用的。"

薛哲闻言停下脚步，萧厉心里刚松下口气，却见面前的男人用一种几近悲哀的眼神看着他："已经迟了，你伤害的也不只是我。"

他话音刚落，萧厉骤然听到了身后属于第三个人的脚步声，一根蓝色的网线被施以极大的力道箍上了他的脖子，萧厉一口气上不来，眼前的景象瞬间就摇晃了起来。

就在他身后，有人几乎咬牙切齿地说道："我的女儿，凭啥被你们这么说？"

萧厉这时才终于明白为什么只有一米七八的薛哲可以杀死一米八二的健身教练，阎非和他说过，陈雨的父母都是农民，因此如今施加在他身上的力气极其夯实。萧厉挣扎了几秒之后眼前就开始阵阵发黑，支离破碎的画面开始出现在他眼前，夏天傍晚的蝉鸣和女人脸上无奈的微笑，而她就在巷子口推着车转身离开，身影越来越远……

"住手！"

到了最后，萧厉隐约听到有人在喊他，他心里止不住苦笑，罗小男说得没错，他真的是嫌命长才会掺和这个事儿。

…………

阎非简直不知道萧厉是哪里来的胆子。

他在小巷子外看着萧厉引着人越走越深，心里止不住地想爆粗，想来要不是因为上次宋芸家的事，他已经对萧厉做事不过脑子的性格有了预判，在收到第一条微信之后就等不及调度直接赶来，这个事情可能会变得非常难以收场。

事情到了这份儿上，阎非甚至怀疑自己的判断，萧厉性情冲动，实在不像是能沉住气在暗中做手脚的人，如果说三年前那件事真和他有关，不可能做得那么干净。

增援大概还有十分钟才能到，阎非正在想要不要先行抓捕，却不想这时一旁的餐厅后厨里又蹿出一人来，阎非看清他的脸心里便是一沉。

"住手！"他的身体反应甚至快过脑子，一看陈一国将网线套上萧厉的脖子，人便已经冲了上去。

巷子里的人都没想到阎非会忽然出现，薛哲第一反应要跑，阎非直接扭过他的手腕和自己的铐在一起，同时飞起一脚踢中陈父的大腿，这一下踢得极狠，陈一国惨叫一声，手上的动作跟着一松，萧厉便顺势从网线的禁锢里摔了出来，软倒在地上咳嗽不止。

阎非来不及扶他，只能喊："萧厉，起来！"

眼看陈一国一次没能成功竟然又从身上摸出了刀来，阎非暗道一声麻烦，却又受制于薛哲的剧烈挣扎而活动不开，情急之下，他不得不手上发力，生生将薛哲像个沙袋一样甩在了墙面，只听一声闷哼，薛哲的额头撞上坚硬的砖头，当即人便软了下来。

"萧厉你赶紧给我让开！"

阎非连着喊了几声，萧厉这才回过神来，低头勉强避过陈一国的刀，阎非看准时机，拖着薛哲狠狠撞在陈一国身上，只听"铿"的一声，陈一国手里的刀子落了地，同时巷子口传来了姚建平的声音："头儿！你没事吧！"

阎非松下一口气的同时手腕剧痛，这时姚建平带着两个警员冲了上来，三人同时抱住陈一国的腰，合力才终于将这个发了狠的中年男人压制在地上。

网红案的两个嫌疑人就此落网。

接近十一点，阎非带着萧厉回到刑侦局，紧锣密鼓地开始了对薛哲和陈一国的审讯，醒过来的薛哲面对他们十分冷静，更像是早就想找人将这些心事一吐为快。

他说，一切都是从一年半之前开始的。

从陶泉跳楼自杀的那一刻薛哲便意识到了，如果他不去惩罚那些人，他们就永远不会知道自己随口说出来的话害死了一个活生生的人。

这一年多来他也去走访过一些当事人，包括一开始说陶家挪用善款的网友，是一个大学生。被问起这么讲的原因，学生只说他是学财经的，对钱这方面的事情很敏感，觉得这里头有问题就随口说了，没想到引起这么大的轰动，当薛哲问起，学生甚至还很得意，因为这句话让他在网上涨了很多粉，他一夜之间就红了。

就在那件事后，薛哲发誓，如果这些人再犯和以前一样的错误，他便会毫不犹豫地杀了他们，也因此当那些人转发了微博，他几乎立刻就开始制订计划，最初他并没有想找一个帮凶，直到复盘时薛哲无意间得知了陈雨自杀的事。

这件事同时也加速了三个人的死亡进度。

阎非问道："你是怎么说动陈一国的？"

薛哲像是听到什么天大的笑话："你没有经历过这样的事情，如果你经历过，有这样的机会摆在你面前，你不会错过。"

薛哲紧接着说起赵博案的全过程，那一晚，陈一国装作走错门的醉汉按响了赵博家的门铃，用电击器偷袭了他，两人最终合力将赵博拖入房间杀死。事后，网线和电击器都由薛哲带走，两个人用了最笨却最有效的方法，分别在小区的不同地方藏到天亮，之后才混在人群中分别从两个门出去。

薛哲淡淡地说道："有了信息，杀这些人都不难，唯一让我意外的就是萧厉，他大小号互关，是有意想让我意识到是同一个人，但即使他不这么做，我也猜得出来。"

薛哲顿了顿，面无表情道："两个号连续两年同一天发过'七一四案'的祭奠博文，写的东西很像，图片也是一样的。"

9

交号之前忘记删了。

监控外的萧厉因为薛哲的话被惊出了半身冷汗，他眼睁睁看着阎非抬起头看着摄像头，就像是在隔空盯着他一样，一旁的姚建平也狐疑道："你关心'七一四案'干吗？"

萧厉在心里痛骂自己手贱，干巴巴地扯出个笑："我毕竟是干这行的，这事儿你说整个周宁哪个搞媒体的不关心？"

好在阎非也没深究这个问题，注意力很快回到了审讯上，薛哲对他做的事情几乎供认不讳，在结束之前他反问了阎非一个问题："警官在你看来，在网络上伤害一个人，需要付出代价吗？"

"经历过这种事的人很多，但不是每个都会杀人。"阎非淡淡地说道，眼神落在无名指的戒指上，"你动手的速度很快，也是因为你怕自己后悔。"

对薛哲的审讯至此结束。

次日下午。

网红案宣布告破的同时，微博上一个名叫"陶泉之死"的小号发表了长篇关于网红案的自白，疑似是被捕的薛哲设定的定时发送。

在博文中，薛哲表示杀死许丽等三人是为了报复他们将近三年前对陶泉的网络抨击，一石激起千层浪，微博上陶泉再次成为热门搜索词的同时，刑侦局也非常应景地示了案情通报，萧厉是在酒吧看到的微博，在他身边还坐着一个短发西装的女人，长相十分英气，正是他的前女友罗小男。

罗小男笑道："怎么样，我让你别转那条微博你非得转，把自己坑进去，现在得偿所愿了吗，萧大记者？"

"说得这么正经，其实也巴不得我这个小白鼠和支队攀上点关系吧，要不我让你帮忙去查陈雨的事情，你怎么查得这么积极？"萧厉十分了解眼前这个女人的脾性，"说起来要不是你帮我确认陈雨已经死了，我也不可能下定决心去做这么冒险的事，真要说这次我能进支队，还有一半是罗大编辑你的功劳。"

"谁能想到你那骗三岁小孩的理由还真能行啊？"罗小男想到这事儿也十分惊讶，"我还当阎非日理万机不会理你了。再说了，要知道转发了真的会被那个凶手盯上，你以为我还会舍得让你转？"

她的眼神在萧厉脸上兜转了一圈，又笑了："你这个闲事没白管，把我叫来，总不会就是要和我说这个吧，丽丽？"

萧厉笑了笑，从手机里找出一张照片，拍的是一个药瓶，背景里却能清晰看到一个人睡在床上的背影，罗小男有点震惊："不至于吧，你为了报复他们家做到这一步？说起来这可是隐私呀，这种东西爆出来你是要吃官司的。"

"没说要发，就是给你看看的，又不是没做过狗仔，曝光的尺度我还没点数吗？"萧厉把手机收了，"我想好了，给阎非写个专题爆爆料，就像你上次说的，阎正平的儿子还待在市支队这本身就够有看头了吧。"

"想通了？"罗小男很快笑了，"我上次就说这个点子不错，阎非本身也算半个公众人物，你要是能够把他好好扒下皮，我看应该能火。"

萧厉道："所以说这种稿子可不能按照一般的价格来给我算，我现在是在支队签了卖身契的，按理说他们现在在查的案子我不能写，也不能对外透露，但是如果是以前破了的案子，或者是和他这个人相关那可就不算了。"

"所以说？"罗小男转着杯子，"你想要多少？"

罗小男毕竟和萧厉在一起好几年，对他那点小九九知道得还是很清楚的，还没等萧厉开口，她抢先说道："如果你能给我像样的料，我可以给你三倍的价格，看在我们这么多年来的情分上面。"

"三倍也不是不行，就是独家可有点够呛，毕竟不论我扒出来什么，周宁应该没有哪家媒体不想要这个资源吧？"萧厉装模作样地和她讨价还价。

女人化得精致的眉毛一扬，嗔道："丽丽，咱们在一起多久了？还跟我算这么清楚。"

"一般人我得跟他要个五倍，但是因为是你，给你打个八折，四倍不能再少了。"

萧厉说着，笑容里倏然夹了些苦涩的意味。罗小男看着他这个样子，忽然就想起很久以前的某个夜晚，萧厉从噩梦里惊醒，第一次告诉她，他就是"七一四案"最后一个受害者胡新雨的儿子，而阎非的父亲阎正平作为二十年前主办"七一四案"的警察，非但5年没有找到杀死萧厉母亲的凶手，还曾经一度将萧厉的父亲列为嫌疑人，导致他父亲失去了工作，精神也濒临崩溃。

萧厉想起旧事，自嘲般地笑了笑，记忆中阎正平的脸瘦削却认真，当时只有八岁的他怎么也没想到，他随口说出的一句话，竟会平白给他父亲增加了嫌疑，他淡淡地说道："这个稿子我会认真写，所以要四倍，不过分吧？"

罗小男盯着她这个前男友看了一会儿，很快像是认输一般笑了："一定要独家，到时候不要让我在任何其他地方看到你的稿子。"

"成交。"

萧厉拿着可乐和她的啤酒碰在一起，淡淡地说道："报仇最没用的就是杀人了，要是阎正平留着这条命，我也不至于把账算到他儿子头上。"

…………

阎非进办公室的时候段志刚正在等他，见到他来，白发苍苍的老警察放下手里的案宗："你坐吧小阎，聊聊。"

网红案结案，早上阎非刚交了结案报告，段局下午便叫他晚上来趟办公室，而阎非也猜得到段局要找他问什么。

果不其然，段志刚看着他深深叹了口气："我也就不绕弯子了，为什么会把萧厉带进支队？他是'七一四案'最后一个受害人胡新雨的儿子，你不知道？"

段局简直恨铁不成钢，阎非的父亲阎正平是他一手带出来的徒弟，二十年前阎正平坐在如今阎非的位置上，本是大好的仕途，却因为当年七月十四日发生的凶案而终止了。

短短两周，王宝怡、刘洁还有胡新雨，三名女性受害者在周宁僻静的巷子里被人谋杀，几乎每一名死者都身中数十刀，现场惨不忍睹，一经报道就引起了极大的社会恐慌。

当时在高压下，阎正平领命侦办"七一四案"，然而整整五年，警方拿这个手段极度凶残的罪犯束手无策，直到 2004 年周宁市一个网络论坛内，有人匿名发表了一篇长文，名为《关于"七一四案"的一些猜想》，其中列出了种种证据，将嫌疑指向了无业的精神失常者洪俊。长文一经转载掀起了轩然大波，舆论逼迫警方进行调查，随后便在洪俊的家中找到了三名受害者的遗物还有凶器，"七一四案"时隔五年，终于宣布告破。

刑侦局为此付出的代价却是惨重的。

二十年前，因为"七一四案"的失利，段志刚不得不忍痛将主办此案的阎正平下调，而后好景不长，不久后阎正平便在片区巡逻时被"七一四案"受害者王宝怡的家属严昊仇杀，手段残忍且有毁尸行为，这件事至今在刑侦局说起来都让人唏嘘。

段志刚本以为阎非在这件事上绝不会重蹈覆辙。

自从阎非坐上这个位子，段局还没见他做过这么出格的事情："我知道你在这件事上应该有自己的考量，现在没有外人，你和我说说吧。"

阎非淡淡地说道："您还记得我和您说过，我怀疑白灵的案子是

'七一四案'相关人员做的吗？"

段志刚一愣，他自然知道阎非所指是什么，三年前，阎非的妻子白灵被人杀害后抛尸，尸体曾经遭人刻意损毁，而事后即使阎非不眠不休地查了将近三个月，他们最终也还是没能找到一丝可以往下查的线索。

段局皱眉："你还是怀疑白灵和你父亲一样，都是有人在后头挑拨才被仇杀的？"

阎非冷冷地说道："我调查过'七一四案'三个受害人的家属，王宝怡父母早亡，丈夫严昊杀人自首后在拘留所里自杀，没有孩子。刘洁未婚，父母在她出事后移居国外，现在还在国外定居。然后就是胡新雨，父母已经去世，丈夫萧粲死于肝癌，萧厉是他们的独子……'七一四案'所有的被害人家属里，现在只有萧厉一个人还在周宁。"

段局意识到问题："所以你是怀疑萧厉和白灵的案子有关系？"

"白灵的案子是仇杀，手法又和我爸当时的案子极其相似，我相信他一定直接或者间接和'七一四案'有关系，就算不是直接的杀人凶手，也一定是给凶手递过刀的人。"

"但是你爸出事的时候，萧厉可能才十三四岁，他和你爸的案子不可能有关系。"

段局还是有顾虑，萧厉的身份太过敏感，这些年刑侦局和媒体的关系势同水火，他们办案都得防着媒体提前走漏风声打草惊蛇，更别说还要带个搞这行的在身边。

阎非淡淡地说道："他和严昊是一样的，可能只是被人当枪使，这次他主动报案本身就很奇怪，与其放任他自己掺和，还不如放在身边再观察一下，只要他还是这个临时顾问一天，一旦出了任何问题，我会全权负责。"

阎非话说到这份儿上，段志刚从阎非脸上看到和他父亲当年极其相似的执拗，沉默许久，最后也只能叹气："一旦出了任何问题，你知道后果。"

"我明白。"

晚上七点四十分，阎非走出办公室的时候办公室里已经空了，没有案子又是周五，大多数人都享受难得不加班的周末，早早地回家了。

阎非去吸烟室抽了一根烟，他站在窗边看着刑侦局下的车流，给母亲黄海涵打了电话，告诉她自己今天要晚点回去，他下了班还得去给那个孩子买点礼物。

那一年，白灵的预产期应该就在这几天，也因此每年这个时候，他都会给当年他和白灵还没出生的孩子买生日礼物，在周末的时候带到西山公墓去。

整个刑侦局八楼一片安静，阎非抬手看着自己左手的戒指，慢慢地，脸上原本淡淡的柔和全都褪去不见，他将烟头碾碎在一边，用力地捏紧了拳头。

一 网络审判 一

1

四月，随着气温渐渐升至二十摄氏度，周宁也正式进入了春暖花开的季节。周六早上九点半，经历了一夜狂欢的周宁夜店一条街上，几乎看不见几个人，只有沾着口红印的烟头和喝空了的啤酒罐随处可见。

在这个寸土寸金的地方，最不缺的就是酒店，而最缺的莫过于停车位了。一夜过去，几乎整条街的停车位都已经爆满，三十岁的房产经理徐鹏怎么也没想到他会在一大早就这么倒霉，从酒店里出来，他一眼便看见他的灰色大众被一辆纯白的跑车别在了内道，一看就是哪个富二代昨晚停在这里的。

徐鹏不是个耽误得起时间的人，十一点他还有客户要见，如今硬扛着宿醉去上班，碰到这样的事情难免恼火，他本想记下白色跑车的牌照拿去酒店前台问询，却不想凑近了一看，那车里竟然还睡着人。

"喂，劳驾，您车堵我道儿了。"

徐鹏拍窗，见车里总共睡着一男一女，男的穿着名牌的帽衫，正在驾驶座上昏睡不醒，而女的也是一动不动，两人都睡得很死，无论徐鹏怎么拍都没有任何反应。

"这么下去真要来不及了。"

随着日头升高，徐鹏想到马上要见的客户，急出一身汗，没办法，他拿手机报了警，然而让他没想到的是，不久之后，他所站的位置即将成为周宁媒体关注的中心。

上午十一点。

阎非赶到现场的时候兜里的手机响个不停，他不用看也知道是谁发的信息。自从上次的网红杀人案，萧厉对他的骚扰就没停过，两个人私底下也喝过几次酒，萧厉的酒量一般，但不知为什么对这件事情却非常起劲。

阎非甚至懒得掏手机看："先说现场什么情况。"

姚建平道："死者黄悠悠，今年二十二岁，被发现死在了富家子弟吴严峰的跑车上，死因还没有查明，但是老郭来闻了一下，说是氰化物。比较麻烦的是，车子就停在大街上，这附近又都是夜店，案子曝光的时候差不多人都起来了，引来了一大帮的媒体，因为影响大，所以直接就报到市局来了。"

两人走到事发的跑车旁边，警戒线外还是有大量蜂拥而至的媒体在拍摄，此时车主吴严峰已经被带去做血检，为了不引起更大的骚乱，黄悠悠的尸体也被拉回了队里，如今现场只留下一辆白色的跑车，经过核实，正是吴严峰名下购入的。

阎非走到车门边，闻到车子里浓重的酒气，啤酒罐散落得到处都是，都是外国进口的精酿啤酒，看样子吴严峰一个人至少喝了一打。姚建平道："在这个地方喝成这样很正常，看起来很有可能是吴严峰喝多了之后冲动杀人。"

"死因都还没查到，不要乱下结论。"

阎非探头进驾驶室，正打算低头去检查座椅下头，口袋里一直响个不停的手机这时候开始了猛烈震动。阎非烦躁地皱起眉，走到僻静一点的地方接通了手机："我在工作，有什么事？"

"我知道你在工作啊，网上就差点直播了，阎队。"萧厉笑道，"你刚刚以一种奇怪的姿势做检查，我这儿都能看得见。"

阎非抬头，果然就见远处不少人都抬高了手在往这边拍，他冷冷地说道："这和你打电话来有什么关系？"

萧厉语气无辜："就想提醒你们拉个帐篷，这个事儿的舆论走向现在不太妙，吴严峰已经被网络审判成杀人犯了，你们要想少点压力，最好别把自己暴露在光天化日之下。"

阎非看着警戒线外人头攒动，其中还有不少拿镜头对着他，一种熟悉的烦躁感便跟着往上涌……三年前的那个早上，当他六神无主地抢过手机，看到的却全是白灵血淋淋的尸体照片被发散得全网都是，而这全拜这些媒体所赐。

阎非面色铁青："一直联系我干什么？"

"想要帮你们排忧解难啊，没觉得上回有我在效率特高吗，阎队长？"

"你想来帮忙？"

电话那头的萧厉对着才写了六百字的稿子，心想英雄也为五斗米折腰，虽然不知道为什么阎非一直没把他的微信给删了，但是资源在这儿，不利用就是傻子。萧厉秉持着狗皮膏药的原则一直想多从阎非这儿套点东西出来，只可惜阎非这人喝酒都能做到全程只讲五句话，真是让萧厉这种酒后表演艺术家叹为观止。

私下里既然没多少交情，想要有料能爆，就只能靠案子了。

萧厉熟练地编起瞎话："这个案子现在引起的舆论反响不小，尸体又在大马路上，对方说不定也是想引起什么公众的注意，不需要个专家帮你们把把关吗？"

阎非沉默了一会儿，丢下一句"你等我消息"，干脆把电话挂了。

案件发生在闹市区，警方的反应终究是慢了一步，短短几个小时，黄悠悠和吴严峰的案子已经占据了各大门户网站的热搜前三，等到阎非赶回队里的时候，上头电话都打到了段局办公室，因为吴严峰的身份敏感，要求支队方面尽快破案。

"说得轻松，这案子现在简直是一头雾水。"

姚建平愤愤不平，一早上他看了不少热门微博里的猜测，有说吴严峰奸杀的，还有说他强奸未遂恼羞成怒杀人的，总之没有一个有事实根据。警方一早上在吴严峰的车里没有找到任何突破性的证据，而现在最关键的尸检，还有吴严峰的口供也没出来，外头却说得他们好像马上就能破案了一样。

阎非从早上忙得就没歇下来过，下午一点半，萧厉出现在支队的时候吴严峰刚刚从医院被带回来，阎非的脸色很不好看，接他上楼的一路一句话都没有。

根据尸检结果，黄悠悠死于氰化物中毒，死亡时间大概在凌晨十二点半到两点半之间，这个结果对吴严峰非常不利。但奇怪的是，黄悠悠身上没有任何挣扎导致的伤痕，死前也没有发生过性行为，处女膜陈旧性破裂，身上的大多数伤都是旧伤，最明显的是在手腕上，法医看完之后说这女孩儿生前至少自杀过三次。

从医院回来后，吴严峰一直坐在审讯室里，身为周宁房产大亨吴俊生的儿子，他的身份一经曝光就引起了轩然大波。医院的报告显示，吴严峰血液里的酒精浓度远超酒驾指标，查过观塘街上的监控后，警方发现吴严峰在凌晨三点左右将车停下，从那时起黄悠悠就没动过，只能看到吴严峰在一听一听地喝酒，中间还在路边吐过两次，最后却还是回到了车上。

有了阎非的撑腰，萧厉在队里都有了几分底气，姚建平和林楠理解不了为什么阎非一定要带着他查案，这个事儿其实萧厉自己也没搞明白，他缠着阎非无非就是碰碰运气，没想到阎非真的会答应。

总不能是因为他母亲的事情，想要给他一些特别照顾吧。

萧厉打了个寒战，而这时监控里阎非的声音陡然上去一个八度："你知道你每坐在这儿一分钟，你家里的股票会跌多少？早点交代清楚，我们都好交差。"

吴严峰的年纪不大，阎非拿他家里来说事也无非就是想吓他，然而不知是不是因为酒还没醒，阎非的问题只让吴严峰抬了一下头，无措道："我不知道。"

之后无论阎非再如何提问，吴严峰都像是宿醉未醒，对阎非的问题一概不知，甚至说不清楚黄悠悠是什么时候上了他的车，也说不明白为什么黄悠悠会死。

萧厉皱起眉："他在干什么？这时候如果是冤枉的，不应该先给自己辩白吗？"

林楠冷哼一声："说不定就是他干的，现在想靠喝醉了蒙混过关。"

吴严峰的第一次口供了快半小时，其中他的所有回答都是含糊其词，既没有肯定也没有否定，更没有表现出强烈的个人情绪，阎非出审讯室的时候面色铁青，立刻就被叫去了段局的办公室。

整个办公室里满是烟味，段局面色凝重："刚刚省厅来了电话，案子发酵的程度超乎想象，一个星期必须要给外界一个交代。"

他说完似乎连自己都觉得为难，拍着桌子骂了一句："以前还不都是干刑侦的，怎么破案的心里没点数？还有这些媒体！一天到晚就知道当搅屎棍。"

段志刚这个暴跳如雷的样子阎非也有阵子没见过了，无奈道：

"我会尽快破案。"

段局喝了口茶压下火气："说起来你和那个萧厉还有联系吗？"

阎非淡淡地说道："人就在楼下，这次的案子他要来搅和，多半想要打探我这个人，我也会让他跟，看看他打算干什么。"

段局没想到阎非竟然还要试探："你觉得如果三年前的事情和他有关，他会这么光明正大地来到你面前？"

阎非沉默不语，他知道段志刚觉得他是草木皆兵，但三年前的案子至今未断，有任何可能的线索他都不会轻易放过。

段局见阎非不说话，心知他在这点上和他父亲很像，他叹了口气："反正你自己把握好分寸，第一别让他出去瞎说，第二记得他可能有别的目的，长个心眼，别再走你父亲的老路。"

"好。"阎非垂下眼，"不会让您失望的。"

2

一个星期内要破案，阎非当了队长之后也不是第一次碰到，他从楼上下来，直接领着萧厉上了警车。时间很紧，他们必须尽快排查清楚死者的社会关系，并且尽可能地找到目击证人。

阎非的车飞驰在路上，萧厉顶着巨大心理压力终于开了口："你们经常这样吗？"

"怎样？"

"一周破案什么的，经常发生吗？"

萧厉问得小心翼翼，总算知道为什么姚建平和林楠对他的态度都一言难尽了，在没有直接进组之前，他确实以为警察查案相当我行我素，任凭外头吵得满城风雨，他们也还是一个查案的模式。

阎非面无表情地看着前面："不经常，但要是每次都有你们出来瞎掺和，弄得舆情很紧张，那就不一定了。"

萧厉就知道是这样，默默拿出手机看了一下，黄悠悠和吴严峰还在社交媒体的首页飘着，而吴严峰的父亲吴俊生在公司门口被媒体堵住的视频也已经成了热门。在微博上甚至兴起了"有钱可以为所欲为"的热搜，不少人都怀疑这次吴严峰可以破财消灾，成功免除牢狱之苦。

"这个吴严峰，出事之后很多人跳出来说他人品很差，也不知道是真是假。"萧厉翻了几条实时微博，清一色地都在骂吴严峰，墙倒众人推是现在网络舆论的一种趋势，他也不陌生，"最好吴严峰真的杀了人，要不现在谁帮吴严峰说话就会被认为收了钱，网民已经选择性相信吴严峰杀人了。"

"问题就在于并没有任何直接证据可以证明吴严峰杀人了。"阎非把车驶向事发的观塘街，从发现尸体到现在，不过五个小时，警戒线还没有被拆除。两人找到案发酒店昨晚的保洁人员，因为他们这条街的特殊性，经常有人会吐在酒店门口，酒店也因此安排了专门的清洁员。

"凌晨两三点的时候，有个小伙子在门口吐了两次，我当时心里那个气呀，困得要命还要去搞，我就记得他上了一辆白色的车子。"保洁员说得一脸神秘，"警察同志，那个车上的女的不是死了吗？但是我昨天去打扫的时候，看到那个小伙子还摸她来着。"

"摸她？"阎非一愣，"你确定吗？怎么摸的？"

"黑灯瞎火我哪儿能看得清啊，不过这儿这种事常有的，小伙子开着很贵的车，车里还有个不省人事的姑娘，上了车就干坏事的多了去了，我也没脸一直盯着看。"

据之前姚建平了解到的，吴严峰九点从公司离开的时候只说要去见人，之后就没人见过他了。市内调取到的监控显示，吴严峰驱车离开后开往了周宁南边的老城区，中间消失了有将近三小时，再出现在绕城高速上已经接近一点，曾经有人目击他在盛大路的二十四小时便利店里买了酒，那是他出现在观塘街前的最后一站。

阎非和萧厉顺着这个路线往回查，第二站去了目击到吴严峰的便利店，事发当时的营业员似乎一早上已经回答过无数次这个问题，熟练万分道："就一点一刻的样子，他进来买了啤酒，在付账的时候曾经犹豫过要不要拿柜台旁边的安全套，不过最后他没买，我猜是车上有吧。"

"他买了多少听啤酒？"

"就是提着的两打，我们店里卖得最贵的那种，我当时就觉得是个富二代了，但是没想到他车里还有人。"

萧厉看向柜台旁边，就像营业员说的，那里放着不少种类的安全套，底下还放着一些口香糖巧克力和单包纸巾："你是说他看向的是这个方向是吗？"

年轻人理所当然地点头，萧厉又问："为什么确定他看的不是口香糖？"

年轻人毫不犹豫地道："一般来说那个点进来买东西的人，尤其是他那样的，很多都会顺带买一包安全套。"

萧厉闻言笑了笑，一言不发地就从店里出去了。

"你信不过这些人？"又过了一会儿，阎非从便利店里出来，发现萧厉正在路边抽着烟，看上去心情不算好。

"人的嘴巴要是都这么牢靠就不能叫作人了，阎队你做这行的，应该早就深有体会吧。"萧厉冷笑一声，"你信不信，之前那个阿姨或许只看到吴严峰抬手，那么黑，还隔着车窗，她居然能非常确定吴严峰是在摸黄悠悠，还有这个小哥，他只是看到吴严峰的眼睛往那边看了一眼，他其实根本就不知道对方在看什么。"

萧厉说这话的时候脸色相当难看，阎非有点惊讶："我还以为你听完就要说吴严峰是真凶了。"

"阎队，虽说有的时候我也会为了吃口饭身不由己，但是牵扯到人命的事情，我很少开玩笑的，你不知道人随便说一句话可以对别人的人生造成多大影响。"萧厉想到很多年以前的事情，烦躁地抓了一把脑袋后头绑得有点粗糙的小辫子，"现在几乎没有物证，但所有人证都或多或少地影射吴严峰意图不轨，这难道不能很说明问题？"

"明后两天我会再把这些人请到支队询问一次。"阎非想了想说，"和他们说清楚后果，应该就不会有人再敢说那些自己都不确定的东西了。"

下午五点。

因为信息统计错误，技术部门那边绕了一圈才查清楚黄悠悠的住址，大学时她的父母离异，不久后生母自杀身故，在那之后，黄悠悠一直住在她母亲的房子里，地址就在老城区。

动身去黄悠悠家的一路上萧厉无聊得不行，一刷微博都是吴严峰的事儿，经过一天的发酵，现在已经上升到扒吴严峰私生活的程度，有人说他经常去观塘路的夜店"捡尸体"，把那些醉得走不动路的姑娘带回家，还有几个人说吴严峰喝了酒就会调戏女生，在几家顶流的夜店都是常客，也不知是真是假。

下班高峰期，绕城公路上的车堵成了长龙，萧厉觉得和阎非这样的人堵在路上简直跟受刑一样，为了活跃气氛，他开玩笑道："说起来，上次我舍生取义，阎队是不是觉得我还挺好用的？"

他本觉得这是个好话题，却不想阎非冷冷看他一眼："你上次做的事情连普通刑警都做不了，不知道你哪里来的胆量。"

网红案结束后，段局为了这个事儿还单独找过他一次，他老人家第一遍看笔录的时候没好好看萧厉的部分，后来仔细看了，段局才后知后觉他们差点又害死一个"七一四案"的受害者家属，当天下午就把阎非叫到办公室来痛批了半个小时。

萧厉被阎非的态度搞蒙了："这事儿你们不给我发奖金就算了，居然还不许我在微博上表彰我自己，也太没良心了。"

"表彰你，然后告诉全周宁，警察用一个普通市民当诱饵，让他差点被勒死了？"阎非压着火道，"我没有让你掺和的事你掺和了，差点送命，到最后连累的是整个刑侦局，上次的事我没和你计较，但你要是再敢做这种不动脑子的事，想清楚后果。"

"哈，那如果我不去钓鱼，你们就打算看监控看到眼瞎啊？"虽然之前的事萧厉也知道自己不完全占理，但阎非这种居高临下的态度还是让他分外火大，两人僵持了一会儿，萧厉想起他的四倍稿酬勉强克制住没骂人，冷笑道，"好，以后阎队你指东我绝不往西，行吧？"

阎非冷哼一声没回答他，萧厉原本好好的心情被弄砸了大半，根本懒得再开口，心想等到攒够素材，他非得把这个临时顾问的牌子摔在阎非脸上，反正本来就是他老子对不起自己。

接近八点，阎非按照姚建平给的地址找到了黄悠悠家，警方在黄悠悠身上并没有发现任何钥匙，除了在外套口袋里有一张证件之外别无他物。两人上了四楼，因为地处偏僻，这里大多数的住户已经搬走，楼道里黑着也没有人报修，萧厉不得不打着手机灯才能摸黑前进。

走到一半，阎非将萧厉拉到身后，自己小心地摸上四楼的铁门，和上次薛哲的老宅不一样，黄悠悠的家非但没锁，而且也没有断电。当阎非摸到门口的开关，室内一下子变得明亮，不大的居室里空无一人，萧厉眼尖地看到门口桌上一排熟悉的瓶子，是舍曲林。

"这些都是治疗抑郁症的药，可能是她以前受过什么创伤，自杀过三次也不奇怪。"

两人戴好手套和鞋套，先看了冰箱，里头空空荡荡，阎非道：

"她胃里是空的，几乎没有残存物，老郭说她在死前 6 小时没吃过东西，甚至可能一天都没有进食。"

屋内面积不大，大多数地方都并无异常，只有卧室显得相对凌乱，东西翻倒一地，床铺上的被子也明显有被人睡过的折痕，阎非只看了一眼眉头便拧在一起："像是发生过挣扎或者打斗。"

萧厉顺着东西翻倒的路径看了一下："看样子是有人从门口这边一路到了床边，撞倒了不少东西，最后两人可能在床上发生了什么。"

阎非没说话，回头便拨通了姚建平的电话："带技术的人过来一下，可能找到第一现场了。"

3

萧厉一觉睡醒，桌子对面的阎非还在看黄悠悠家的勘查报告，屋子里没有吴严峰的指纹和鞋印，可能是进行了打扫，在黄悠悠的床头柜上发现了装有氰化物的瓶子，上头同样只有黄悠悠的指纹。

时间已经快到凌晨三点，阎非看上去清醒得就像是早上刚上班，末了他合上报告，伸手按着太阳穴，明显是案情又陷入了僵局的表现。

"怎么样？"萧厉拿过报告看了一遍脸色也变了，"他没去过？"

"没有目击证人，没有指纹，没有脚印，没办法判断黄悠悠是在哪儿死的。"阎非声音里透着疲惫，"再过几个小时他的律师就来了，到时候只怕更问不出有用的东西。"

"那还等什么，他白天睡得应该够多了吧。"萧厉伸了个懒腰，"我们看看他的酒醒了没有。"

二十分钟过后，阎非再一次和吴严峰坐在了一间审讯室里，本来应该由林楠协同审讯，但因为姚建平困得神志不清，还没顾上拦，萧厉便已经抢先进去了。

相比于出外勤，以他的身份参与审讯显然更不合规定，阎非看了一眼萧厉却没赶他出去："下次要打申请。"

萧厉无所谓地耸耸肩，看向桌子对面的吴严峰，他天生一副很秀气的长相，休息了一天，精神明显好了不少，看到两人脸上甚至还有淡淡的笑意："是不是查到什么了？"

他这么一说意图便更明显了，阎非扬起眉："你希望我们往下查？"

吴严峰笑笑，却没直接回答："大半夜还要工作辛苦你们了。"

阎非冷冷地说道："你去过黄悠悠的家，你们认得？"

吴严峰摇了摇头："很多事情不是你们想象的那样，现在你们从我嘴里是问不出来的，如果我爸妈给我请的律师来了，他也不会再让我多说什么。"

阎非道："你希望我们查什么？为什么非要把自己扯进来，黄悠悠不是你杀的吧？"

萧厉叹了口气："你这样没好处的，你知道你爸公司的股票跌了多少吗？你自己也有公司，不怕这么下去满盘皆输？"

吴严峰笑道："你们都不知道输对我来说是什么意思，现在说这个字未免太早了。"

面对警方，吴严峰镇定得几乎不像是第一次进刑侦局，耗了半个小时后他们依旧一无所获，阎非无奈，只能让姚建平先带吴严峰去休息。

七天时限已经过去了一天，吴严峰的名字还挂在热搜上，案子却没有任何实质性的进展。四点过后再能熬的人都有点撑不住，八楼睡倒一片，萧厉打着哈欠，看阎非还在对着那几页纸发呆，他翻了个白眼："老大，你这么搞会死的好吧，你要想自我折磨干脆去睡那个很难睡的床，中间好大一个缝，一觉起来你就感觉身体被掏空了。"

阎非冷冷看了他一眼，起身时眼眶下已然一片青黑，他往角落里那个折叠床上一倒，不出五分钟人已经没了动静。

萧厉目瞪口呆，没想到还真有人能在那玩意儿上头睡着，他轻手轻脚地走到近处，看阎非睡得毫无知觉，正要拿手机，这时姚建平却忽然迷迷糊糊地说了一句梦话，萧厉给他弄得手一抖，尿得贼心瞬间没了大半，当即认命般地又把手机给揣回兜里，老实趴回去睡了。

四个小时后，七天期限的第二天，姚建平联系之前给他们提供线索的人证来局里再做一次正式的笔录。

正如萧厉所料，短短两个小时的笔录过程中，所有人的证词都有了一定程度的改变，保洁无法确定看到吴严峰摸过黄悠悠，而收银员也不确定吴严峰想拿的是安全套。

"所以说你看，路人的嘴，骗人的鬼。"监控外萧厉语气冰冷，"都是些落井下石的人，如果信了，那就会有人被冤枉。"

很多旧事重上心头，他耳边几乎能听见中年男人暴躁的怒吼："翅膀硬了是吧，外头那些人这么说我，你也这么说我，你还把我当你爸吗？"

萧厉捏紧了指节，把内心蠢蠢欲动的焦躁感压下去："咱们的人证没一个有用的，除了能证明吴严峰在那个时间点出现在固定的地方，根本提供不了什么线索。"

"最关键的那段时间现在没找到人证。"阎非眉头紧锁，"我们得找到目击吴严峰出现在老城区里的人证。"

两人从监控室里出去，之前跟过萧厉的新人唐浩急匆匆跑来说吴严峰的律师已经来过了，但奇怪的是，吴严峰面对律师也是一言不发，就这么耗了快半小时，最后律师不得已，只能直接走了。

萧厉有点吃惊："拒绝和律师打交道……你们之前碰到过这种吗？"

阎非同样想不明白为什么吴严峰会抗拒和律师沟通，摇摇头道："没时间了，我们今天直接去趟吴俊生那边。"

一共只有七天，他们一点都经不起耽搁，去吴家的路上，萧厉对着倒车镜理着一天没洗的头发，叹了口气："早知道要去见这种有钱人，我至少应该捯饬捯饬再去，一晚上没洗头，我辫子都油了。"

　　阎非道："记得你的身份，进去之后不要说多余的。"

　　萧厉翻了个白眼："你是皇上吗？成天说记得你的身份，我现在就是你跟班好不好？你抽烟我都要上去递火的。"

　　阎非用看傻子的眼神看了他一眼，扬起眉："我是皇上，你是我跟班，那你是什么？"

　　"阎非你占我便宜呀。"萧厉被他突然的问话弄得有点震惊，阎非则干脆不理他，将车在路口掉了头，马路的另一边就是吴俊生家所在的富人小区，根本上也隶属吴家的千硕地产。如今小区大门口还能看到不少在这儿蹲守的媒体，萧厉心中得意，隔着车窗玻璃冲着外头蹲点的同行挥手致意。

　　就和想象中的一样，吴严峰家装修得极尽奢华，上下三层还有内部电梯，而房子的主人吴俊生短短几天像是老了十岁，完全没了之前出席公众场合时的意气风发。两人再一问却发现，夫妻二人对这个儿子的了解并不多，又或者说，自从三年前吴严峰自己出去创业，他们平时甚至很少见面，长久的失联让夫妇俩连儿子为什么要拒绝律师都不知道。

　　两人被吴太太领着去看了吴严峰的房间，里头还有不少他留下来的东西，都是一些萧厉碰都不敢碰的奢侈品，而打开柜子后，萧厉发现里头的衣服风格大多十分夸张，和吴严峰被捕时穿的那件差距很大。

　　四处看了一圈后，偌大的房间里没有找到任何和家人有关的东西，连一张全家福都没有，倒是吴严峰以前在国外留学拿到的学历证书放在最显眼的位置，萧厉问道："他以前有交过什么女朋友之类的吗？会去泡吧吗？"

吴太太提到这个儿子像是随时会精神崩溃，抹着泪道："他没交过女朋友，夜店之类的地方以前喜欢去，不过好像搬出去之后就很少去了，小峰是个好孩子，绝不可能在外头乱杀人的。"

萧厉和阎非对视一眼，之后又问了吴太几个常规问题，很快便借口下午还要去吴严峰的公寓，告辞了。

"真是外表再光鲜也挡不住嘴脸难看，上来就急着把儿子往外摘。"上了车，萧厉一脸没好气，"家里那么多用人，吴严峰房间都落灰落成那样了也没人来打扫。难怪吴严峰待在咱们那儿看起来比在家里还舒坦，他可能压根不在意他爸的公司怎么样，或者说特意搞出这么大动静，就是为了要他爸难看。"

两人随便在路边解决了午饭，之后直奔吴严峰的家，进屋之前，萧厉甚至做好了门口有个小型喷泉的心理准备，却没想到门打开，吴严峰的公寓里却是空空荡荡，明面上甚至没摆什么多余的装饰。

在白鹿公寓里，吴严峰的个人用品很少，衣橱里只有二十件左右的衣服，四下别说是和黄悠悠有关的东西，这整个屋子里连一丝女人来过的痕迹都没有。

阎非问道："之前你说网上有人说吴严峰什么？"

"就是说富二代的那套，骄奢淫逸，喜欢显摆和卖弄，有很多人还见他在 KTV 里撒过钱。"萧厉站在空空荡荡的客厅里，笑容讥讽，"这可真够打脸的，说起来你们有查过他的消费记录吗，有什么可疑的吗？"

阎非摇头："吴严峰的消费并不高，近三个月里都没有大额的支出了，现在他们正在查黄悠悠的账号。"

这么一来吴严峰在局里表现出的样子倒是合理了不少，原来萧厉只当他是一个没什么脑子全靠父母的二世祖，现在看来他们对吴严峰的认知还是太浅薄了一些。

萧厉道："看吴俊生家里，吴严峰三年前应该还是个很典型的富家子弟做派，一定是发生了什么才导致他忽然发生转变……这会不会和他这次牵扯的事件有关？"

"三年前无论发生了什么，都多半和他家里脱不开干系，现在我们连吴严峰平时是个什么样的人都不知道，就只能想别的办法，去吴严峰的公司问平时和他相熟的同事。"阎非疲惫地捏了捏鼻梁，"留给我们的时间不多，虽说吴严峰还能扣得住，但是他待的时间越久外头的怀疑就会越大，现在已经有媒体在刑侦局门口蹲点了。"

4

姚建平打来电话的时候阎非带着萧厉刚到千硕地产的楼下，天色渐晚，跑了一天的萧厉哈欠连连："又怎么了，总不能是你上头条了吧？"

"消费记录查了，黄悠悠每月都会拿到一万块钱，到手是现金，她自己存进银行。"

"拿了多久？"

"从三年前的六月开始的。"

萧厉露出一个果然如此的神情："也是三年前，这么一来三年前发生的事情很有可能跟吴严峰和黄悠悠都有关系。"

阎非道："吴严峰和黄悠悠的关系现在还没查明白，不知道他想让我们查的事情是不是和三年前有关系。"

四月份周宁的天气早晚温差很大，夜风吹过来萧厉抱着胳膊打了个哆嗦，然而阎非同样穿得单薄却半点事没有，萧厉打量着他："你其实不用有偶像包袱，我知道你们警察也是会吃喝拉撒的。"

阎非满脸莫名，萧厉又说："你要冷了可以说。"

"是你体质太差了。"阎非淡淡地说道，"在警校过不了体测的。"

萧厉给噎得一口气没上来："老子惜命，确实做不了警察。"

"是吗？惜命你去钓鱼？"阎非丢下一句便掐了烟进门，萧厉翻了个白眼，心想到时候一定要编派上做事专断独行这条，也跟着进了写字楼。

作为周宁这几年势头正盛的房地产品牌，千硕地产是一家光是园区就占地将近十万平方米的巨大公司，两人在前台换过临时出入证之后才被带上了十二楼。在三年前，吴严峰还在他爸的公司里挂着销售副总监的职位，离职之后创办了自己的广告公司千森传媒，虽然现在还在融资阶段，但公司三年来的效益每年都在增长。

阎非没绕任何弯子，到了十二楼直接就去找了当时吴严峰的直系上司，千硕地产的销售总监方磊，萧厉自觉进去也没自己说话的余地，没跟他进办公室，而是在十二楼随机找普通员工询问情况。

说起吴严峰，几位员工的说辞十分一致，都说三年前吴严峰在公司挂名的时候很少来上班，偶尔来一趟公司下午三四点就会走，和几个开跑车的男性朋友一起去玩。

萧厉觉得奇怪，吴严峰长得不难看，但在所有人的说法里，他连个女朋友都没有，再问起以前吴严峰在千硕时的状态，一位女职员道："就典型的富二代啊，不怎么干活，也没人管他，偶尔来开会都得找两个人骂，跟完成指标一样。后来我们都习惯了，谁碰上了就当倒霉，反正业绩指标还是方总监那边说了算，所以大家就当是哄他啰。"

萧厉这才总算知道网上吴严峰那些仇人都是从哪儿来的，但是这种状态下的吴严峰明显和他们在审讯室里见到的不是同一个人，萧厉问道："他一直这样？中间没有发生过什么变化？"

"要说变化，也就是走的时候吧。"女职员回忆起那时候的事情还觉得不可思议："临走前给我们所有人都买了咖啡，还特地让组长开会替他感谢大家三年的照顾，跟转性了一样。"

"问好了没有？"

这时阎非从后头无声无息地走了过来，两个姑娘看到他的一瞬间就闭上了嘴，直到两人走远，萧厉才听到背后的窃窃私语："他不就是那个老婆死得很惨的那个，我看过照片的……"

萧厉心里一沉，进了电梯，阎非问道："问出什么了？"

萧厉说道："还是三年前，吴严峰忽然性格大变，从一个纨绔子弟忽然从良了。"

阎非淡淡地说道："主管说三年前吴严峰的辞职原因是病退，他那段时间被人打了，比较严重，领导就做了个顺水人情让他走了。查了一下具体月份，吴严峰是三年前的七月份辞职的，时间和黄悠悠开始存钱就相差一个月。"

"你觉得钱可能是吴严峰出于某种原因给黄悠悠用来封口的？"

萧厉出于职业习惯，瞬间便有了联想，阎非摇摇头："现在还不好说，趁着还有时间，再去见一下吴严峰的现同事。"

这已经是他们跑的第四个地方了。萧厉没想到回回跟阎非办案子都这么折腾，噎了一会儿才道："你们刑侦局不给我发工资真说不过去。"

阎非理都没理他。

将近九点的时候两人赶到千森传媒，虽说吴严峰现在自由受限，但公司内部还是照常运作，甚至他们到的时候整层办公室都灯火通明，仍然有两个团队在赶手头的案子。

萧厉因为没睡好，到了这个点已经困得发蒙，他也不知道阎非是什么做的，一天这么连轴转下来眉毛都不动一下，全程一个小时问完，萧厉只记得大多数人都认为吴严峰是个不错的老板，其他细节上的东西简直是一团糨糊。

"回去睡觉，明天早上八点半来支队报道，不要迟到。"

从千森传媒出来，阎非冷冰冰的声音一下就叫萧厉醒了大半，他有点受宠若惊："明天还带我呀，我这么重要的吗？"

"既然要干，就得干到底，更何况谁知道让你回去闲着这两天又会不会出什么新的热搜。"阎非冷冷地说道，"要是不想干就把临时顾问的牌子留下，之后也不要再联系我。"

"你干吗？"阎非问。

翌日上午八点半。

萧厉被阎非领到八楼的时候发现他们已经在开组会，白板上贴了几张照片，是几个长相都还不错的年轻男生。阎非道："就是昨天吴俊生列出来的那几个吴严峰的朋友，肖望、王梓远还有黄勇，三个都死了。"

"死了？"萧厉一口咖啡差点没喷出来，"怎么死的，这几个人不都很年轻吗？"

姚建平皱着眉："这三个人是在一年多以前的一起事故里死的，山路坠崖，原因是因为酒驾，死亡报告里说，在驾驶员身体里验出了高浓度的酒精，早上我打电话和吴俊生确认过，吴俊生并不知情。"

萧厉走到白板前，每个人照片旁边都写着年龄，都是和吴严峰年龄相仿且出身不错的年轻人，正可谓是在最黄金的年纪陨落了。他皱起眉："怎么搞的，吴严峰这个人就像是被割裂开来一样，三年前的朋友都死光了，但是这个事儿蹊跷是蹊跷了一点，和这次黄悠悠的事儿应该也没什么联系吧？"

阎非摇头："太巧了，这么多的巧合聚到一起的时候就有问题，他们是在南山区发生事故的，事发路段由于之前发生过山洪，处于监控盲区。"

"监控盲区？"萧厉奇道，"开山路酒驾本来就很奇怪，那一段还没有监控，这种蹊跷的案子是当作事故来处理的？"

"当时开车的黄勇家属不希望这个事情闹大，做了赔偿，而另外两个人都有家里给保的巨额保险，家属在认完尸体之后很快就走完了流程。"

萧厉冷笑一声："果然这些豪门贵族大多都是一丘之貉，对亲生儿子也就跟对条狗差不多嘛。"

阎非道："接下来分头查，我们跟一下这三个人，姚建平、林楠你们再去黄悠悠家附近，找可能看到过吴严峰的人证，看看他消失的那三个小时有没有目击证人。"

阎非利落地分配完任务，把车钥匙扔给萧厉，后者一愣："我现在还得当司机了？"

"我要睡一会儿，先去肖望家里。"阎非不给他反抗的余地，丢下一句就走向洗手间。

姚建平这时对萧厉投来同情的眼神："头儿睡不好的时候心情会比较差，以前都是我跟的，现在可算把小丽哥你给盼来了。"

"去去去，小丽是你叫的吗？"萧厉不爽地把姚建平给拍开，回想起之前阎非吃的药，他其实大概能猜到他失眠的原因，应该和之前的那件事有点关系。

就在三年前的初秋，有人报案，在周宁市立北区的一个路口发现一具半裸的女尸，被害者上身衣物完好，下身赤裸并被塞满了各种杂物，其中甚至还有酒瓶和鲜花，从远处看，简直像是一件猎奇的艺术品一般。

由于女尸被发现的地点并非人迹罕至，一经发现，还没等警方赶到，大量尸体的照片就已经被曝光，甚至传得满网都是，只是那时候谁也不知道，死者就是周宁市刑警支队队长阎非的妻子白灵，生前是警局的一名信息技术员。

"九一七案"，至今都还没有抓到凶手，是一个无头案。

萧厉回过神，看阎非甩着手上的水，面无表情地走过来，他忽然就有点好奇，这个人在他老婆的案子发生之前是什么样的？

之后的大半天，他们依次走访了一年多以前坠崖死亡的三人家属，其中除了王梓远其他两人都有兄弟姐妹，在他们死后，家里也并没有太大的变化，除了家庭合照上少了一个人，家人像是已经完全从悲痛中走了出来。

两人跑了一圈，发现除了黄勇其他两家为了保险赔偿也选择私了，这么大个案子，就生生给当事故按下来了。从黄勇家离开后，上了车萧厉看阎非眉头紧皱："还是觉得这三个人有问题？"

阎非道："没有监控，基本就是精心策划的蓄意杀人，你应该知道'九一七案'吧？"

萧厉心头一震："知道。"

"当时被害者被发现的地方，因为路段翻修，线路调整，所以道路监控被停了一个月，尸体就是在这个时候被发现的。"

萧厉没想到阎非会忽然和他说这个，"九一七案"毕竟是他老婆的案子，他琢磨了半天还是不知道自己该说什么，心里正打鼓，回头发现阎非看着他的眼神像刀子一样，萧厉背后冷汗直冒："所以你是觉得和这次的案子有关系？"

阎非又看了他一会儿才收回眼神："跟吴严峰有很大关系的三个人同时死亡，还是在这种情况下，这是很可疑的。"

"你这么一说我倒是想起来了。"萧厉看他没再深究，赶忙不动声色地转移话题，"之前去千硕，吴严峰以前的同事说他从来没有过女朋友，三年前跟这几个人混在一起也没带过女人，加上他和他家人的关系不好，你有没有觉得这当中可能有点问题？"

5

阎非很快反应过来："你觉得他可能不喜欢女人？"

萧厉点头："这其实是个很关键的问题，现在外界都怀疑吴严峰是图谋不轨没有成功，一怒之下杀了黄悠悠，但如果他不喜欢女人，那么这种猜测就不攻自破了。"

阎非想了想，打电话给技术队重新核对吴严峰的消费记录，结果大多消费都是在餐馆和超市，偶尔有一两次衣服的采购，也都是在男装店。

萧厉竖着耳朵在边上听，忍不住道："一点经济上的支出都没有，家里也没有任何女人的东西，对于他这种条件的人，这不是很有问题吗？"

阎非道："这个事情可能他家里是知道的，但是对于吴家来说是个丑闻，所以导致他和家里关系很差。"

他说完，姚建平那边的电话来了，姚建平急匆匆道："找到了头儿！不是那天晚上的目击者，但是可以证明黄悠悠和吴严峰认得。"

"谁？"

"通过黄悠悠的开药记录找到了一家心理咨询室，医生说，黄悠悠曾多次被人送到过门口，车是一辆白色的跑车，核对过车牌号，和吴严峰的车吻合。"

萧厉惊道："这么一来，无论黄悠悠的心理创伤是什么，吴严峰可能都是知情的，她是什么时候开始看心理医生的？"

"三年前。"

阎非直接在路口掉转了方向，他们现在只剩下四天多一点的时间了，阎非争分夺秒全体现在了车技上，不到二十分钟，车已经停在了诊所门口。两人找到黄悠悠的主治医生，问起黄悠悠的情况，医生叹了口气，说黄悠悠在他这里已经看了快三年了，一直没有完全敞开心扉，后期更出现自残的情况，无奈之下他也只能建议黄悠悠的亲友带她去医院开药。

对比过吴严峰的照片后，主治医生确认，带黄悠悠来的人正是吴严峰。

阎非和萧厉对视一眼，萧厉问道："黄悠悠抑郁的源头在哪儿？"

医生道："她一直不愿意说起那件事，甚至我用催眠的办法都没有办法让她开口，她只肯告诉我在那件事之后她父亲便开始看不起她，她母亲离婚又自杀了。这孩子的病情中间其实一度有过好转，大概一年多以前吧，她减少了来见我的次数，我当时还以为她终于打开心结了，没想到会发生这样的事。"

两人在咨询室核查了黄悠悠的就诊记录，从三年前七月份一直到一年多以前一直维持着一个星期两次的频率，直到一年前变成两个星期一次，而且咨询的时长也变短了。这其中所有的费用虽然都是她自己付的，但是溯其源头，这笔钱却极可能是吴严峰给的，只是他通过给现金规避了被人发现的风险，让自己不出现在任何和黄悠悠相关的记录上。

案子到这一步终于证实了吴严峰和黄悠悠存在某种隐秘的关系，从咨询室出来，他们兵分两路，姚建平和林楠继续去查黄悠悠过去的工作记录，萧厉和阎非则去黄悠悠的生父家了解三年前那场事故。

眼看阎非大步流星地向车子走去，萧厉手疾眼快地在他背后按了一下拍摄键，结果手机还没收下去，阎非就像是察觉到什么一般回过头，警惕地眯起眼："你在干什么？"

"自拍黑眼圈。"萧厉出了一身冷汗，心想阎非莫不是背后长眼睛了。

阎非狐疑地盯着他："说起来你最近微博都没有更新，靠什么挣钱？"

萧厉干笑道："穷有穷的活法，我这不都开始给饭馆写软文了吗？再说了，谁还能没个私心，还不就是想套套近乎，等咱们合作个几次，给你们做个独家专访……"

萧厉心知对付阎非这样的还不如就把目的讲得明确一点，反倒符合他心目中搞媒体的形象。他心里正在忐忑，却听阎非道："这个事我可以和段局打申请。"

"真的？"

萧厉一愣，转头撞上阎非直勾勾盯着他看的眼神，萧厉在瞬间甚至觉得这人可能已经发现了什么，他心里飞快地想了很多种解释，然而阎非却没给他这个机会，直接发动了车子："马上去黄悠悠家，今晚要熬夜，你最好提前睡一会儿。"

…………

"你确定要文了吗？"罗小男站在灯光下，表情担忧，"你这个样子以后出去很容易被人当流氓的。"

萧厉裸着上半身有点冷，笑了笑："那总比原来那样子好看吧，至少能吓唬吓唬人，我原来只能吓唬到你。"

灯光下他背后布满了长长短短的伤疤，最长的一道斜着从肩膀一直到侧腰，是被木棍上的铁钉划的。罗小男叹了口气："是不是这样你晚上就能睡好觉了？不会再每个晚上都被吓醒了？"

"放心。"萧厉笑笑，"以后不会再吵醒你了。"

"萧先生，请问我们可以开始了吗？您的文样本来耗时就长。"

一旁的文身师吃了好一会儿狗粮，这时候终于有点酸酸地开口了，而萧厉正想说话，工作室的地板却猛烈地晃动起来，他给吓得一个激灵，睁开眼玻璃外是一片漆黑的夜色，阎非似乎发现他醒了："马上到了，路有点不好走。"

萧厉直起身，意识到他们已经下了高速，正开在一片乡间的土路上，他随手把掉下来的头绳盘在手腕上，心想大概是有点想罗小男了。

两人找到黄悠悠生父的果园，到了门口，里头传来男男女女哄闹搓麻将的声音，而开门的人正是黄悠悠的生父。两人说明来意，男人却是无论怎么都不愿说起三年前那场"家丑"，最后逼得阎非不得不摆出极为强硬的姿态，将屋内人都赶了出去，黄父才像是终于意识到这事儿躲不掉，不情不愿地说起当年的事。

"是那个丫头不听话，我叫她别读了，非要读，不给钱还要读，到那种不三不四的地方去打工，不给人糟蹋才怪。"黄父骂骂咧咧道，"本来生个女儿就是赔本买卖，小丫头还非要念什么大学，我不给钱就让她出去打工，本来小丫头清清白白的还能嫁出去，结果这下好了，连身子都不干净了，以后还有谁敢要她。"

果然如此，萧厉心中一沉，而阎非冷冷地说道："那你知道是谁强奸了黄悠悠吗？"

黄父冷哼："谁知道，小丫头回来就知道哭，这事儿传出去都难看，我让她收了钱就别吱声了。"

黄父不耐烦地说完，一副要赶客的意思："我就知道这些，这事儿跟我没关系，说不定那丫头是自己送上门的也不一定。你看我跟她妈离婚都好几年了，你们也别让我给她收尸，拿回来往哪儿放？"

"那是你女儿。"萧厉听到最后只觉得一股邪火直冲脑门儿，动作快得阎非都拉不住，一下子逼到黄父跟前，"你是不是特别怕这种丑事曝光啊？"

黄父狐疑地看了他一眼，萧厉的笑容随即跟着冷下来："那恭喜你了，我不但是个警察，我还是半个记者呢，过段时间记得上网搜搜你自己，说不定会有惊喜。"

他丢下这么一句，头也不回便出去了，只留下阎非一个人无奈地在原地捏鼻梁。他们身份不同，阎非自然不可能就这么摆摊子，又了解了一些后续情况才跟出去，看到萧厉正在不远处靠着一根电线杆抽闷烟。

阎非走到跟前："你怎么回事？"

萧厉没好气："这种鬼话换谁能听得下去？你就不想揍他呀？"

阎非没想到他在这方面还挺情绪化，淡淡地说道："以后不要拿警察的身份去威胁别人，如果有人来投诉，你是要承担全部责任的。"

萧厉翻了个白眼，从怀里掏出手机，刚刚黄父说的话被清晰地重播了出来，萧厉冷笑："等我不当警察了，我会让他的日子很难过的。"

萧厉这回像是气得不轻，烟抽得都比平时快，阎非见状从他那儿把火拿过来，也慢悠悠地点上一根烟："这个东西别放上网，否则我会抓你，重要的是把案子破了。你们以后要是能少管案子，多把注意力放在这种我们抓不了的人身上，我或许还得感谢你们。"

"现在说这个你觉得合适吗？"萧厉没想到都这时候阎非还说这种话，又好气又好笑，"都说了不是所有媒体人都这样，你看我——"

"还有四天。"这回阎非直接打断了他，"社交媒体上已经有人在说警察收了吴家的钱，很快吴严峰就会被无罪释放，再过几天，这样的声音会变得越来越大，然后矛头就会对准你现在看到的每一个正在不眠不休查案的同事。动动嘴皮子和实际查案是两回事，你可以在网络上声讨一个人，但是光靠说是没办法还原真相的。"

阎非难得这样同他说话，萧厉被他说得哑了火，半晌才问："所以刚刚你最后又问出什么来了？"

"黄悠悠在三年前曾经在老城区的一家酒吧里打工，她家里并不知道酒吧的名字，但知道酒吧离黄悠悠辍学前念的周宁艺术学院不远，周末还会有驻唱歌手去唱歌。"阎非语气平静，眼神里却透着锋利的冷意，"就算你不适合，但你现在算是个警察，是警察就要遵守规矩，少做多余的事，也别在我眼皮子底下做……没有下次了。"

6

回程的路是萧厉开的，他之前被说得气闷又没办法反驳，憋了很久才说道："你们每次都这样？舆论压力这么大？"

阎非在副驾上闭目养神，淡淡地说道："最先会是我，然后就会变成整个刑侦局，那些言论你应该很熟才对。"

萧厉现在已经懒得和他争了："知道归知道，但是没觉得会这么严重，也没想到会上升到你们个人。"

即使他现在没法发微博，但是萧厉还是会习惯性地看社交媒体，知道随着舆论发酵，外界确实开始好奇为什么看起来很明了的案情至今没有一个定论，而阎非毕竟也不是隐形的，他之前就在相关的媒体里露过面，事情到了这个地步也自然难辞其咎，这两天已经可以在网上白热化的争论里看到他的名字。

"有些人是禁不起煽动的，乱说话会让无辜的人受到伤害，甚至被杀。"

阎非语气平淡，就像在说别人的什么事，但萧厉几乎立刻就意识到他在说什么。三年前"九一七案"因为涉及人员过于敏感，事后并没有对外界公布全部案情，但单从当年尸体被发现时的状态来看，白灵死前一定遭遇过极大的痛苦。

归根结底，要不是有人曝光了白灵支队队长妻子的身份，她可能就不会死。

他想到这儿终于服了软，无奈道："行了我知道了，对不起我错了，阎大队长，下回不会干这种没脑子的事了。气昏头了，不是特殊情况，我也讨厌用舆论去伤害人，虽然他确实不是个东西。"

萧厉嘴上这么说着，心里却五味杂陈，用舆论伤害一个人，所谓"特殊情况"真的可以应用在阎非身上吗？

阎非看他一眼："看不出来你还挺有职业素养。"

萧厉听出他在挤对自己："我知道你不信，但是我以前之所以做过很多种工作就是为了尽量避免写这种东西，看过更多人的生活之后，你就会下意识地想你说出的话会不会对其他人造成影响，虽然有些时候是没办法，但是我会尽量不写。"

"为什么？"

"因为说错一句话，可能会让一个人痛苦很多年。"

男人暴怒的声音犹在耳畔，萧厉几乎感到背后的伤疤开始灼痛起来，他咬紧了牙关："总之我知道人言可畏的道理，咱们还是赶紧查吧，听这个意思感觉再不查个水落石出你就得遭殃了，如果一个星期破不了案你怎么办？"

"我就会引咎退居二线，我们这行，每个做不到的人都会这样。"阎非淡淡地说道，"破不了案公众会怪警察，就跟救不了命有人就会怪医生一样。"

萧厉心头一震，转头看阎非的表情却像是一早就接受了这个事实，他最终什么话都没能说出来，之后阎非开了后半程，两人回到局里已经接近十二点。

已经是第三天，两人同姚建平和林楠简单在八楼碰了一下，阎非在白板上写下三年前强奸案几个字："没有立案，吴严峰不肯开口，黄悠悠已经死了，现在必须找到当时发生这件事的酒吧。黄悠悠的父亲说了，老城区，有伴唱，离周宁艺术学院很近，黄悠悠过去在那里打工过，马上要把这个事情查出来。"

萧厉道："还有就是吴严峰，我一直觉得他在这整件事里的角色很奇怪，他对黄悠悠很好，但是黄悠悠却死在他车上，还有如果是他强奸了黄悠悠，为什么还要陪她去看心理医生，这不是全都前后矛盾？"

阎非道："你之前说吴严峰过去从来没有过女朋友，唯一有的就是那三个朋友，换言之，黄悠悠出事的时候吴严峰和那三个人的关系应该还很亲近。"

他在黄悠悠和一年前死去的那三人之间画了红线："这三个人死的同时，黄悠悠的情况也有好转，你们觉得有没有可能，吴严峰只是当年的知情者，真正强暴黄悠悠的其实是他这三个朋友？"

姚建平倒吸一口凉气："所以吴严峰只是被他们推出来背锅的？那他会不会是受够了才决定要杀黄悠悠灭口的？"

阎非摇摇头："那说不通他为什么会把尸体留在车上并且把车停在闹市区，他太镇定了，不像是冲动杀人，如果说蓄意，这种手法又很异常。"

随着这两天的深入了解，他们已经越来越发现吴严峰的城府超过他们想象，离开千硕地产之后吴严峰的创业之路顺利非常，然而更奇怪的是他待人接物方式的改变，与其说是忽然成熟了，倒不如说变化太突然，就好像三年前的那一套反倒是他装出来的一样。

阎非在吴严峰的名字上画了个圈，提高声音把所有人涣散的注意力给拉回来："今天晚上重点整理一下一年前南山区的坠崖事故，把当时所有证人证词拿出来重看，任何可疑的地方，明后两天都要重新查。"

翌日上午九点。

对吴严峰的第三次审讯在开始之后十分钟就结束了，相比于阎非和萧厉的严词厉色，吴严峰显得十分轻松，丝毫不介意吴俊生的股票跌得很惨，他们照旧没有什么进展，结束时萧厉实在气不过："你真不怕我们稍微一疏忽，你就成杀人犯了。"

"你们不会的。"吴严峰笑得坦然，"因为你们也没有证据，不是吗？"

出了审讯室，萧厉一脸不爽地骂道："他哪儿来的底气，现在的舆论对他很不利，就算他没杀人，出去了，估计外头也会觉得是他家里塞了钱。"

阎非道："他并不在乎这个，先去查一年前的证词，当时定性成事故之后没有查得太仔细。山下的便利店老板说见过他们来买酒，加上事后黄勇身体里检测出了酒精，这个事情很快就被认定为酒驾了……一会儿走一趟南山区，一年前的关键证人就是便利店的老板，过去这么久再去问他，可能结果已经不同了。"

阎非似乎已经对这种巨大的舆论压力司空见惯，萧厉上车前随便翻了一下社交媒体，果然，到了第四天舆论几乎一边倒地在怀疑刑侦局收了好处现在不能结案。即便刑侦局方面已经出了官方的声明将会在一周之内给出交代，种种猜测却还是汹涌而来，一些关于阎非本人的流言开始出现在新的热点里，看得萧厉都为他捏一把汗。

要是日后他把那篇稿子交给罗小男，对于阎非来说一定是一场灾难。

从某种程度上来说，萧厉痛恨用舆论去毁了一个人，但是童年时的阴影又在他身上留下了太深的痕迹。

"七一四案"的凶手已经伏法，但是这件事给受害者家属造成的伤口却不是朝夕能够愈合的。当年严昊将阎正平杀死之后还在他身上留下了很多刀伤毁尸，正是因为王宝怡死后他每天晚上都做妻子被杀的噩梦，案子一日不破，严昊的噩梦就一直继续……他将全部的希冀都压在警方身上，然而整整五年过去，最终揭开真相的却不是警察，严昊精神一度因此崩溃，以至于最后才酿成了大祸。

对于萧厉而言，"七一四案"让他失去了母亲，而阎正平的怀疑毁了他父亲的一生，甚至还差点毁了他，如今阎正平已死，除了阎非，这笔账萧厉实在找不到人去算。

上了车阎非照例和他换着补觉，萧厉看了一眼阎非睡着时依然绷紧的脸，暗暗咬牙。

现在心软就太没出息了。

两人按照技术那边提供的地址找到当年的便利店，因为就在南山脚下，几乎来往车辆在上山前可能都会在这里做一些补给。

说起一年多前的事，老板像是还有印象，再次同他们确认了，当年那三个人来的时候买了好几箱进口啤酒，都非常贵。萧厉问道："他们来买酒的时候已经很晚了吧，你确定是他们本人吗？"

老板想也没想："确定的，一个男生，高高瘦瘦，我后来看过他的照片，虽然戴着帽子，但是应该是他。"

"戴着帽子？大晚上？"萧厉皱起眉，"你确定吗？是同一个人？"

老板被他问得恼火起来："我给他结的单，记得很清楚，我当时还和他开了个玩笑，我说一个人喝不了这么多，但他说他不是一个人，是三个，然后我就顺着往外头看，看到他们的车子在外头，旁边还站着个姑娘，也戴着帽子，我本来以为是他的女朋友呢。"

这么一说就更加不对劲了，萧厉惊道："姑娘？什么样的姑娘你还记得吗？"

阎非从怀里掏出黄悠悠的照片："看着像她吗？"

老板仔仔细细打量了一番："有点像……发型和身材都差不多，就是戴着帽子，当时太晚了，我也看不清楚脸。"

萧厉骂了一句："要是黄悠悠，那事儿可大发了。"

阎非皱着眉又拿出了吴严峰的照片："当时那个买酒的男生，和这个人像吗？"

老板这回又多看了两眼，语气犹豫起来："当时他帽子拉得很低，但是确实很像是之前警察给我看的照片里的人，加上他说他们有三个人……"

萧厉忍不住翻了个白眼。

"完蛋。"

从便利店出来，萧厉叹了口气："这么看一年前那个案子很有可能是他杀了。"

阎非远远看向山上盘旋的山路，因为南山山势陡峭，所以车道的另一边护栏外就是峭壁："尸体没有经过专业尸检，加上三家人都急着私了，估计根本没有仔细查看尸体上有没有其他的特征。"

萧厉想了想说："你把一年多以前他们车子的特征还有具体坠崖的时间给我一下，既然现在没有其他证据了，那就只能死马当活马医了。"

7

从山下开到当时黄勇他们出事的地点大概需要二十分钟，一边的山壁上挂着小心落石的警告牌，阎非皱眉道："南山山道本来就属于崎岖道路，以当时黄勇身体里的酒精浓度，他应该不可能坚持到这个地方才坠崖。"

萧厉道："当时三个人都树敌不少，因此上次他们醉酒坠崖才没人产生任何怀疑。"

阎非身上的衣服都被山风吹得飒飒作响："事情已经过去了一年，又是以事故做定论收尾的，现在想要重新调查非常困难，看刚刚便利店老板那个样子，估计就算是吴严峰直接出现在他的面前，他也可能认不出来。"

萧厉的手机上还没新消息进来，阎非见状问道："刚刚你要那些信息做什么？"

"以你们的办法找不到，那就得走旁门左道了。"萧厉耸肩，"不过你放心，他嘴巴很严，我们现在要不再验一下当时其他的证词？保不准整个案子都可以被推翻。"

之后他们依次联络了曾经给坠崖事故提供过线索的人，其中包括和三人玩得都不错的女性朋友，还有最后目击三人上山的一名夜店服务员。再次核对后却发现，在三人当中，王梓远的驾照就是酒驾吊销的，也因此酒驾坠崖的事故发生后，他的朋友大多不意外，而当年给他们点酒的服务生证实，三人在夜总会里已经喝了一瓶洋酒和一箱啤酒，最后离开时提出过要找代驾，就是不知道为什么最后还是自己开车上了南山。

阎非道："所以说确实可能是有人开着他们的车把人带上了南山，再一次性杀三个人灭口。"

萧厉点上一根烟笑了："所以呀，其实这就跟吴严峰一样，外头很容易就把这些富二代的坏毛病往他们身上贴，如果是凶杀，那其实所有人都是在无意识地替真凶打掩护。"

"替真凶打掩护……"阎非若有所思，"如果黄勇他们才是强奸黄悠悠的人，那吴严峰为什么会替他们打掩护？他的上司说他辞职的时候身上有伤，会不会吴严峰也是某种程度上的受害者？"

他话音刚落，口袋里的手机倏然猛振起来，阎非听了几句脸色变得不太好看，挂了电话道："虽然还没有定案，但是现在舆情比较严峻，段局让我们这边先出通报安抚群众情绪，下午我得回去，看看什么能说。"

萧厉叹了口气："这风口浪尖的，你不会被人砸鸡蛋吧？"

阎非问道："你那个朋友那边还有多久能出结果？"

萧厉看了一眼表："这么久的事情了，得给他点时间，至少也得再有个一两个小时吧。"

"我马上回刑侦局，有消息了联系我。"

阎非把他丢在南山区便回了队里，萧厉心里也知道所谓进展通报无非就是澄清，但现在只要不给吴严峰定罪，警方这边无论说什么都可能是越抹越黑。

身为编外人员，萧厉左右没事，干脆就近找了个咖啡馆写稿。阎非的稿子到现在的进度都还是六百字，说到底还是因为阎非本人并不是个能编出太多黑料的人，跟了这么久，萧厉拍下的大多数照片都是他兢兢业业办案……萧厉一边写一边安慰自己，其实他也不算是黑阎非，无非就是要揭开他的一些伤疤，让更多人来了解他。

萧厉在咖啡厅里坐了一会儿，很快手机便被富二代杀人案的消息刷了屏。出于好奇，萧厉也看了相关微博，刑侦局的通报说的无非就是他们会尽快拿出结果，希望大众能够相信他们的工作。

这种回答自然是没法满足大众胃口的。

看到自媒体的相关转发之后，萧厉甚至都有点同情起刑侦局这帮人，起早贪黑熬了几天几夜就换来这种结果，也难怪阎非会非常讨厌媒体。

萧厉心思都挂在案子上，最后稿子没写几个字，刑侦局那边倒是先来了消息，林楠排查了周宁艺术学院周围有驻唱的酒吧，最终找到了那家黄悠悠曾经打工过的店。

猜也猜得到，经历过下午的事情，阎非的心情好不到哪儿去，萧厉还特地在路上买了烟，果然到了地方这人周身气场都比平时要压抑几分，萧厉硬着头皮上去："怎么样？"

阎非面无表情道："还有三天，必须出个结果。"

两人和林楠一起进入酒吧，和老板确认过，三年前黄悠悠曾经在他们这里打过短工，那时因为黄悠悠还在周宁艺术学院上学，只有晚上才有时间过来工作。

酒吧的老板回想起三年前的状况叹了口气，说那天晚上有几个客人喝多了，缠着黄悠悠不让她走，在酒吧的时候他一直看着，但是下班之后的事情他也并不清楚。

阎非出示了黄勇他们的照片，老板确定他看到的就是这三人，而且，当时他们其实是一行四人，最后一个人稍显腼腆，话少，正是吴严峰。

好不容易抓到一点线索，萧厉几乎控制不住地说了一句："总算找到联系了。"

阎非问道："后来发生了什么你知道吗？"

老板道："其实我当时因为担心她，找了我们这边一个小伙子送她回去，后来黄悠悠不来上班之后我也问过他，但是他说他送到楼下了。"

老板随即叫来了当年在酒吧里打工的酒保，名叫冯天明，在问询中，年轻人出现了一定程度的眼神躲闪，阎非看出端倪，随即在茶几上放上黄勇、王梓远、肖望还有吴严峰的照片，见状年轻人的脸色突变，萧厉道："这四个人你应该都见过吧？三年前的那天晚上，在你送黄悠悠回家的时候，他们干了什么？"

他的话就像是最后一根稻草，压得冯天明哆嗦了一下，战战兢兢地开了口："最后一天确实是我送她回去的，我也知道有人在跟着我们，本来想要赶紧打车，但是刚走到那个巷子口，那伙人就缠上来了，我还记得四个人当中还有一个人在试着拦住他们，但是没有成功。"

阎非问道："拦人的是哪一个？"

年轻人指着吴严峰的照片："是他，长得像个女孩儿，但是其他三个人都没听他的。"

阎非皱起眉："他们要干什么？"

"他们没说，就叫我赶紧走，尤其是一个打耳洞的，喝得烂醉，给我塞了钱叫我走，当时黄悠悠特别害怕，求我别走，我看她一个女孩子就没松口，后来还是把她送回了家。"

年轻人说话时的神色不像说了谎，萧厉问道："那你刚刚心虚什么？"

"我虽然把她送回去了，但是，我没有把她送上楼，当时我女朋友一直在问我和谁在一起，我心里太着急了，就把她送到她家楼下，然后我就走了……我觉得黄悠悠到了那儿就很安全了，虽然之前那些人看上去很有问题，但是当时什么事情也没发生我总不能报警，结果没想到，第二天，黄悠悠就没有来上班了。"

冯天明低下头，这个沉重的秘密已经在他心头压了很久，现在终于说出来，年轻人脸上有一种如释重负的苍白感。

萧厉问道："所以三年前的那天晚上，你最后一次见到黄悠悠，是在她家楼下？"

冯天明点头："我之前听她说过，知道她是和她爸妈一起住才放心走的。"

"你还算是个男人。"萧厉叹了口气，"要是当时你收了钱丢下她，说不定你现在也没命了。"

冯天明离开后，萧厉摇了摇头："所以说，黄悠悠极有可能就是在她家楼下被带走强奸的，她当时肯定非常绝望，回去之后父母也没能给她任何实际的帮助，才导致了她留下非常严重的心理障碍。"

阎非说道："现在唯一不清楚的，就是吴严峰究竟有没有参与强暴黄悠悠这件事，我们需要一个确切的目击证人。"

他话音刚落，萧厉的手机响了，他扫了一眼来电人便往外头走去："够慢的呀，还以为你只要两三个小时就能搞定呢。"

没过一会儿，萧厉回来时满脸都是得意，把手机屏幕往阎非面前一送："就这个，一年前坠崖案可能的目击者，找到他说不定就能知道一年前黄勇他们到底发生了什么。"

"拿来。"

阎非伸手想拿，却不想萧厉却一下把手机藏到了背后，笑道："这可不是免费的，阎队，我先问你个问题，你回答我，我就把这个线索给你。"

8

阎非明显没想到他有胆子搞这些有的没的，眯起眼："你要问什么？"

萧厉笑道："为什么会答应我进组？"

"你想听实话？"

"阎队你还想骗我？"

萧厉给逗乐了，而阎非面无表情道："每次的案件你都想参与，还有胆子直接联系我，我要是不带你进组，你是不是也有胆子自己查，然后出去写一些误导群众的东西？"

阎非说得相当直接，萧厉一时哑然，虽然他缠着阎非的原因不是这个，不过不得不说，阎非讲的也有部分是对的，他确实有胆子自己查。

萧厉愣神的时候，阎非已经将手机从他手里拿了过去，看着短信里的号码和名字："怎么查到的？合法吗？"

萧厉干笑道："查网络留言记录，就跟上回在网信办看的差不多，查到三年前那一天有人发过相关的信息，然后……你懂的。"

阎非没理他，直接打电话联系了萧厉手机上的人，这个一年前的目击者名叫蔡临，是一个长途车司机。在黄勇他们坠崖的当天，蔡临曾经在深夜发过一条微博，称没想到会有这么好的跑车在深夜开往南山，还晒出了一张很模糊的照片，和当时黄勇开的车非常类似。因为当时时间很晚，他没看清楚车里有几个人，但至今记得那辆车坐得很满，而且开得很稳，里头也没有传来任何声音，无论是音乐还是大喊大叫，什么都没有。

"听起来这可不像是醉驾，连酒疯都不撒吗？"萧厉竖着耳朵听完，"他们一共就三个人，驾驶座一个，副驾驶一个，后头还有一个，无论如何都谈不上坐得很满。"

阎非道："一年前的监控现在肯定已经没有保留了，光靠这个人证，还没有目击杀人，做不了证据来翻案。"

相比三年前的事情，一年前的案子如今想查竟然也是困难重重，阎非不得已，只能先把这个放到一边，催着队里找到了三年前住在黄悠悠楼下的住户，不多时就在敬老院里见到了这个名叫佟冬梅的六十岁老人。

问起三年前的事，老人说道："悠悠这孩子确实是命苦，她父母成天吵得不可开交，我在楼下都经常能听见，当时就心疼这孩子，在这种家里待着，以后肯定对她的成长不好。那天晚上我听到楼底下有吵闹声，还以为是他们夫妻俩又吵架了，探出头才发现是悠悠跟几个男孩子上了一辆车，因为悠悠平时很少和男生来往，所以我到现在都还记得。"

阎非拿出黄勇等人的照片，佟冬梅几乎一眼就认了出来："就是他们，三个小伙子长得都挺好的，就是喝得很醉了。"

"没有他吗？"阎非指着吴严峰。

佟冬梅的表情有点惊讶："这个男孩子，他那天晚上不在，之后倒是来过几次，我之前也没看过楼上那孩子有什么朋友，还特意多看了两眼。"

萧厉一愣："他是来找黄悠悠的？"

佟冬梅点头："我看到过他好几次，但是没上楼，就在楼下等着。"

阎非随后又问了老人有没有看到之后的事情，然而让他们失望的是，黄悠悠上车之后那辆车就开远了，也没有什么其他声音传出来，当时因为时间很晚，她只当是年轻人喝醉酒后的玩闹，就去睡了。

换句话说，那晚黄悠悠在车里到底发生什么，现在已经没有人知道，四个当事人都已经死了，又不存在其他目击证人。

出了敬老院，萧厉仰天长叹："加害者、被害者都死了，三年前的事情还能怎么查？"

阎非道："他想让我们查的已经都查完了，接下来的事情我们可以直接去问他。"

将近十二点的时候，两人回到刑侦局，林楠和姚建平都在，脸色却都不太好，看到阎非的时候就更不自然，萧厉笑道："以前也没觉得你俩这么怕他。"

姚建平顾不上理他，轻声道："头儿，网上……"

阎非像是知道他要说什么："我知道了，马上再审一下吴严峰，去把人带来。"

姚建平看起来欲言又止，最后带着林楠一脸担心地走了，而萧厉出于好奇随手翻了一下热搜，表情却是越来越凝重……他终于知道姚建平那副表情从哪儿来的了。

从下午官方出了进展通报后，关于阎非的词条就一直在热搜上，想来多半是因为之前在现场办案时的照片里有阎非，所以外界把锅全扣在了阎非头上，三年前白灵的案子又被人扒了出来，即便相关的照片已经被删除，但是舆论的热度却没有办法轻易冷却，一时间阎非俨然成了网络上的红人。

在话题底下，一条热度很高的博文说当年阎非老婆被杀完全是报应，估计之前也收了不少黑钱，底下还有连片赞同的评论。萧厉看不下去，脸色难看地将手机揣回了口袋里，到了嘴边的安慰有点说不出口："那什么……你就尽量别上网吧，没什么好事。"

阎非就像是对这种事已经司空见惯，不冷不热地道："你应该比我要熟这套吧？"

萧厉干笑一声："您这太过奖了，我要是熟悉这套绝不至于混成这样，你有没有想过这次的事情要怎么收场？现在看起来，吴严峰多半都没有杀黄悠悠，你要是把他放了，网上这些人不会相信，你背的黑锅可就大了。"

他说完，看见吴严峰戴着手铐走来，看上去精神很好，甚至还冲他们笑了一下。

阎非淡淡地说道："无论外头怎么看，我也只是履行我的职责，查出真相而已。"

萧厉心头一震，阎非大步从他身边经过："我们已经离真相很近了。"

第四次审讯在一片静默里开始，一如既往，吴严峰非常镇定，看到两人一脸疲惫甚至笑了笑："辛苦你们了。"

萧厉翻了个白眼："你就非得绕这么大弯子？三年前的事情又不是你做的，为什么要背这个锅？"

吴严峰表情至此终于有了些变化："那你们查到是谁做的了？"

"你难道不知道是谁做的？"阎非冷冷地说道，"黄悠悠出酒吧的时候你还和黄勇他们待在一起，后来她出事的时候你就不在了，你应该再清楚不过黄悠悠是被谁伤害的吧？"

吴严峰平静地看着他们："我确实是和他们一起去酒吧，我也知道他们纠缠黄悠悠，我想阻止他们但是没能成功，但是后来我就走了。"

他说得相当坦荡，萧厉没想到吴严峰居然一下子就松了口，震惊道："这么重要的事情你为什么之前不说？"

吴严峰没回答他的问题，一直紧盯着阎非："之后呢？谁害了她，你们有证据了吗？"

这是进了这个审讯室以来，阎非第一次看见吴严峰眼底出现急迫的情绪，他心知命中红心了："所以，你是想要我们找到三年前黄悠悠被黄勇他们强奸的证据，这就是你一直希望我们做的事。"

他这个话一出，吴严峰像是意识到他们还没有实证，表情又迅速恢复了寻常："你们可以去找找看，如果找到了，我会把一切都告诉你们。"

这也是这次审讯里他说的最后一句话。

…………

回去睡了一晚，翌日一早，萧厉头昏脑涨地出现在刑侦局八楼时，阎非正好从九楼下来，手里还拿着刚批的搜查令："吴严峰的案子棘手，必须尽快让他开口。吴严峰既然说了，就代表三年前的强奸案一定留下什么证据，把三个人家里的东西都筛一遍，有任何觉得可疑的都带回来。"

"明白！"

阎非带出来的人大多都和他一样雷厉风行，萧厉最后一口早饭还没吞下去，八楼的人都已经没了，他匆匆赶上阎非的脚步上了车："为什么你觉得一定有证据留下来？"

"很多这样的强奸案都是因为施暴者拍摄了相关的影像材料进行勒索才会私了。"

阎非说得很淡定，车速却完全不是脸上这回事，萧厉安全带都还没来得及绑，人就因为车子加速差点撞在前挡风玻璃上，他没好气道："现在倒是知道急了，昨天晚上干吗去了？"

"过劳是会进医院的，那样更耽误时间。"阎非冲过了路口，"昨晚他们都已经很累了，再加班他们吃不消。"

萧厉有点好奇："所以……你进过几次医院？"

"记不得了。"

阎非一路上风驰电掣去了黄家，带着搜查令，这一次来的性质和上次截然不同，黄母一看他们戴上手套也有点慌，连声问黄勇是不是做错了什么，却也拦不住他们上楼。萧厉和阎非地毯式地把黄勇屋子里所有东西都拿出来看，阎非认为重点应该放在电子设备和纸质照片上，在他过去处理的很多强奸勒索的案件里，施暴人都是拍下照片或者留下影像资料，以报警就公开作为威胁来要挟受害者。

两人一寸寸将黄勇的卧室翻了个底朝天，不多时，萧厉突然"啊"了一声，从一本书里拿出一张拍立得照片，上头是醉醺醺的吴严峰正在亲黄勇的侧脸，而这本书非常新，就像是从来没被打开过。

"是吴严峰送给黄勇的，前头写着'感谢你出现在我的生命里'，底下还有署名。"萧厉抖着那张照片，"猜得没错，吴严峰的性取向看来是有点问题，估计黄勇去骚扰黄悠悠的时候他的爱情就幻灭了吧。"

他又露出一种不可思议的表情："不会是因为他还喜欢黄勇所以才出来背锅的吧？"

"应该不会，他希望我们找到证据，就说明他想在法律上追究那三个人的罪名。"阎非看着那本书道，"他应该是被拉下水的……以千硕地产的规模，你觉得吴严峰的性取向会不会成为黄勇他们最终威胁他的把柄？"

萧厉之前倒是没往这方面想，吃惊道："千硕的少当家'出柜'了，那确实是个爆炸性新闻……如果真的是这样，就可以理解为什么在这件事后吴严峰就辞职了。"

阎非和萧厉两人把黄勇的卧室翻了个遍，到最后才从黄勇的床头柜下层翻出了一些电子设备，由于放了太长时间，大多已经无法开机，阎非全用密封袋装了回去。

晚一点时候，姚建平和林楠也从其他两家回来，王梓远家的情况不乐观，东西大多已经被变卖，只有肖望家里还找得到旧手机和储存卡，交给物证科之后也很快有了结果。在黄勇和肖望的手机里都发现了一个单独的文件夹，拍摄时间和黄悠悠最后一次在酒吧上班吻合，同时在视频里也可以看到三个当事人的脸，并没有吴严峰在场。

萧厉心中的大石头这回终于落了地："这回吴严峰总该开口了吧？"

"带他来。"阎非道，"无论如何，最迟后天要出结果。"

两人随即在审讯室里再次见到吴严峰，后者看到阎非手边的电脑笑笑："看来是有结果了？"

"为什么不自己去找这个证据？他用你的性取向威胁你？"

阎非拿出那张照片从桌上推过去，吴严峰看了一眼便露出怀念的表情："人年轻的时候容易做一些蠢事，甚至还会为了别人去装成一个浑蛋。"

阎非皱眉："三年前他们不顾你的阻止强奸了黄悠悠，之后每个月的钱是你给的？"

吴严峰淡淡地说道："我要看证据。"

萧厉打开电脑放出那些照片："为什么想让我们找证据？人都死

了，没法立案。"

"人虽然死了，但是迫于舆论压力你们会说的，黄悠悠和我到底是什么关系，现在外头已经交代不了了吧。"

吴严峰直勾勾地看着那些照片，眼底渐渐变得冰冷，直到看到最后一张，他就像是忽然卸下了什么担子，轻轻开口："三年前，黄勇让我每个月给黄悠悠出封口费，否则就会对外说我对他图谋不轨，整垮千硕地产……他那儿也确实有些证据，不只是你们看到的这些。那时我吃住都在家里，从小到大我爸是个什么样的人我再清楚不过了。我不想因为这种事情欠他什么，所以我答应了。"

整个审讯室里一片安静，萧厉深吸口气，他们等了这么久，总算等到吴严峰开口了。

吴严峰淡淡地说道："黄悠悠家里也不希望她报警，甚至觉得很丢人，加上黄勇录了些东西，这导致她非常痛苦……为了让她活下去，我答应会治好她，所以每个月给她钱让她看医生。"

萧厉问道："你当时脸上的伤是被他们打的？"

吴严峰冷笑："人发现自己被骗了都容易失去理智，警官你们理解一下。"

阎非道："你不光答应要治好她，还答应会帮她讨回一个公道，因为你也是受害者，你答应她会让他们付出代价。"

吴严峰一愣，紧跟着笑了："警官这可是欲加之罪了，我只负责照顾好悠悠，当然，我也知道黄勇他们死了，这可能就是报应吧。"

阎非扬起眉："你没杀他们？"

"杀他们？"吴严峰无辜地耸肩，"他们不是事故死亡吗？这个锅扣得有点大。"

萧厉这时终于意识到吴严峰在打什么算盘，厉声道："你是觉得我们查不出来？"

"不要说没证据的话啊警官，你们办案不是都讲究证据吗？要没有这么多规矩，悠悠也不至于会走到这一步。"吴严峰毫不示弱地盯着他，"你以为她后来没报过警吗？在那很久之后，我已经从家里出来，悠悠也终于鼓起勇气，我陪着她去过一次。"

萧厉一愣，转头看向阎非，后者皱着眉摇摇头："没有留下记录。"

吴严峰眼底的神色冰冷至极："他们让她拿证据却又不愿意去搜一下黄勇的手机，真想让你们知道当时你们的同事是怎么说的，可精彩了。"

"所以你才会杀……"

"说这次黄悠悠的案子。"阎非打断萧厉，"黄悠悠是你杀的吗？"

"不是。"吴严峰干脆道，"悠悠是自杀的，她早就想这么做了，三年前的事情对她伤害太大，走到这一步已经是她努力过后的结果了。"

自杀！萧厉倒吸一口冷气，连带着阎非也皱起眉："她的氰化物怎么来的？"

"通过以前她在学校里的朋友，我也劝过她很多次，但是她病得很重，我们都知道她走到这步只是时间问题。"

"四月十三号那天发生了什么？"

吴严峰垂下眼，就像是一下子回到了那个令人窒息的夜晚，淡淡地说道："我和悠悠说好的，如果她死了，我会把她的自杀伪装成他杀，也因此我那天去找她的时候发现她已经……我就按照计划把她的尸体放上车，当然我知道这也是犯法的，你们可以找我麻烦。"

"为了什么？把你爸的公司整垮？让我们帮你找到三年前的证据？"萧厉十分不解，"在这里待着对你自己也没有好处，你不怕你自己的公司被拖垮吗？"

吴严峰耸肩："既然是伪装的刑事案件，那我自然也有证据可以证明我的清白。悠悠自杀的时候录了一段视频，这个视频在那天晚上就被我取走了，放在了老城区的一个地方，应该可以证明我没有杀人吧。"

吴严峰声音不大，却像是在审讯室里丢下了一颗核弹，萧厉脑子里嗡的一声，当即拍桌子跳起来骂道："你耍我们？还真当警察查不出来你一年以前干的事？黄勇他们不是你杀的？你还有胆子和我们玩这套？"

"冷静点。"阎非拉住萧厉，继续对吴严峰说："你都计划好了，但是你真的以为我们找不出一年前的证据了？"

吴严峰摊开被铐住的双手："没有证据可不能随便瞎说啊，再说了，人都死了，他们家里人也认了，已经是一年多以前的事情，不能冤枉我呀。"

"你……"

萧厉气不过他这套釜底抽薪，脸色难看得正要发作，阎非忽然说道："你有意让自己变成嫌疑人，不只是为了赎罪，报复你父亲，更是为了报复警方，因为之前他们没能帮黄悠悠立案……你知道这个事情会让刑侦局陷入很大的舆论风波，所以你在有意拖时间。"

"我发现警官你的想象力还真挺丰富的。"吴严峰笑了笑没回答，他靠回椅背上，语气轻松，"真相就这么简单，我该说的都说了，算是回报你们辛苦找到他们害悠悠的证据……现在可以叫我的律师来了，上次叫我打发走，我还觉得有点对不起他呢。"

…………

翌日上午九点。

在有关吴严峰案的详细案情通报上网时，周宁市看守所单间里，这里唯一的住客正坐在床沿，他对外头的舆论风波一无所知，看着铁窗外投射进来的阳光，吴严峰静静地想起了过去三年里发生的许多事。

"严峰哥，这样没问题吧？"

一年前的那个夜晚，黄悠悠看着车里烂醉的三人不无担心地拉住了吴严峰的袖子。在酒精的作用下，黄勇他们甚至对外界的声音已经没了任何反应，而时隔将近两年再面对他们，黄悠悠还是有些怕："他们不会醒过来吧？"

"不会的，上了山，就在之前我和你说的地方停下来，等到没车的时候让车子冲出护栏就行了，然后你在那边等一会儿，我很快会来接你。"

吴严峰把黄悠悠的帽子压低，倒光最后一听啤酒，他把空罐子扔进了车里，狭窄的空间里弥散开来浓重的酒味。吴严峰低下头对着驾驶座上的黄悠悠道："很快你的噩梦就会结束了，那个地方没有监控，不会有人拍到你下车，等到我接上你，一切都会过去。"

他的声音很柔和："别怕，我都计划好了，不会有人发现的，到时候他们三家狗咬狗，也不会有人想到是谋杀。"

"……好。"

脸色苍白的少女听了他的话，用力做了个深呼吸，这段噩梦已经纠缠了她太久，如今也该是她报复的时候了。

那天凌晨时分，南山山道上传来一声巨响，而如今这声响在吴严峰耳边悠悠散去，他睁开眼，看到的是看守所里灰白的墙面。

时间趋近中午，网上事件发酵得应该差不多了，吴严峰平静地盯着牢室的一角，知道之后就该是他家里的事儿了，吴俊生虽然看不起他喜欢男人，但是到了这一步，他也不会放任自己唯一的儿子去坐牢。

故意藏匿证据，伪造现场，或许得要判个几年，就当是他偿还黄悠悠……他毕竟不是完全没有罪过的。

吴严峰闭上眼躺回床上，阳光很好，其实过去很多个这样阳光明媚的日子，他都觉得黄悠悠还可以活下去，但是他最终还是等来了那天。

那时她已经决定好要走了。

两人一起将房间布置好，最后少女就像是如愿以偿，以一种极其放松的姿势躺上了床，在她的正对面，放着一只将要录下她死亡全过程的机器。

"严峰哥。"

黄悠悠叫了他一声，吴严峰在这一刻几乎要落下泪来，他们不是情侣，甚至也不是朋友，但是三年下来，黄悠悠对于吴严峰而言，早已经变得像是一个隐秘的妹妹一般。

吴严峰声音很柔和："还有什么想要的吗？"

"我知道你不喜欢女孩儿，但是我死了之后，你能不能表现得难过一点？"黄悠悠对他笑了笑，声音很轻，"我这辈子命苦，没摊上什么好事儿，估计我死了我爸也不会管我，可能全世界就只有你还关心我了。"

她的话几乎让吴严峰心口一震，他深吸一口气，故作轻松地笑了："放心吧，我会买很多酒来纪念你，喝得烂醉，像失恋一样。"

黄悠悠露出一个苍白的笑容："可别再喝吐了严峰哥，难看。"

"我都安排好了。"吴严峰最后隔着手套轻轻揉了一下她的头发，"你恨的人我饶不了他们，而你想做的事，我都会替你完成。"

10

两天后。

阎非

吴严峰只判三年

有钱真的就可以为所欲为

…………

"太惨了吧，这次的舆论。"

萧厉坐在吧台上翻看在微博挂了一天的热门话题，最终忍不住把手机屏幕向下扣在了台子上，又抿了口酒，被辣得皱起眉毛。

任泽伟莫名其妙看他一眼："这个案子你不也掺和了吗？你不知道是真是假？"

萧厉当然看过视频，黄悠悠在镜头面前平静地咬碎了装着氰化物的胶囊，他本以为阎非至少会愤怒，却没想到他只是非常冷静地接受了，就好像被耍的人不是他一样。

萧厉叹气："都有视频了还能是假的吗？要怪只能怪吴严峰在刑侦局里待了太久，现在外界都在怀疑警方是在利用这段时间给他洗白。"

任泽伟把洗干净的杯子放上酒架："本来嘛，我们这种老百姓都是阴谋论者，碰到这种事儿反正讨论一下也不花钱。"

听了他的话，萧厉更气闷了，看着稿子上那句"支队队长阎非是否从过去的阴霾里彻底走出来"，他犹豫了一下，还是将整行都删除了。

萧厉又喝了一大口酒，这时酒吧门口的铃铛响了一声，罗小男拉门进来，满脸喜色："赚了啊丽丽，阎非最近是个热点人物，你赶紧把稿子写完，趁着最近的热度发出去，到时候质量好的话，我还可以给你分一部分利润。"

萧厉苦笑："你没看到我的黑眼圈吗？再说这种稿子哪能几天就给你搞出来，一边当卧底一边写稿，也太看得起我了。"

"这都快一个月了，丽丽你怎么回事？"罗小男有点着急，"你不是不知道，网上这热度跟风一样，明天哪个明星结婚生孩子了，他的热度就下来了，不趁着这时候发后头不一定就有这么好的机会了。"

萧厉当然知道这个道理，但如今他想到热搜就心烦，也只能先把罗小男应付过去："好菜不怕等，再说了，还有很多料没问出来，你再给几天，说不定到时候这篇稿子都能上热搜。"

"最好是这样。"罗小男嗔怪地瞪他一眼，也点了杯酒，"你接触下来怎么样？阎非可是不少周宁少女的梦中情人，我们编辑部还有小姑娘迷他呢。"

萧厉哼了一声："迷他？一个油盐不进的扑克脸，嘴还毒，谁和他打交道谁知道。"

罗小男有点惊讶："看来你和他关系还挺不错，你这个卧底当得值了。"

萧厉心想他这些日子的辛苦程度简直超过他以前做的所有工作，也不知道阎非是为什么这么想不开还要当警察，他摇摇头："其实阎非本人不坏，我和他一起办了两个案子了，他的黑料并不好编。"

这下罗小男终于敏锐地从他的语气里听出问题："丽丽你心软了？不会是跟着他们干活被阎非套路了吧？"

"什么套路。"萧厉笑骂，"我只是……忽然有点不确定我这么做对不对，阎正平的怀疑毁了我父亲，开始也是因为我和邻居随口说的话而已，如果我现在也要用舆论毁了他，我在做的事情难道不就是我最讨厌的？"

他说完，罗小男意料之中地发出一声叹息："萧厉，你还记得你以前和我住的时候一个星期有几晚能睡好觉吗？这个事情纠缠你多少年了，你自己不知道？"

罗小男现在已经记不清了，有多少次她半夜被吵醒，都是因为身边这个一米八几的人浑身发颤地缩成一团，在噩梦里哀求说着不要打了。萧厉为了这场二十年前的噩梦看过医生，吃过药，甚至还住过院，也正是因为如此，萧厉第一次说他打算要报复一下阎正平儿子的时候，罗小男其实是松了口气的。

萧厉这几年跑东跑西在心态上已经好了不少，这时候报这个一箭之仇，或许代表他终于可以和这段过去彻底告别了。

罗小男一度是这么认为，然而她和萧厉在一起这么久，比任何人都了解她这个前男友。哪怕萧厉天生适合干这行，没脸没皮，能言善辩，甚至长得也不错，但是说到底，萧厉这个处处要为人考虑的心软性子让他实在没办法和许多自媒体一样，为了流量，什么都可以写出来。

见萧厉不说话，罗小男无奈道："我知道让你像个狗仔一样写这种东西会让你很不痛快，但也不是让你写篇东西去批判他这个警察当得不好，无非就是满足一下公众的好奇心，去挖掘一下他这个人而已。"

她耐住性子："阎非老婆的案子是不能对外公布细节的，但是他有多爱他老婆总是可以写的吧。我们也不是诽谤专业户，做不到空穴来风，只是根据真实情况做合理推测，你说阎非戴着戒指，你就写一下他和他老婆的感情，或者是他的家庭生活，这也不算很夸张吧？"

萧厉听出其中劝慰的意思，苦笑道："我就是很讨厌因为一两句话就去毁了一个人，最近阎非处在风口浪尖，我估计写什么外头都不会放过他……"

"那我就再给你一个月。"罗小男道，"一个月之内，你只要给我一篇关于阎非的稿子，这个四倍稿酬我都会给你。"

萧厉心口发沉，又喝了口酒。

"你再给我点时间。"

…………

下午五点，局长办公室。

"这次的案子你受委屈了。"段局抬头看着站在办公桌前面无表情的年轻人,"所以一年前的事情,查不出来是不是吴严峰做的?"

阎非摇摇头:"过去太久,当事人除了吴严峰都死了,便利店老板也无法指认吴严峰,除非有奇迹发生,基本是个死案。"

明显阎非已经有几天没有休息好,发白的脸上甚至还有淡淡的青色胡楂,段局无奈道:"外头估计还要闹几天,很快我们这边也会出声明的,你先休息几天,别管这些了。"

阎非点头:"我明白。"

段局又道:"萧厉的事情怎么样了?我看你打了申请,都让他参与审讯了。"

阎非道:"虽然还存疑,但是目前看来他跟这件事关系不大。"

"怎么,发现什么了吗?"

"他感觉上不符合凶手偏执自负的性格侧写,太冲动了,虽然现在还不能完全确定他主动要求参与案件的理由,但目前为止,萧厉并不像对三年前的案子知情。"

段局了然:"急也急不了,既然是冲你来的,那就像你说的,早晚会来找你的。"

"萧厉我会再查一下,如果没问题我就会收回他临时顾问的身份。"阎非跟段局交代完,并没有回八楼,而是径直出门打了车,半个小时后,他站在一栋单身公寓的楼下,手里提着六瓶啤酒……他没想到萧厉突然约他去家里喝。

萧厉的家不算大,单身公寓,一体式的结构被简单分隔开,阎非一眼看到那只和整体装修格格不入的老式矮柜,问道:"给家里人供的?"

"家里放照片有点太瘆得慌了,搞个简单点的。"萧厉没说太多,揶揄道,"阎队之前咱们都没好好喝过,前几次也看不出个底,你酒量怎么样？"

阎非目光扫过书架上放着的新闻学的书："还可以。"

"那就得喝洋酒了，我有个开酒吧的朋友，之前从他那儿坑了不少好酒来。"萧厉存心想灌阎非，虽说阎非真实的酒量他也没有概念，但看起来这种只偶尔和队里搞团建的人应该也不会是什么夜场小王子，他估摸着两个人喝个半瓶也就差不多了。

也不知是不是因为一起办过两个案子，这次阎非至少不像前两回一样基本不怎么理他，两人把阎非带来的啤酒喝完，萧厉看阎非脸上几乎没什么变化，又给他倒了大半杯威士忌："阎队你的酒量比我想的好。"

"你原本以为？"

"我原本以为你是两杯倒。"

阎非好笑地看他一眼，没答话，萧厉又陪着喝了半杯，还算没忘记自己套话的目的："说起这个，上回姚建平和我说他进刑侦局一个月女朋友就吹了，你们那儿是不是大多数人都单身啊？"

阎非喝酒喝得不紧不慢："嗯，怎么？"

萧厉笑笑："我就说，看那些小姑娘看你的眼神都不一样，阎队你也不给人家面子，不行下次给我推两个微信呗。"

"你不是经常说起你的前女友吗？"阎非看着他，"跟你是同行？"

萧厉就等着他问这个："算是同行吧，不过人家混得比我好多了，现在都快成我半个金主了，我还得指望着她吃饭呢。"

"是叫罗小男吧。"

阎非冷不丁来了一句，直接让萧厉打了个激灵，他震惊道："阎队你查我？"

"你上次写的那篇稿子底下有她的名字，罗小男是你的编辑。"阎非抿着酒盯着他，"你紧张什么？"

"……"

萧厉心想就阎非这个样子，换谁心里稍微有点事儿在他面前都跟耗子见了猫一样，他干笑道："换谁忽然听到前女友名字从自己上司嘴里冒出来都会害怕吧？"

"我不是你上司。"

阎非纠正他，默不作声又喝了半杯下去，萧厉有点惊讶，这会儿他和阎非喝得差不多，但已经觉得脸上发烧，阎非却还跟没事人一样。萧厉不愿夜长梦多，心一横说："阎队，喝酒就得交心，咱们要是不能聊工作，要不干脆讲讲感情？"

阎非眯起眼："感情？"

萧厉几乎是硬着头皮才能张开口："我和罗小男的事儿说起来跟电视剧差不多，阎队你一会儿听了可别笑我。"

阎非还是没回应，萧厉和人喝酒就没碰到过这种局面，正想着要说点什么圆回来，阎非却又把酒杯满上，靠回沙发上饶有兴趣地盯着他。

"你说吧。"阎非这回干脆地说道。

11

萧厉之前没对几个人说过他和罗小男是怎么认识的，倒不是因为别的，纯粹是因为说出来丢人，这次要不是罗小男建议在稿子里写一下阎非和白灵的感情，萧厉想套阎非的话，他也不可能把这个事拿出来当喝酒时的谈资。

萧厉抿了口酒："差不多就在几年前吧，我偶尔会接一些暗访的活儿，主要就是帮一些胆子小的同行。阎队你也懂得，就跟你们钓鱼一样，进一些不是那么能见光的地方干个两天，出来之后把所见所闻写下来……"

萧厉话只说了一半，不过阎非也没孤陋寡闻到这个地步，自然知道由于这种活儿有一定危险性，报酬也相对较高，对于萧厉这种常年缺钱的人来说无疑是个来钱的好路子。

萧厉说道："我和罗小男刚认识那会儿，不巧我接了个活儿，要去周宁市有名的夜场里暗访，地方就不说了，反正在观塘街附近，传闻场子里十一点过后就可以找小姐和……男人，本来我也没指望自己去应聘人家能看得上，没想到头一天投了简历，第二天就让我去了，还特意叫我穿得好点儿，免得到时候不讨人喜欢。"

萧厉回想起前两年，他的性格远比现在要叛逆，碰到这种事儿甚至没怎么过脑子，结果等晚上去了场子，和他一起去的年轻男生脱了外套，里头什么都没有……萧厉感到后悔的时候已经有点晚了，场子里有个"富婆"点了他，看着年纪倒也不大，梳着很短的头发，笑起来显得很精明。

"她说自己真名叫罗小男，是当时周宁一家知名杂志《大众视点》的编辑，我估计阎队你也听过，她是为了写一篇关于富太太私生活的报道而来的。"萧厉想起当时的事情还觉得好笑，"她和我的目的一样，只不过我俩的着手点不同，不过之后的事情就很简单了，我们进了包厢，一个不想出卖肉体，一个不想付出金钱，互相坦白了身份之后，她提出的解决办法是我俩一起干这一票，然后对半分，谁能想到，再之后，她就是我女朋友了。"

时隔这么久，萧厉到现在都不太清楚罗小男究竟是看上了自己哪一点，不过这个精明的女人确实和他在一起好几年，分手的时候两人都谈不上难受，甚至还有一种特别想看对方下一任对象受苦的冲动。

萧厉把杯子里的酒一饮而尽，平时为了能正常睡着，这也差不多就是他最大的量了，萧厉笑笑："我说完啦，阎队，礼尚往来，不给个面子吗？"

他仗着喝了酒才敢这么赤裸裸地套话，而阎非面不改色地把他和自己的酒杯都满上："你是想问我妻子的事情吗？"

萧厉一对上阎非那双眼睛就有点心虚："阎队你要愿意讲，我当然也愿意听。"

阎非喝到现在脸色都没什么变化，就跟没喝酒一样："我也不怎么和人说这个，算是个私事，你想听，我说完你就得喝三杯，怎么样？"

萧厉哪里能想到阎非忽然来这套，还是狮子大开口，他倒吸一口凉气："阎队，你这是哪儿学来的套路？"

"你说的，喝酒得交心，同理，交心也要喝酒。你刚刚说了你的，我听了，所以我喝三杯。"阎非抬起杯子，面不改色一口就喝完了杯里的洋酒，伸手又去倒。

萧厉见状脑子里嗡的一下，他现在才算知道了，什么不能喝酒，阎非根本就是千杯不醉，也难怪前两次点几瓶啤酒阎非喝完就跟没事人一样。

萧厉愣神的工夫，阎非三个满杯喝完，连带着酒瓶都空了，他翻过杯子来晃了晃，一滴都没剩下，又问道："你还要听吗？要听就去拿酒。"

"我……"萧厉犹豫了一下，但想到现在打退堂鼓，之前那些酒就都白喝了，他一咬牙，起身去拿了瓶洋酒过来，笑道，"你话都放在这儿了，我要是不敢喝岂不是很没面子？"

阎非点头："那我说，说完你得喝完，之后如果你还想听别的，代价都是三杯酒。"

萧厉心里不禁再次痛骂自己想出这种馊主意："领导你说……我喝不就完了？"

他的回答似乎是让人满意了，阎非靠回沙发上："我和我妻子是大学同学，我俩都是警校的，大二的时候在一起，约好毕业了就结婚。白灵是干技侦的，我和她一起到周宁市刑侦局实习，她学得比我要快，很快就正式入职了。"

阎非说这些话的时候表情相当柔和，要不是现在拍照肯定会被发现，萧厉是真的很想来一张，他问道："所以你和嫂子是几年前结的婚？"

"四年前，虽然说好毕业就结婚，但是我刚进刑侦局的时候太忙，结果直到当上队长的第二年才娶了她，我们很早就买了婚房，她负责软装，然而弄好之后她还没来得及住一天就走了。"阎非讲到痛处，又喝了杯酒，脸上甚至还看不出什么变化来，"白灵的父母身体不好，在那件事之后都相继离世了，把婚房留给了我……我就干脆去住了。"

他淡淡地说道："故事就这么简单，你要还想知道别的，可以先把这三杯喝了。"

萧厉这下算是看出来了，阎非脸上那种表情明显就是挖了坑等着自己跳，自己是偷鸡不成蚀把米，萧厉无奈道："阎队，你这么灌我就不地道了，你看我一个自由职业者，全身上下也没几个钱，你总不能是想劫色吧？"

"喝酒。"

阎非把酒瓶推给他，萧厉没办法，硬着头皮连喝了三杯，几乎立竿见影地就觉得眼前发昏，他甩了甩脑袋把随之而来想吐的感觉压下去，苦笑道："你是真不怕把我喝进医院里。"

萧厉开始犯迷糊，恍惚中似乎听见阎非笑了一下，但是再定睛看这人脸上却没有笑容，阎非问道："你还想知道什么？"

"你为什么一直戴着戒指？"萧厉酒精上头，这种换作平时他根本不敢问的问题，这时候也就顺嘴问了出来。

阎非给他把酒杯满上："我说，你就把这杯酒喝了。"

"真不能喝了……"萧厉醉醺醺地摆手，说着不喝却还是一口下去了大半杯，结果刚喝完就一把捂住了嘴。他酒喝得太快，脑子昏沉得不像话，隐约只记得是阎非把他拎去了厕所吐，然后意识便陷入了一片漆黑。

"我戴着戒指，是因为杀她的人还没抓到。"

过了一会儿，阎非见萧厉已经没了反应，轻声丢下一句，随即便从怀里掏出手套鞋套，穿戴好径直走进了萧厉的卧室。

从外表上看，萧厉的卧室非常普通，除了一些书和衣服就没有别的东西，阎非拿起床头的那些瓶瓶罐罐，其中有一半是具有助眠性质的保健品，还有一些是治疗抑郁的处方药。

也难怪他能一下子报出黄悠悠那些药的名字，阎非皱着眉打量这些药瓶，很快把它们都小心地放回了原处，没有改变位置。

萧厉完全睡死了过去，客厅里没有任何动静，阎非侧耳听了一会儿，打开了桌上的笔记本电脑。

屏幕上显示需要密码，阎非熟练地按出了提示，上头显示出"日子和名字"两个关键词，他拿出手机对着之前技术队给他的资料，先试了萧厉自己的名字和生日，并不对，而后他跟着试了罗小男的，同样还是不对……

阎非皱起眉，这段时间相处下来，萧厉这个人花花肠子虽然很多，但对人倒是没什么戒心，照这个提示，应该也不会设多难的密码才对。

他沉思着走回客厅确定情况，早在之前几次喝酒的时候阎非就注意到，萧厉对酒精极有热情，但酒量实在谈不上好，喝快酒更是醉得彻底，此时整个人缩在沙发上毫无动静，只是偶尔哼哼两声。阎非四下走了一圈，萧厉整个家里只有那只矮橱极其不协调，他看到上头那支钢笔，就像是意识到什么，快步走回了卧室。

输入胡新雨的名字和生日，提示错误。

阎非看着错误提示，脸色变得凝重，他随即再次输入了胡新雨的名字，而这一次，他在后头填了一串以七一四结尾的数字，那是一个案发日期……就在按下回车键的那一刻，屏幕倏然解锁，之前还在打开状态下的程序出现在电脑桌面上，是一个文档。

阎非眯起眼，读了两行之后，他的神情便彻底冷了下去。

全民公敌

1

阎非睁开眼时，只觉得刺目的阳光洒在脸上，而臂弯里正睡着一颗毛茸茸的脑袋，白灵抬起头："怎么啦？一直不说话，还以为你睡着了呢？"

阎非怔怔地看着她，二十岁的时候，白灵还几乎不怎么化妆，梳着一头齐耳的短发，笑起来眼睛就像是两弯月亮。

"阎非？非非？"

白灵逗他，又扎进了他怀里，此时周遭的光线骤然炸裂开来，阎非再度闭上眼，脑内像是被人用刀斧劈砍一般疼痛，耳边白灵的声音也越来越远，又有人在说话："看看有没有脑震荡，先送去照 CT。"

"阎非？阎非！听见我和你说话没有！"

他的意识让人拉回来，白灵已经穿上了警服，正在对他发脾气："你爸是你爸！你是你！再说了，警察也是人，案子查不出来是有概率的，你不要听外头那些人瞎讲！"

阎非看不清楚白灵的脸，面前是一束强光，而白灵的身影永远都在几步外。他叫着她的名字要去追，只听到远处有人在说"按住他"，阎非手腕上一冷，女人死死抓住他，惨白的脸上满是血泪。

"阎非，凶手抓到了吗？我们的孩子呢？"

白灵双腿间大片的血色慢慢地扩散开，而周围快门的声音此起彼伏，越来越响。

凶手还没有找到。

阎非想到这儿，心中的痛苦就如同刀绞一般。

"白灵！"

他昏沉沉地睁开眼，映入视线的是一片灰白的天花板，阎非才试着动了一下指头，黄海涵便扑到床前："儿子你怎么样？"

阎非想撑起身子，但头像针扎一样疼，他咬着牙缓了缓："怎么回事？"

姚建平叹了口气："头儿，你上班路上出车祸，是有人蓄意撞的你，人我们已经抓到了，还好，医生说你主要是外伤，最多就是轻度脑震荡。"

阎非这时才发现他身上不止一个地方疼，他在母亲的帮助下勉强坐直身子："谁撞的？我就记得是辆黑色的车。"

"还不就是因为这两天网上闹的，我们都没注意有人曝光了你的车牌号，这个人叫秦昊伟，头儿你还记不记得，之前在酒吧嗑药被你抓了，刚放出来就来报复你了。"姚建平说到这儿脸色铁青地骂了一句，"我们当场就抓到他了，这个兔崽子，这回胆子肥了还敢袭警，段局说了，不会轻易放过他。"

阎非试着动了一下手脚，好在骨头都没断，他一言不发地就想要从床上下来，黄海涵急忙拉住他："真把自己当铁打的啦！阎非我告诉你，你至少给我躺三天！妈哪儿都不去，就在这儿看着你！"

"妈，我真没事……"阎非还想争辩两句，然而对上黄海涵圆瞪的眼睛，后头的话便咽了回去，他叹了口气，"小姚，那这三天就麻烦你一下，队里多盯着点。"

"我知道了头儿，你就放心吧，好好休息两天。"

姚建平离开后，整个病房里只剩下黄海涵和阎非两个人，黄海涵的脸色明显不好看。阎非有点无奈，在这种时候非常想抽烟，但偏偏黄海涵在这儿，他正琢磨着怎么才能转移一下黄海涵的注意力，放在病床柜子上的手机响了，黄海涵扫了一眼："萧厉？是不是你朋友来问候你的？"

阎非听到这个名字下意识便皱起眉，自从上次在萧厉的稿子里看到大段关于白灵的内容，他已经暗中去查，但是因为萧厉一直都是自由职业，零零散散地打过很多散工，现在还无法确定三年前白灵出事的时候他在做什么。

黄海涵问道："要接吗，儿子？要是想休息妈代你接也行。"

"我来吧，是我朋友。"

这个节骨眼上，阎非急于转移话题，虽然不情愿也还是把手机接了过来，萧厉道："阎队，我看到新闻了，没出什么事儿吧？"

"没。"阎非想到他可能和白灵的死有关，心里翻腾着冰冷的怒意，"你打电话来就问这个？"

"看你还能接电话我就放心了，估计也能吃水果。"萧厉说完，病房外便有人叩响了门，阎非一惊，电话里萧厉的声音和外头的重和了，"介意我进来探个病吗？"

萧厉很快提着一大篮水果进了病房，黄海涵没见过他，好奇道："局里的新同事？"

"不是，你怎么来了？"阎非直勾勾地看着他，"你怎么知道医院地址的？"

"外头都报了呀，只不过媒体都拦着不让进，我靠着免死金牌才进来的。"

萧厉把水果放下，得意地冲他晃了晃手上顾问的牌子，之后又万分自然地叫了一声黄海涵阿姨。阎非盯着他，冷不丁问道："最近稿子写得怎么样？"

萧厉打了个激灵，干笑道："阎队这么关心我的吃饭问题？"

他不是瞎子，看得出这人眼神里的不对劲，不知是不是因为受伤，阎非脸色惨白，气压却极低，萧厉忽然觉得自己来得不是时候："那什么，你要是不舒服我就不打扰了，我本来就是想和你说说这次舆论的事……"

阎非的视线落在黄海涵的身上，她以前干过刑警，这点眼力还是有的，笑道："那妈出去待会儿，你和你朋友聊。"

阎非嘱咐："大门口应该有媒体，妈你别从正门出去。"

萧厉心下一沉，没想到短短几天事情已经闹到这个地步，他等到黄海涵出去才拉了椅子坐下："你这次这个事情，舆论的热度起来得很蹊跷，而且也持续太长时间了。"

"奇怪？"

"一般来说明星出轨最多就能挂个两三天，豪门嫁娶也就半个星期，但是你这次每次事情热度刚下去，又有新的热度上来，就像是被人炒上来一样。我看了几个攻击你的，这些人之前甚至连微博都很少发，最近忽然开始活跃起来，不是号被人盗了，就是有人在刻意煽动。"

阎非想到这次秦昊伟来报复自己的事，在萧厉面前却不愿说太多，淡淡地说道："姚建平已经在查了。"

两人又简单说了两句，阎非便借着还要做检查的名头把萧厉打发走了。萧厉走后，他将床头的果篮拿来检查了一遍，确定没什么问题之后才将它放在了床下。

之后两天，阎非不得已在床上躺着，他趁此机会将萧厉的微博完整看了一遍，并没有太多可疑的地方，只是每年七月十四日，萧厉都会发纪念的悼文，外加他在他父亲死后文了满背的文身。

本来按照医嘱，阎非至少要在床上躺一个星期，然而没想到第三天姚建平就急匆匆地跑来，说是一晚上出现了好几起恶意破坏店铺的事件，黄海涵不解："什么时候这种案子都要支队处理了？"

"这个事情很麻烦，头儿，你看现场照片。"

姚建平直接把手机拿了过来，阎非扫了一眼，只见一片狼藉的店铺旁被人拿涂鸦枪喷上了"有钱就不会被抓"几个字，他脸色一变："发生了几起？有没有监控？"

姚建平摇头："一共有三家店铺被砸，但是都在监控死角，周围不存在停车位，同样也没有行车记录仪。我们一早上都在控制现场，还算及时，但是因为涂鸦本来就在很显眼的位置，现在这个事情也已经上网了。"

阎非闻言二话不说便从床上下来，不等黄海涵开口便说："妈，我没事，这个事情是冲我来的，我得去看看。"

黄海涵看他这副样子就知道自己恐怕是拦不住，只能叹了口气："自己注意一点，受伤就别拼命。"

"我知道。"阎非动作迅速地换了行头，姚建平还给他戴了帽子，因为早上案子的关系，现在医院门口几乎都是媒体，他们不得不从后门绕道。

上了车，阎非的头还在隐隐作痛，两人径直去了其中一家被砸的超市，现场严格控制媒体，任何人进去都要拿证件。阎非把帽子拉低，余光里几乎所有记者都是长枪短炮，姚建平压低了声音："我们拉了警戒线，头儿你别在外头逗留太久，这些记者都在等着你来。"

阎非"嗯"了一声，他已经看过手机，之前掉到十几的热门话题

"有钱就不会被抓"被重新顶到了前五，甚至白灵案子的话题也在前二十里头，形势相当严峻。

第一家被砸的是一家便利店，据店主说，他们每天九点关门，因为是自己家的店铺，这一带治安也不错，门口的两个摄像头都只是收来的二手品，用来摆个样子罢了。

姚建平道："其他两家的情况也差不多，有一家服装店门口根本没有监控，还有另外一家也是买了假监控装装样子，没想到会被砸。"

两人看了店内的监控，灭火器是接近三点的时候被扔进来的，而另外两家店被砸的时间靠后，因为不是同时进行，所以大概率动手的只有一个人。姚建平认为，考虑到三家店的位置，凶手作案应该具备某种交通工具。

阎非现在一思考头痛就会加剧，勉强道："得看一下电动车还是汽车，如果是汽车的话应该能找出车牌。"

"头儿你没事吧？"阎非此刻几乎能说得上是面如白纸，姚建平有些后悔和他说这个消息，"这种糟心的事情肯定不适合现在……"

"别说没用的。"阎非打断他，"去把萧厉找来，有他联系方式吧。"

姚建平一愣："自从他来了之后就很不太平，最近的舆论也是，我们真的还要……"

"正是因为跟舆论有关才要找他，真是他做的，放在眼皮子底下也会比较安全。"阎非冷冷地说道，"跟他说如果不想参与，现在就把临时顾问的牌子交了，你看他答不答应。"

2

萧厉再见到阎非的第一感觉，就是这个家伙离再进医院已经不远了。

114

阎非本来就瘦，因为受伤脸色泛白，整个人状态肉眼可见的差，萧厉也不知道他们领导怎么想的，人都这样了还让他上一线工作。

电脑里的稿子还差一千多字，萧厉这两天却是怎么写都写不出来，看到阎非这样更是平白就产生了想放罗小男鸽子的冲动。他这边还在做心理斗争，谁料想刚坐下不到五分钟，林楠急匆匆从外头进来，说是又发生了砸店的案件，但是由于这一次是在白天，闹事的两个人被巡逻警察当场抓获了。

萧厉一愣："我运气很好嘛，刚坐下案子就破了？"

姚建平翻了个白眼："别给自己脸上贴金了大哥，这个一看就是模仿案，要是真凶这么没脑子我们早抓到他了。"

阎非即使吃了止痛药头也还是隐隐作痛，闻言不耐烦道："不要说没用的了，带回来马上让我审。"

阎非面色铁青，说完便起身去了审讯室，而萧厉只觉得莫名其妙，心想阎非这是吃火药了，按理说他俩交情也没差到这个地步，明明前不久才在一起喝过酒。

这事儿萧厉后来也问过姚建平，一听他和阎非喝酒了，姚建平下巴都差点惊掉："你胆子可真大呀萧厉哥，去年年底聚餐，技侦科大半人来和阎队喝都没把他喝趴下，他一个人能喝倒一个队，你还敢跟他单挑？"

萧厉也是越想越后怕，回想起那天，他醒的时候阎非已经走了，还给他发了微信来谢谢他的酒。萧厉至今想不通为什么阎非要灌他，后来他检查过，家里东西没被动过，而萧厉也觉得阎非作为警察，应该也干不出这种小偷小摸的事情。

退一万步，如果阎非真的发现了他在写的东西，那又为什么还要带着他查案呢？

萧厉看不明白阎非的心思，在很多事情上，这些警察简直比他前女友还难懂，他急匆匆跟上去，然而阎非却已经拉着姚建平进了审讯室，不得已，萧厉只能隔着监控看里头的动静。

还没听过撞头能撞出坏脾气的。

萧厉心中腹诽，又等了一会儿，林楠将不久前砸人店铺的两个大学生带了回来，阎非的情绪不佳，萧厉在监控室里便隐约有种要出事的预感。果不其然，两个毛头小子没说几句便认出了阎非，在阎非试图将昨晚的行动同他们挂钩时，两人的反应都非常激烈，辩道："不就是今天看热搜觉得好玩儿砸个窗户，上学的时候谁没砸过玻璃呀？"

"想清楚再说！"阎非厉声道，"这里不是学校。"

监控外萧厉被吓了一跳，之前就算是吴严峰把他们耍得团团转也没见阎非这么生气，一个大学生把他弄得脸色发白："我们就是想拍照传到微博上去，又跟人打了赌。"

"你跟他说什么呀？"另一人还在嘴硬，"凭什么把我们没做的事算在我们头上？"

阎非冷冷地说道："昨天晚上也有家店被砸，你们在模仿作案的时候就该想到后果，这笔账可能会落在你们头上。"

年轻人脸色一僵，随即却像是恼羞成怒一般骂道："你们警察自己无能查不出来凶手凭什么乱冤枉人！你算是什么警察？这个涂鸦的人也是看不过眼你们收黑钱放人，自己做的亏心事，你还要别人来买单？"

姚建平怒道："说什么呢，放尊重点，知不知道这是什么地方！"

年轻人冷哼一声："活该你死老婆。"

完蛋。

监控外萧厉倒吸一口冷气，只听一声巨响，审讯室里阎非直接站了起来，因为动作太大，椅子倒在地上，姚建平见势不对一把拉住他："头儿你别生气，要不之后我来吧。"

116

阎非的拳头捏得发白，紧跟着一言不发地从审讯室里出去了。萧厉心里骂了一句臭小子不懂事，又忍不住腹诽自己这圣母病太严重，阎非原则上还算是他半个仇家，但偏偏他又看不惯人家颠倒黑白地诬陷阎非，罗小男说他心软，也确实不是没道理。

如今这已经是一起明显的模仿案了，萧厉本想去劝劝阎非不要太上火，却不想这人竟然直接来隔壁找他了。

"马上跟我去一趟现场。"阎非冷冷地说道，"我的车撞坏了，开你的。"

…………

要说坐过这么多次阎非的车，这简直是萧厉最想跳车逃跑的一次。

车里的气氛压抑得让人窒息，最要命的是，就在萧厉准备找个话题缓解一下紧张情绪的时候，广播里突然开始报道之前店面被砸的案子，萧厉心中翻了个白眼，手疾眼快把广播关了，而这时在旁闭目养神的阎非淡淡地说道："你对'七一四案'怎么看？"

萧厉心里咯噔一下，紧跟着才反应过来，这是刚刚广播里说的，将这次报复警察的行为和当年的"七一四案"联系在一起。主持人把阎正平当例子，认为针对阎非的破坏行为可能只是更严重犯罪的前兆，如果任其发展，之后阎非的人身安全便得不到保证。

萧厉即便不回头都知道阎非正在盯着自己看，他本来有点心虚，然而再一想，自从给刑侦局干活儿以来，他虽然一直密谋着要写稿，但这东西毕竟没发出去，现在他不光啥都没做，还帮着破了两个案子，应该算是功臣才对。

萧厉想到这儿定了定心，说道："'七一四案'你们五年没破案是事实，家里修个水管五年没修好人家都要闹事，更何况是死了人，换谁接受得了？而且最要命的是你们警察病急乱投医，当时错抓了多少人你们应该是知道的吧，案子闹得这么大，就算不是最终的犯人，被带进去问话，你知道外头人会怎么看他？"

他在红灯前停下来，想到父亲萧粲回来的那天，买了酒喝得半醉，萧厉本来以为可以等来一顿久违的热饭，然而他怎么也没想到他等到的却是一顿拳头，萧厉从小到大没有被这样打过，到了后半夜，甚至连爬的力气都没了。

"随便问两个人得到了一点线索就要抓人，虽然我也能理解，当时的压力太大，所以风声鹤唳，但是抓了这么多没有一个是对的，只会让公众更不信任刑侦局的办案能力。"

阎非静静听着，他后来查过，在"七一四案"调查期间，萧厉间接提供过萧粲和胡新雨在命案前发生争吵的线索，加上邻居同样听到过激烈争吵，因此萧厉的父亲一度也被当作嫌疑人扣留，后来由于证据不足被释放了。

萧厉脸上难得半点笑意都没有："在当时那种情况下人人自危，因此他们全指望着警察，什么事情都是希望越大失望越大，换句话说，虽然你们是有点冤，平时破了很多案子都没人知道，最后在这么一个案子上翻车，但这就是做这行的代价。"

阎非问道："所以你也认为是警察的问题？"

这是一道送命题，萧厉本可以打个哈哈过去，但偏偏很多话已经在他心里憋了很多年，萧厉深吸口气："你也不能否认，即使有冤枉的地方，刑侦局在这个案子上也存在失职。"

他说完，车里陷入了一片安静，阎非没再问任何问题，就这样一路沉默到了事发的小吃店，老板已经把之前被砸碎的玻璃收拾完了。阎非冷着脸问了一些问题，就和他们之前了解到的一样，事发时两人并没有避开别人行动，甚至在一人砸玻璃的同时，另一人还在旁边拿手机拍摄，明显是临时起意的行动。

如此一来是模仿案板上钉钉了，萧厉叹了口气："都二十二岁了怎么连脑子都没有。"

他刚说完，抬眼便看到马路对面有人正对着阎非举起长焦镜头，萧厉手疾眼快，一把拉住阎非的胳膊将他扯上了车，迅速驶离了现场。

"希望你别连累得我的车牌也被人曝光，我还想过几天清静日子。"萧厉叹了口气，见后座的阎非一言不发，又道，"大哥，按道理以你现在这种万众瞩目的程度，不应该再自己出现场了，你就不能避避风头吗？"

"避风头，然后等着舆论平息，或者等着网络上的热心网友帮我解决问题吗？"阎非冷冷地说道，"如果当时阎正平这么做了，你们就能原谅他？"

萧厉倒吸口凉气，从后视镜里看到阎非正在盯着他，这人虽然脸色苍白，但眼睛里就像烧着火一样，萧厉犹豫道："阎队，你是不是……"

阎非冷冷打断他："案子是冲我来的，我就得解决它，如果我逃了，那只会让背后的人得逞，既然无论我怎么做有些人都不会放过我，那就让它来。"

萧厉心头一震，他之前很少听阎非带着明显的情绪说话，一时间到了嘴边的话也都咽了回去，半晌才道："阎队，你还是先回局里休息会儿吧。"

后座就此没了回应，萧厉也不知阎非是怎么了，心中正是烦躁不安，口袋里的手机却在这时连振数下，他匆匆扫了一眼，是罗小男的微信："稿子好了吗？虽然还没到一个月，不过老高那边忽然大发慈悲，你现在要是给我，可以给你五到六倍的稿酬外加利润……机会难得，赶紧收个尾，我等你的邮件。"

3

萧厉第六次拿出手机看的时候，桌子对面的阎非已经趴在桌上睡着了。

罗小男像是察觉到他的动摇，又连发了四五条微信过来催他，萧厉心知其实还差一千字，随便写点什么也能交了，但如今他盯着断掉的句子，却是无论如何都写不下去。

他去吸烟室里点了一根烟，抽了一半，罗小男直接来了电话，看样子是耐心到了极限："你怎么回事啊丽丽！微信也不回，干吗呢？"

罗小男着急道："老高那边在催，阎非现在正是热度最高的时候，出爆料才会有人看，我上次就和你说了吧，写得温和一点也没事，现在只要跟阎非搭点边就会有流量点击的。"

萧厉没说话，吸烟室安静异常，他甚至能听见窗外开始下雨。

罗小男这时像是已经猜到了，她软下声音："萧厉，你心硬一点，跟过去做个了结不好吗？你被这个事情折磨得太久了，更何况你也就是以牙还牙……"

"阎正平根本不知道他做了什么，对他来说，来问我或者来问我家的邻居，都只是破案的一部分，抓我爸也是。虽然是病急乱投医，但他确实是为了抓住凶手才这么做的，无论外头怎么看，他只是想找到真相而已。"

萧厉看着烟头一点点烧短苦笑道："至于后头，我爸觉得是我的错，打了我五年，差点要了我的命什么的，那是因为他自己脸皮薄，受不起别人指指点点，因为这个事就再也抬不起头了。我之前一直觉得是阎正平把我害成这样，因为如果我不那么想，我就会继续恨我爸，可能连个坟都不想给他立的那种恨。"

萧厉心里觉得可笑，他之前确实有心想做个了断，然而就在不久前他对阎非说出"刑侦局确实有失职的"的时候，他忽然意识到所谓的了断也不过就是这样了，他能指责阎正平的也只有这句……因为无论阎正平还是刑侦局都不是把他害成这样的罪魁祸首，真正将他们家弄得如此不幸的，是"七一四案"的凶手。

萧厉轻声道："我可以怪罪阎正平到最后都不知道他对我的人生造成了什么样的伤害，但是对他来说，他也只是调查真相而已，在这件事上，阎正平已经为他的失职付出代价了，刑侦局也是，我没道理再报复阎非。"

电话那头沉默良久，最后罗小男苦笑："早知道你会心软，就不应该让你跟着阎非干活儿，打白工不说，到现在还把你自己给卖了……"

萧厉弹掉一些烟灰，悠悠叹了口气："其实现在想想，如果阎正平想要避风头，他早就可以放弃侦办这个案子，那么做或许最后等待他的结局不会是这样，阎非在这点上和他老子可真像。"

越是风口浪尖，越是要出去抛头露面。

萧厉自嘲地笑笑，本来他打白工好歹是有点目的的，现在可真变成打白工了。

"算了吧小男，以后要有什么挣钱的活儿再介绍给我。"他把烟掐灭在烟灰缸里，"你说得没错，我心太软了，这个钱我真挣不了。"

…………

"我说阎队也太倒霉了吧，那个富二代的事情怎么闹了这么久？"

刑侦局三楼，信息技术队的张琦看着网络上舆论的走势忍不住闹心，从早上店铺被砸的案子闹出来，涂鸦的照片上了网，"有钱就不会被抓"的话题一直在热搜里，现在声讨阎非的热潮一波比一波热烈，过去不少阎非办过的案子都被重新拿出来说道，其中更少不了三年前的案子。

一早他们就接到段局那边的指示，严密监控网络上舆论对阎非的曝光，这件事毕竟涉及整个刑侦局的对外形象，加上之前就有警察因为歪曲曝光而被害的前车之鉴，局里对这次的事情还是相当重视的。

　　有任务在身，张琦不得不一条条去看那些不堪入目的辱骂，越看越生气："这些人认识他吗？平时发生了什么案子还不得指望着警察，阎队以前破过多少案子，这些人就这么忘恩负义吗？"

　　"你是头一天工作啊？"丁曼无奈道，"本来警察就是吃力不讨好的工作，刑侦局这些年破了多少大案要案，结果还不是摘不掉'七一四案'的帽子，既然坐在这儿了，遇到这种事儿就没什么好委屈的，阎队自己都还在查案，你替他生气什么劲儿？"

　　张琦咽不下这口气："可是……"

　　"小张！"这回不等她说话，丁曼脸色骤变，"赶紧核实！有人曝光了阎队家地址！"

　　三分钟后，八楼不常响的座机忽然铃声大作，姚建平听了几秒，视线便不受控地望向了阎非的方向，犹豫道："阎队你先别急，已经打电话去通知黄阿姨了……"

　　姚建平小心斟酌着用词，然而又哪里瞒得过阎非，他听到"黄阿姨"三个字便意识到发生了什么，猛地起身往外跑去。

　　技术队封锁消息晚了一步，两人赶到现场时，现场除了警方的人，还有少量的媒体，阎非一下车就听到快门声，姚建平手疾眼快地上去拦人，却也被全程用手机拍摄。阎非给周围此起彼伏的声音弄得头痛，他推开人群往里头走，只见小区单元楼底下有涂了一半的鲜艳涂鸦，二楼的窗子玻璃也被人砸碎了。

　　在楼道里，片区的巡逻警察正在和黄海涵了解情况，黄海涵看上去没受什么伤，见到阎非，黄海涵露出一个抱歉的微笑："你刚刚给我打电话的时候我人已经到楼下了……老了，身手不如以前，还是扭到了胳膊。"

她动了一下僵硬的左臂，叹气道："也怪我，前两天去医院的时候明明已经很小心了，结果还是防不胜防，要不也不至于被人找到住址。"

"医院……"

阎非听到这儿脸色变得铁青，确定了黄海涵无碍后几乎掉头就走，黄海涵喊了两声没喊住，慌忙对才跟上来的姚建平道："小姚你赶紧拦着一点他，别让他干什么傻事！"

姚建平上次看阎非的脸色差成这样还是三年前，听黄海涵这么说哪里还敢耽搁，急匆匆跟下楼，就见阎非正把刚刚的涂鸦犯从警车里扯出来，周围的媒体此时还没给完全清走，一看这架势，都抢着要举起相机和手机。

阎非抓着那人冷冷地说道："你是不是想找我？"

男人给他这副样子吓了一跳，嘿嘿一笑："还真是你家啊，我还当我跑错地方了呢。"

他话音刚落，阎非直接扭过他的胳膊将他按在警车上，用的力气极大，男人瞬间就惨叫了起来："看到没有！警察打人了！阎非打人了！"

"瞎喊什么！"

姚建平眼看情势失控，赶忙将男人从阎非的钳制里拽出来塞回了车里，又载着阎非离开了小区。开得足够远之后，他看了一眼后视镜，阎非拧着眉头正在按太阳穴，姚建平担心道："头儿，你是不是要去医院看一下？"

"不用，这个模仿案你一会儿收一下尾。"阎非冷冷地说道，"我妈那边找人安顿一下，她这两天不能待在家里了……我一会儿还有事情要查。"

两人一路回了队里，上了八楼，林楠看到阎非便跑上来："阎队，段局叫你……"

他的后半句话因为阎非铁青的脸色而咽了回去，进队这么久，林楠还是第一次看到阎非气成这样，不知道是不是已经看到了网上那个打人的视频。

阎非问道："萧厉呢？"

他话音刚落，萧厉便从走廊另一头钻了出来，冲他摆摆手："阎队，刚刚在视频里你可不怎么帅啊。"

林楠脸色一变，要拦住阎非已经迟了，阎非大步流星地走过去，直接拧过萧厉的胳膊便把他按在了墙上。

"阎非你……你发什么疯啊！"

萧厉哪能想到阎非忽然来这么一出，胳膊给反剪得猝不及防，而阎非凑在他身边低低地问："你是来给刑侦局打工，还是想来找我报仇？"

萧厉倒吸一口凉气，不等他反驳，手腕上又是一凉。

是手铐。

阎非一言不发，直接拎着他进了审讯室，抬起头看向监控："林楠，把监控关了。"

萧厉被他这一通操作搞得发蒙，但手腕上的手铐却是货真价实的，阎非等了一会儿，直到摄像头上的红点消失，他扭过头盯着萧厉，眼神冷得让人发毛。

萧厉隐隐意识到他的情绪是从哪儿来的，深吸口气："你早知道我是谁了吧？我就知道，你们不可能不查我的底细。"

"你之前在医院见到了我母亲，我特意嘱咐过她，不要从前门走，也不要引起媒体的注意，我妈之前是刑警，警惕性很高，但是她今天还是遇袭了，你是这两天唯一见过她并且明确知道她身份的外人，她也不会对你有戒心。"

阎非冷冷地说道："需要我再做一些联想吗？"

萧厉莫名其妙："就为了这个你就要铐我，大哥，你们警察办案不都讲究证据的？你说这个有证据吗？"

阎非撑在桌子上看着他："为什么要主动报案接近我，为什么要和我套近乎，你真的是来打白工的吗？"

萧厉这时已经慢慢明白过来，他冷笑一声："敢情阎队长你早就在怀疑我了，一方面信不过我，另一方面又把我带在身边，你是不是有病啊？"

在过去，萧厉从来没觉得阎非长得和阎正平那么像，但如今阎非的样子却已经和二十年前那个男人重叠了，他忽然感到后悔，就像罗小男说的，如果他心硬一点，这个事情应该已经了结了。

"十五年前，'七一四案'的受害者家属谋杀了我父亲，我知道你们对我父亲是有仇恨的，而你是第一个主动联系我的'七一四案'受害者家属，也是唯一一个现在还留在周宁的。"阎非冷冷地说道，"现在我就在你面前，你有什么想说的可以直接对我说，不需要再偷偷摸摸地写那些下三烂的报道了。"

萧厉倒吸一口凉气："你……"

"你说。"阎非目光冰冷，"我听着。"

4

至此，审讯室里的气氛彻底变得难堪起来。

萧厉冷笑道："早知道我就应该写个长篇大论好好跟外头介绍一下你，让他们知道你是怎么主观臆断断案的。"

阎非冷冷地看着他："你想要证据，我就去申请搜查令查你的电脑，你希望我这么做？"

萧厉这时候已经猜得七七八八，脸上满是冰冷的怒意："上次去我家，你是故意的吧，为了在我家搞什么秘密搜查才接受我的邀请，还故意把我灌到断片，我就想问问，费这么大劲，你查到什么了，阎队长？"

阎非冷道："三年前的案子，你知道什么？"

萧厉本以为他要指责自己写的那些东西，却没想到阎非会提到三年前他老婆的案子，他一愣："我又不是警察，你问我，我还想问你呢？"

阎非目光冰冷："三年前白灵被仇杀，对方辱尸的手法和当年我父亲的案子极其相似，虽然十五年前严昊已经自杀，但是我相信背后一定有人进行煽动，而这个人，和'七一四案'也有关系。"

"什么……"萧厉瞠目结舌，到最后却给气笑了，"十五年前，我才十三岁，你觉得我十三岁就能指使别人杀你老子？"

"那你告诉我，你为什么要主动接近我，是受什么人指使吗？"

阎非抱着手臂，当真一副要审他的样子，萧厉气得脑子里嗡嗡直响，心想真是有其父必有其子，他深吸口气："好哇，二十年前你老子就因为我家邻居还有我随口说的话就把我爸给抓了，现在你更好，全凭空想就来抓我，你和阎正平可真是一个模子里印出来的。"

阎非皱起眉："当年萧粲只是被带回来做简单的……"

"那你知不知道我为此付出了什么代价！"萧厉把手猛地捶在桌子上发出一声巨响，愤怒裹挟着过去这二十年来所有的痛苦让他濒临爆发，"我只是说了一句我爸和我妈吵了架而已，就让我爸成了嫌疑人，你们警察觉得就是问问话，但是我爸这辈子都被毁了！他一辈子都觉得别人在对他指指点点，整整五年把我当成捅他刀子的仇人，这一切都是因为你爸不负责任胡乱抓人，你现在告诉我你们就是简单把他带回去问问话？"

阎非心头一震，看着萧厉因极度愤怒脸上肌肉都绷得很紧，他皱起眉："那你为什么要主动接近我？你电脑里那些是你写的吧？"

萧厉拳头攥得发抖，事情已经到了这一步，他半点也不想给他们查案提供任何方便，于是生生压抑住脸上所有情绪："你去查呀，稿子是我写的，但是你要是能在任何地方看到这个稿子，你直接枪毙了我我都认。去查，阎队长，你要是查不出来什么名堂，你就跟你爸一样，只是个没有证据就乱咬人的草包。"

因为牙关咬得太久，萧厉甚至能尝到嘴里的血腥气，室内的沉默持续了一会儿，最后阎非轻声问道："你最近这两天跟谁联系过？"

"你不是要申请搜查令吗？问我干什么？"萧厉火气上来，半个字都不想和他多说。

阎非皱眉："你现在不说，就得在这个地方一直待着，直到你的嫌疑被排除，你确定要这么做？"

萧厉冷笑道："我在这儿打白工也是待，让你们为了调查我忙得团团转也是待，既然这样不如让你们辛苦一点，毕竟空口把我铐了的人是你。阎大队长，你还在这儿跟我耗着干吗，留给你的时间不多了，几个小时之后你也扣不了我，我可不是吴严峰，等我出去了，看看这次我会怎么介绍你。"

他冷笑起来，看着阎非一字一句道："还记得十五年前媒体是怎么说你爸的吗？阎非，大家都等着看热闹呢。"

十分钟后，阎非从审讯室里出来，脸色难看得吓人，整个八楼没人敢说话，自然也没人敢问刚刚审讯室里发生了什么。

"头儿你歇一下吧，你看起来脸色有点不好。"林楠斟酌着用词，他过去还没见过阎非像现在这样，整个人犹如一团燃烧后剩下的灰烬，"萧厉的事情交给我们吧……刚刚姚哥已经去找段局了。"

"麻烦你们，我稍微躺一会儿。"

阎非头脑昏沉，即使在止痛药的压制下头也还是隐隐作痛，这时他顾不上整层楼的人视线都凝聚在身上，走到折叠床边就睡下了。阎非自己也没想到车祸造成的后遗症这么严重，在医院静养的时候还不明显，急火攻心下却连集中注意力都很困难，和萧厉说到后半程基本上就是在硬撑。

几分钟之后，八楼渐渐恢复了往常的平静，阎非在折叠床上一言不发，然而即使闭着眼，他还是能听到四周的窃窃私语……这些小声讨论直到段局出现才戛然而止。

不久前，段志刚听姚建平说完整件事只是深深叹气，这次的事情因为阎非的身份本来就敏感异常，现在他处在风口浪尖上，段志刚本来想让他暂时歇一歇，然而一看到阎非的状态，最终到了嘴边的话就只剩下一声叹息，段志刚上前安抚了几句，很快便又回去了。

阎非在段局走后也躺不住，他心知这个事耽搁不起，很快拿了外套就匆匆下了楼。吸取上次的教训，他这次戴了帽子，特意开了局里不常用的备用车，先去了被砸的二十四小时便利店。这家便利店外的涂鸦正对马路对面的银行，但是由于公交站牌的遮掩，银行的摄像头并没能给他们提供任何有用的画面。

阎非沿着马路走了一段，在距离被砸便利店不远的地方还有两三家小超市挨着，规模大同小异，然而对方之所以选择了这家店，是因为这是当中唯一一家卖速食产品的超市，每天都有不少白领来买饭，可以引起更大的舆论水花。

这样的计划需要反复踩点，至少说明涂鸦的人来过店里，如果进行交叉对比多半可以找到人，但是太费时，等到他们把人找到，说不定对方已经开始下一轮的行动了。

阎非左右也没有胃口吃晚饭，从第一家便利店出来他掐好时间，特意挑选没有监控的小路前往服装店，中间耗时超过半个小时，相比之下如果直接走导航上的正道却只要十五分钟左右……从这方面来说，嫌疑人不可能选用比车慢的交通工具，更加不可能特意绕路，只有可能是走大路。

想到这儿阎非心头一震，他们现在还没有去查道路监控，如果是凌晨两点到三点那个时间，在路上行人和车辆很少的情况下，应该很容易就会发现对方的行踪……嫌疑人明明已经很小心地避开了店铺周围的摄像头，然而他却毫不留意路上的监控，这有可能吗？

阎非本能地觉得说不通，但是从时间上，这又是唯一可能的结果。他正准备联系技侦科要监控，而这时林楠的电话打了进来："头儿，我查得差不多了。"

"说吧。"阎非上了车，在一片安静的环境里说，"不用有顾虑。"

林楠道："萧厉那天去了西山扫墓，我们和墓地的管理人员核实过，清明节前后因为扫墓的人增多，所以他们的管理也比较严格，每个进墓园的人都会由专人带着领取纸钱，并且在离开时也要登记进行焚烧物清扫，可以查到实名。我还特意问了一下他去给谁上坟，头儿，你知道他是……"

"他是'七一四案'第三个受害者胡新雨的儿子，他是去给他母亲上坟吗？"阎非冷静地接话，"他一开始接触我们的契机相当奇怪，这是我怀疑他的原因。"

林楠沉默了一会儿，又说道："我明白了头儿，我继续说吧，我已经问过了，萧厉的父母其实都被葬在那个墓园里，所以他隔三岔五就会去扫墓。"

阎非想起之前萧厉说，他父亲因为他提供了间接证词而憎恨他，这个事情阎非从前倒是从来没有考虑过。进入"七一四案"嫌疑人名单的人太多了，为了尽快破案，警方先后调查过近百人，加上萧厉的父亲萧粲和胡新雨有直接的社会关系，确实是很早一批进入警方视线里的人。

林楠道："头儿你之前说，伯母大概是中午回过一趟家是吧，萧厉那时候就在墓园里，他离开的时候是下午四五点，去了一家朋友的酒吧，老板姓任，我这边也确认过了，萧厉在那儿待到晚上将近十点，在给美食街上两家新开的火锅店写宣传软文。"

"他在墓园里待了这么长时间？"阎非有些奇怪，"他只是单纯给他母亲扫墓？"

林楠叹了口气："头儿，你还记不记得，当时'七一四案'的所有受害者因为接受了公开募捐，所以都葬在了同一个地方。"

阎非一愣："你是说他还去给其他的受害者扫墓？"

"对，但是时间不长，他还是在他母亲那边待的时间最长，加上萧厉之前曾经在西山墓园上过一段时间的班，所以还和管理人员攀谈了很久，有监控视频为证。"林楠道，"另外我也查了后头两天萧厉的行程，伯母在医院的时候，他都有不在场证明，如果是怀疑伯母被人跟踪找到地址，那他应该是没有嫌疑的。"

阎非听到最后，想起之前萧厉的反应无声地阖上眼："好……我知道了，他现在还在队里吗？"

林楠道："段局让我排除他的嫌疑之后就不要扣着他了，因为他的身份问题。"

"我明白了。"阎非启动车子，"也确认他没有发表过任何东西了吧？"

"确认过了，他电脑里的稿子还没有发表，我们之前打电话去联系他的编辑，还被骂了一顿，说就在不久前萧厉才放弃了投稿，说是……不想用伯父的错误来惩罚你。"

阎非闻言挂挡的动作顿了顿，沉默了一瞬后他轻声道："我知道了，我马上回去，这边砸店的案子也有突破口了。"

5

走到停车场电梯间入口，阎非一眼就看到萧厉靠在门口等着他。

他的脚步顿住，而萧厉似乎是注意到这边，脸上浮起冷笑，冲他招了招手："阎队，回来啦？怎么，怀疑我又不敢亲自调查我，难不成抓完就心虚了吗？"

阎非沉默着没接话，而萧厉上来猛地揪住他的前襟，咬牙切齿道："阎非，不要以为你们是警察就可以随便给人扣帽子，你给我等着，我可不会像我老爸一样自怨自艾一辈子……你会后悔你今天做的事的。"

他说完便狠狠松手，转身从停车场的车辆出口走了，阎非一言不发地上了楼，林楠看到他苦笑了一下，拿着原来属于萧厉的牌子迎上来："怎么办头儿，现在可没法拿这个约束他了，他万一写什么……"

"到那时候再说吧。"

阎非有点累了，捏着鼻梁声音沙哑："麻烦你和小姚加一下班，相关道路的监控我已经问技术那边要到了，一个人如果想要按照规定时间赶到三家店铺，一定是开车走的正规道路，排查一下那个时间段路上的车子。"

阎非头疼了太长时间，现在只觉得身上发冷，他走到工位边趴下："查到车牌之后叫醒我，今晚能把案子破了最好。"

"好，那我先去三楼了。"

林楠跟了阎非这么久，也知道他要是打定主意破案，就算断手断脚也不可能轻易劝走，他忍不住叹气，随后振奋了一下精神，往楼下的技术部那边去了。

…………

"老子是信了他的邪。"

晚上九点，萧厉将啤酒瓶用力磕在吧台上，越想越生气："用老子的免费劳动力，还怀疑我，看他那副样子，我还以为他不会玩这种偷鸡摸狗的勾当，结果这个狗东西居然把我灌醉搜我的东西。"

"这你怪得了谁啊？"任泽伟一副看热闹的样子笑道，"还不是因为某人想灌醉人家套话，还说什么在家里他比较容易放下戒心……说起来这个阎非还算是正人君子了，都没让你醒过来少两个肾。"

"那能是一回事吗？"萧厉恶狠狠道，"他就是因为怀疑我才同意我进的支队，托他老子的福我受了这么多罪，他居然还怀疑我杀了他老婆。"

萧厉现在想到阎非那张面无表情的脸就恨得牙痒："恶人先告状，老子活这么大就没见过这种流氓。"

任泽伟又给他开了一瓶啤酒："所以呢？小男那边你也已经放弃了，现在后悔也来不及了吧？"

萧厉冷哼："我和他说那篇稿子不会在任何地方看到就不会在任何地方看到，我现在也没兴趣去写他老婆的事，还显得我很没品……我要赶在他们之前把这次搞涂鸦破坏的人揪出来，就跟当年一样，如果新闻比警察的动作还要快，那才是最好的打脸。"

"哈？"任泽伟一愣，"坑了我三瓶啤酒就想出这种好办法？你不记得你上次掺和案子的时候发生了什么吗？"

他用两根指头在脖子上一划："差、点、死、掉，还记得吗？"

萧厉哼了一声："那次是凶杀案，再说了，有过上次的教训我这次装备都买全了。你放心，我已经想好了要怎么查，阎非那个家伙，肯定是搞刑侦的那套思路，查什么监控之类的东西，老子这回就要教他做人。"

"你教他做人？"任泽伟笑道，"怎么在我听起来，你像是在帮他查案呢？"

"如果我查出来是谁做的，我会在他们出通报之前就公布结果，阎正平当年不就是这么给下调的吗？"萧厉冷冷地说道，"既然想步他老子的后尘，我就让他一次性步个够。"

喝了三瓶啤酒，萧厉回家的时候酒也醒得差不多了，对于像他还有罗小男这样的夜猫子，这个点才是工作的黄金时间，萧厉冲掉一身酒气，在电脑端打开了微博热搜。

自从涂鸦案案发以来，阎非这个名字一直挂在前十的话题里，萧厉看着旁边热度的上升标志，越看越觉得活该，冷笑着将"有钱就不会抓我"的热门博文全部翻了一遍。

之前萧厉就觉得这次的网络热度起来得很不正常，每次事态将要平息的时候，都会有小号爆出阎非一些旧案来重新"加热"话题热度，这倒像是娱乐圈常见的炒作手段。

在萧厉的经验里，大多数所谓"吃瓜群众"都是看完就忘的人，也几乎不会有人因为一篇偶尔爆红的爆料而选择关注一个很少发布原创微博的小号。换句话说，只有真正对阎非有深仇大恨的人才会直接关注这些发黑料的小号，而这次犯下涂鸦案的人明显是对社交媒体有所了解的，否则他也不会选择这种方式来进行炒作。

萧厉想到这儿振奋了一下精神，将在话题下发布热门内容的号都整理了一遍，粉丝从几十个到上万个不等，他将这些微博列成名单，通过邮件发了出去。好在过去这些年他因为做过很多份工作，狐朋狗友多的是，要在这些微博的粉丝里交叉对比，找到共同关注他们的人，还是得找专业的人来做。

午夜十二点，邮件发送成功，萧厉打了个哈欠，起身去给胡新雨上了一炷香。他估计阎非出了车祸状态不会好，效率也不会有多高，有很大概率，这一次会是他先找到涂鸦案的嫌疑人。

不到半个小时，邮箱里有了回复，对方给他了四个 ID，都关注了这些微博里超过百分之七十的博主，萧厉一一在微博上搜索，很快便因为兴奋睁大了眼睛。

对方给的第三个 ID，"还我儿子 2016"，在过去三年里发布了将近一万条微博，萧厉粗略地扫过去，几乎每一条都和阎非有关系。

"以前是得罪过什么人啊……"

即便是隔着屏幕，萧厉都能从这些文字里感受到对方强烈的憎恨和执念，也不知是不是因为文化水平不高，"还我儿子 2016"的许多博文都是在用最直白的话辱骂阎非，其中也有不少次提到了他老婆白灵，看得萧厉头皮阵阵发麻。

他顺着看了几条，发现博主似乎是把儿子被抓的怒气都撒在了阎非身上，一年多以前的一条微博里提到，似乎是因为他儿子亲手杀死了卧床很久的母亲才导致被重判，而阎非就是当时将他儿子抓捕归案的人。

萧厉心想这种新闻可不是每天都能看到的，稍微在网上查了一下，信息便跳了出来。

三年前，在周宁曾经发生过一起亲生儿子给卧病在床的母亲买毒鼠药帮她自杀的案子，杀人的是当时二十二岁的李华池，母亲王梅由于中风半身不遂，同时也患有糖尿病和风湿，因为过于痛苦，王梅在卧床将近四年后请求一直照顾自己的儿子李华池买毒鼠强帮她自杀，李华池照做后导致王梅死亡。事后李华池自首，虽然被判了故意杀人，但因为四年来照顾母亲孝心可鉴，考虑到杀人动机与一般的故意杀人不同，本来在律师的争取下，李华池应该被轻判，三年到五年就可以出来。

然而事情到这里却没有结束。

正当所有媒体都在对"孝子杀人"大肆报道的时候，案件的调查却发生了一个大的反转，警方在调查时发现了新的证据，不仅证明李华池是有预谋的蓄意杀人，甚至还存在虐待生母的可能，也因此案子最后并没有被轻判，李华池被判了无期。

很显然，三年前阎非已经是支队队长了，对方会把这笔账算在他头上多半就是因为当年侦办案子的人就是阎非本人，找到证据的也可能就是他，从这点来看，无论网络上这个"还我儿子2016"是谁，他都并不认同当年李华池被重判的结果。

萧厉看明白前因后果忍不住翻了个白眼，搞了半天还是阎非自己造的孽，他现在是半点都不想跟这个人扯上关系，但是偏偏这个案子就是冲阎非来的，如果他帮阎非把案子破了，打脸归打脸，但是怎么都有种帮阎非忙的感觉。

萧厉心烦地点上一根烟，又仔细对了时间线，在"还我儿子2016"的主页上，第一条和涂鸦相关的动态出现在案发第二天早上八点多，应该是最早一批转发的人，而这一次博主一反常态在转发的时候什么都没说，只是在之后的几个小时内转遍了当天所有和涂鸦有关系的新闻。

看起来简直像是早就知道会有新闻爆出来一样。

萧厉皱起眉，要说跟着刑侦局干活儿最大的好处就是人肉不麻烦，现在没了局里那些信息技术员的帮忙，他想把这个"还我儿子2016"的真实身份找出来就得多费点工夫。

萧厉随即在搜索栏里打下了"李华池事件后续报道"几个字，既然事件本身引起过大规模的社会讨论，那肯定就会有媒体做过回访。

搜索页面里很快跳出了李华池父亲的相关采访和报道，看模样是个四五十岁的中年男人，虽说在采访时为了保护隐私而选择了背对式构图，但是萧厉眼尖地发现男人被采访的环境类似于办公室，背后还挂着一个二手车信用认证的牌子。

三家店铺被砸的时间相差只有半个小时，这就说明嫌疑人至少具备某种不容易暴露身份的交通工具，如果是二手车商的话……

萧厉心中一喜，搜索后却发现周宁有二手车信用认证的二手车商总共将近两百家，这要一家家排除不是个小工程，眼看着调查又进入了死胡同，萧厉心烦之余视线扫过视频一角，那里的水印上写着周宁新闻频道几个字。

他怔了一下，很快笑出了声。

"这可真是老天帮我。"

要不怎么说得来全不费工夫，萧厉想起来，罗小男在新闻台实习过。

6

阎非醒来的时候已经是第二天早上，他发了一夜的烧，少见地意识全无，甚至连有人在他头上贴了退烧贴也没有发觉。

还没到上班的时间，姚建平和林楠都不见踪影，阎非昏昏沉沉地洗漱回来，碰上姚建平他们从外头进来，两人明显都熬了一整夜，眼眶下一片青黑。

"头儿，昨晚你都烧到39度了，我和姚哥差点把你送医院。"林楠把早餐放在桌上一样一样打开，"我们这边已经有线索了，我和姚哥排查了一遍头儿你说的时间点，找到那辆车了。"

"找到了？"阎非精神一振，"车牌呢？车主是谁？"

姚建平叼着饼含混不清地说道："问题就在这儿，是一辆无牌车，司机裹得非常严实，我们从监控里没办法看出他的长相。"

姚建平调出监控给阎非看，如今的夜视探头已经相当高清，只见画面上的车辆是一辆日产车，而坐在驾驶座上的人戴着面罩，穿着一身黑衣服，明显是有备而来。

林楠无奈道："也不好说是胆子大还是胆子小，无牌驾驶，这要是在街上碰到一个警察，还没等他作案估计就要被抓了。"

姚建平道："这就是为什么他会挑那个时间点，路上几乎没有人了……而且因为没有上牌，所以他并不忌惮被路上的监控拍到，也节省了大量的时间，我们查了一下，车最后是在绕城公路一个很荒凉的路口下去的。"

阎非问道："那车子最初是从哪里开来的？"

林楠道："拐上来的地方没有道路监控，找不到来源。"

来的时候注意隐藏了行踪，走的时候却仿佛是刻意提供了一个方向。

阎非强忍着越发严重的头痛："这辆车的来历，一定跟嫌疑人有直接关系……"

这时一旁的林楠忽然"咦"了一声，"萧厉发微博了，他说，'可别重蹈覆辙'。"

姚建平不解："还以为他会发什么特别要命的东西呢……这什么意思？"

阎非想了一下，随即拿出手机拨萧厉的号码，听到那边提示拨打的用户已关机，他露出了一种相当头痛的神情，叹了口气："马上辛苦你们一下，出个人去一趟萧厉家里，如果他在，看住他，叫他不要轻举妄动，如果不在，立马去把人找到。"

林楠不解道："现在不正忙着查手上这个案子吗，难不成他也有份儿啊？"

"不是，他只是要报复我。"其实萧厉要干什么并不难猜，阎非无奈地捏着鼻梁，"我把他惹毛了，他肯定是想要赶在我们之前查出结果公布于众，就跟当年的'七一四案'一样……他手机关机，是为了避开我找他。"

现在还没有时间去深究他之前说的话，阎非不知道当时警方的怀疑曾经给萧厉的家庭带来过什么样的影响，但明显不会是什么好事。

"他不会平白无故发那条微博的。"不知为何，阎非对萧厉不计后果的脾气有种不妙的预感，"为避免他做出什么蠢事，赶紧把人找到。"

…………

早上九点，萧厉最后对了一遍罗小男给他的地址，兴腾百通二手车买卖中心，确定是这个地方。和他想的不太一样，这是一家独门独院的二手车市场，矮墙围成的院子里停满了各式二手车，其中也不乏好一些的品牌，单看外表，几乎看不出来是旧车。

罗小男给了他一个名字，李兴腾，也就是李华池的父亲，两年多以前，周宁新闻频道也是在这儿采访的他。萧厉在来之前就订好了作战计划，装作要卖车的客人，想办法找到李兴腾和这件事有关的实锤，然后只要找到了，他就立马撤退，绝不恋战。

萧厉自诩没有阎非那种身手，口袋里揣着辣椒水才终于敢把车开进院子里。远远地，他看见灰色平房侧面上用亮色的涂鸦写着"买车免费洗"几个字，颜色和被砸店铺外的涂鸦一模一样，萧厉心头一跳，四下去找，果然又在角落里看到了几只用剩下的涂鸦罐，还有大量蓝色的喷料残留在瓶身上。

萧厉见状简直喜出望外，他拍下照片，紧跟着便踏上了平房门口三阶矮矮的楼梯。

现在应该还不到营业时间，平房的门窗紧闭，然而隔音效果却不算好，萧厉凑到近处，就听那门里传来一个男人沙哑的声音："这次的事情还得谢谢你……"

萧厉抬起手要叩门，却听男人又说道："涂鸦罐按照你说的，我今天就会埋了的……是，听说他还出了车祸，简直是老天都在帮我们的忙。"

…………

萧厉头皮一阵发麻，如果之前都是怀疑，那他现在已经可以确定，确实有第三个人的存在。阎非之前曾经说过，三年前他老婆的案子，甚至是当年阎正平的案子都可能是有人在背后操控煽动，现在看来他的怀疑也并不无道理。

李兴腾只是一个文化水平不高的二手车老板，年纪不小，能想到这样的手法去炒作，现在想来，疑点确实太多。

萧厉心中警铃大作，他大着胆子将手机拿出来凑近门想要录音，却不想就在同时他的手机却骤然爆发出清脆的铃音，门里的说话声瞬间停了下来，萧厉给吓出了半身冷汗，慌慌张张地挂了手机，面前的门却已经大开。

一个身材矮胖的中年男人探出头来，两只混浊的眼睛看不出太多情绪。

李兴腾问道："来看车的？"

…………

"头儿，来消息了，说车子其实昨天就找到了，被丢在下城区一个水渠边上。"

接近十点，下城区方面传来了照片，正是昨晚那辆日产车，林楠道："车子内部很干净，通不过年检但勉强还能开的程度。"

阎非皱眉道："他希望我们找到车，更像是为了羞辱警方才把我们引到那边去的。"

姚建平怒道："这不是耍我们吗？"

阎非沉默了一会儿："他在来的时候非常谨慎，说明车应该不是偷的，而是他本来就拥有的东西，他也是从某个他常待的场所把车开出来的，车行驶公里数是多少？"

"开了三十多万公里，是老车了。"

"这辆车不会是偷的，为了这种事冒险得不偿失，而且他也知道这几乎是辆报废车了，所以丢了不可惜。"阎非按着隐隐作痛的太阳穴，"还有什么别的发现吗？"

"车子的皮套换过，也补过漆，下城区那边检查过，连个涂鸦留下的喷点都没有，他肯定仔细擦洗过。"姚建平叹了口气，"他敢把车留在那儿就肯定不怕我们查，这到底是什么人，本来以为也就是个哗众取宠的，但是看他这个手法，也太专业了。"

"很了解车子本身的性能，还做过汽车方面的美容，很有可能是和车辆相关的职业，维修厂、二手车、司机都有可能……"阎非又问道，"林楠那边怎么还没消息？"

近一个小时前林楠去找萧厉，到现在都没有回复，姚建平看了一眼表："可能是还在堵车吧，头儿，你怎么现在还有闲心操心萧厉？这家伙就是个麻烦。"

"他确实是个麻烦。"阎非低头给林楠发消息，"他的胆子不小，想写我的花边新闻就敢直接来找我们报警，想要引出杀人犯就敢拿自己当诱饵，这次他想要比我们更快一步查出真相，你觉得他会做什么？"

姚建平不以为然："可他想查也不一定能查到哇？我们这儿都还没有眉目呢。"

"我们因为受到公众监督在查案方面受限很多，对他来说却不一定，而且既然是和舆论有关的案子，他比我们更熟悉，从某种层面上他其实是块当警察的料子，狗鼻子很灵。"

阎非等着林楠的回复，他一直有种不好的预感，萧厉的冲动他是见识过的，这次他铆足了劲儿，肯定不会轻易放过自己，一定动用了很多法子去查这个案子，但是他却不知道他在面对什么。

如果涂鸦案里真的有当年白灵案子的幕后推手，那即便他现在只是犯下了很轻的罪行，这个人本身也一定具有谋杀和虐待的能力……他不是不敢。

阎非心中的不安愈渐深重，就在气氛趋于凝固的时候，他的手机一阵猛振，打来的却不是林楠，而是一个未知的号码，属于周宁本地。

阎非将电话接起来，对面传来一个利索的女声："是不是阎非？我叫罗小男。"

阎非一愣，他记得这个名字："你是萧厉的……？"

"我是他编辑，你的电话我是问你的同事要来的，事情紧急我长话短说，我现在怀疑萧厉有危险，刚刚你的同事联系过我问他的去向，但是在半个小时前，我就打不通萧厉的电话了。"

阎非道："什么叫作打不通他电话了？他不是没开机吗？"

女人急道："他有两个手机，还有一个是催稿用的，大概九点半的时候我酒醒了，给他打了一个电话被他挂了，我以为他在忙，再打过去就关机了，我马上给你们一个地址，你们赶紧过去，我怀疑他……"

"怀疑他什么？"

"怀疑他瞎猫碰到死耗子，找到了这次搞涂鸦的那个王八蛋！这人叫李兴腾，我昨晚喝多了，萧厉问我要地址，我没怎么想就要来给他了。"罗小男气急败坏道，"萧厉这次会这么冲动行事完全是被气出来的，你最好赶紧确认他没事，否则萧厉没写完的那篇稿子，你信不信我明天就让它挂在微博热搜上下不来！"

7

"爸，别打了……"

萧厉恢复一些意识的时候，迷迷糊糊觉得自己躺在老家冰冷的水泥地上，记忆里萧粲虽然是个读书人，但下起重手来却很不含糊，每回都要把他打到喊都喊不出来才停手。

萧厉脑后剧痛，几次想要睁开眼都没能成功，依稀觉得萧粲是把他拖进了浴室，很快有什么冰冷的东西碰到他的脚，萧厉打了个激灵，终于清醒了过来。

昏暗的空间里巨大的水声在发出低沉的轰鸣，萧厉一时间还没弄明白自己的处境，而他试着动了动，却发现自己的手脚都被牢牢绑住，整个人跪坐着被拴在一根生锈的水管上，他只能眼睁睁看着脚下的出水口不断喷涌出大量的清水，一点点淹过他的小腿。

这像是个废弃的蓄水池。

"救命，有人吗？有……"

萧厉的话还没说完，他抬头看清墙面上的巨大涂鸦，心中登时凉了一半。

"有钱就不会被抓。"

只不过对方这次要做的已经不是砸店……他是要谋杀了。

萧厉心中叫苦，扯开嗓子喊了几声救命，却只能听见自己的声音在空无一人的室内扩散开去，他拼命撑起身子，无奈手脚都动不了，只能远远看着那边有一盏灯亮着，蓄水池的池壁挡住了他大半的视线。

"有人吗？李大哥……我跟你无冤无仇，你要找阎非报仇我还跟他有仇呢，能不能不要杀友军啊！"萧厉拼了命想从水管上挣脱下来，然而除了让自己手腕剧痛并没有任何效果，捆扎带结结实实地把他捆在铁管上，萧厉用力之下将它砸得铿锵作响，就在他感到绝望的时候，脚下的水却慢慢小了。

"他是你的仇人，他带你查案做什么？"黑暗里传来一个男人沙哑的声音，李兴腾在岸上冷冷地俯视他，"吴严峰的案子，有人拍到过你和阎非一起出现，我认得你的脸。"

萧厉就料到是这样，无奈道："我算是个记者，因为一点油头缠着他是想爆他的花边新闻，所以你才看到我俩一起出现，但我和阎非真的有仇，李老板你相信我。你知道二十年前的'七一四案'吗，我妈是受害者，被阎非他爸拖了五年没能查出凶手……我干这行的，只能用这种手段接近他，套出一点黑料来。李大哥你这犯的事儿又不严重，进去也关不了多久，但如果有人能在那帮警察之前找到犯人，那刑侦局就会颜面扫地，我就是因为这个才想自己调查的，我俩真的是一根绳上的蚂蚱。"

李兴腾皱起眉，还是不信："你现在说这个也迟了，我留着你没什么好处，而且看起来不死个人，外头那些人也不会意识到事情的严重性。"

他说着又要回头去开水闸，萧厉心里一紧，脑子转得飞快，当下便冷笑出声："李老板，我看你就是不敢报复你真正该报复的人，在背地里搞这些有的没的有什么用？阎非不还好好地当着他的队长，他喜欢查案你给他案子，你不说我还真看不出来你俩有仇。"

"你懂个屁！"

一如他所料，李兴腾暴怒的咒骂声立刻伴随着一阵金属拖拉的声音而来，萧厉眼前一花，李兴腾不知从哪儿搞来了一盏立灯对着他照，萧厉叫强光逼得睁不开眼，冷笑道："我好歹有胆子直接接近阎非，来找你也是想把阎非从那个位子上拉下来。你倒好，想搞事还搞不到他身上，杀了我他偷着乐不说，最后说不定你被他抓到，他还要立功呢。"

"放屁！"李兴腾被他激怒，面目抑制不住地狰狞起来，"你说你和他有仇，但你知道妻离子散是什么滋味吗？"

萧厉哼笑："怎么不知道？八岁时我妈就死了，死得很惨，警察找不到凶手病急乱投医，因为我的一句闲话就抓了我爸，结果那一年我不但失去了我妈，还直接把我爸送进了看守所里，李老板你能明白这种滋味吗？"

眼看李兴腾陷入沉默，萧厉顿了顿，又道："反正都要杀人，为什么非得杀我，而不是他呢？"

…………

阎非赶到兴腾百通的时候，偌大的二手车市场里空无一人，萧厉的车撞掉了一块漆停在一个空位上，而地上还能找到沾着血迹的砖块。

"门没锁，还有早饭放在桌上，人应该刚走没多久，刚刚看过，这一带都没有道路监控，得上了高架才有。"

姚建平检查过房里，远远对阎非摇头，而阎非一言不发地大步走到办公桌前，李兴腾用的还是老式的台式机，浏览器的收藏夹里只有微博这一个网页。罗小男说过，李兴腾因为之前李华池杀母案对他恨之入骨，微博上满是对他的怨言和咒骂，但是这么看来李兴腾本身是个做派老套的人，炒作的方法并不像是他能想出来的。

"如果对方要杀他在这儿就动手了……"阎非话没说完，口袋里的手机猛震，看清来电人的名字，他抬起手，让姚建平保持安静。

"打电话来做什么？"

阎非接起手机，声音一如既往，萧厉笑笑："咱们做个交易怎么样？"

"什么交易？"

"三年前你老婆的案子，我有线索，但是你想要的话，我要你到我面前给我道歉，录像，并且发布到网上，你敢吗？"

阎非冷冷地说道："我怎么知道你的线索是真的？"

萧厉道："我之前写的稿子对你来说还不够真吗？阎队长，你又不是不知道我的旁门左道比较多，恰好又对你家比较关注，我能找到这种线索其实不奇怪。"

阎非皱眉道："等我看到你所谓的线索再说，你在哪儿？"

萧厉哼笑："也不怀疑我一下？看来对你老婆的事情很上心啊。"

阎非仔细想听出另一头有什么声响，但电话那边却是一片安静，萧厉报出一个地址约了一个小时后见面，很快便把电话挂了。阎非对姚建平道："看样子对方暂时信得过他，从支队调人来，我当诱饵，不能让萧厉死了，他的身份太敏感，出了问题，整个支队都得背锅。"

…………

"李老板，真的不考虑留我一条命吗？"

最后一个小时，萧厉跪坐在冰冷的水里，无奈道："既然破釜沉舟要去杀他，为什么不留我一条命？我还能给你写篇报道平反一下。"

他心中计算着水面上升的速度，还好这个池子够大，放了这么长时间也才到小腿，应该勉强够支撑到一个小时后。想来李兴腾毕竟开着一辆没牌照的车，经不起在路上折腾，现在不急着走，就说明他约阎非的地点离这个地方并不远。

只要阎非脑子没彻底撞坏，找过来的可能性就很大。

萧厉按捺住心下的恐慌，凄惨道："都快死了，不给烟抽，好歹跟我说说话吧？李老板，李华池真的有虐待生母吗？"

他的话就像戳中了李兴腾的痛处，男人将烟头从上面丢下来，恶狠狠道："我儿子从小就很乖，我不在家都是华池在照顾他妈，怎么可能会杀她？我家已经这么惨了，他还不肯放过我儿子，非要打破砂锅问到底才会变成这样，退一万步讲，就算华池真的做了什么，他妈肯定也不会想看着自己的亲生儿子进监狱的。"

冰冷的池水慢慢淹到萧厉的膝盖，他忽然想起罗小男给他的报道里提到过，李华池认罪认得很快，证据一经反转，他几乎立刻承认自己存在虐待行为，就像是迫不及待要被定罪一样……萧厉内心浮上一个猜测，又问道："李华池究竟为什么会虐待生母？李老板，你心里是知道的吧？"

岸上还是一片安静，萧厉笑了一下："那我来瞎猜一下，你自己什么都不管，把照顾王梅的事情全都丢给儿子，还觉得自己是家里的顶梁柱，他们娘儿俩都得感激你。李华池性格懦弱，对你敢怒不敢言，只敢把愤怒都发泄在卧床不起的母亲身上，最后不知是王梅求他，还是他自己良心发现，他终于把母亲送上路了……我说得有错吗？"

李兴腾的声音低哑："他学画画有什么出路，以后能赚什么钱，家里这些事情他总不能一直都装没看见，我就是为了让他认清现实所以才……"

"所以才把他和王梅都逼上了绝路。"萧厉冷笑，"难怪李华池被抓了之后就跟解脱了一样，他帮王梅解脱是为了报复你，结果你现在还在怪一些不相干的人。"

"本来就都是那个姓阎的错！"李兴腾咬牙切齿的声音在空荡荡的室内回荡，"那是他妈，杀她能算犯法吗？我辛辛苦苦把他养大，这下永远都出不来了……"

萧厉听到这儿总算彻底明白了，在冰冷的水里摇了摇头："你确实够惨的，老婆死了，儿子被判了无期，结果你到现在都不知道反省……我要是你，早就自我了断了。"

"死到临头，还为他说话？"李兴腾冷笑着看了一眼手机，"你有什么仇下地狱再报吧，反正不久之后他就会来了。"

李兴腾说完起身就走，随着脚步声渐远，萧厉听到从很远的地方传来一声铁门关上的巨响，他又试着挣扎了一会儿，然而除了徒劳地掀起大量的水花，他的手脚都还被牢牢地固定在原地。

"变态，究竟是从哪儿想出来的这种折磨人的法子。"

萧厉忍不住想骂娘，没想到过了一会儿，他又听见铁门响了，萧厉心中一喜："李大哥你是不是改变主意了？你就听我一句，你把我放出去我和你一起对付阎非！"

黑暗中没有人回答他，半晌随着一阵生锈阀门被拧动的刺耳声响，萧厉被劈头盖脸淋下来的冷水冻得打了一个激灵，浑身的血液也跟着凉了一半。

来人又拧开了一个出水口……难道是李兴腾改变主意了？

8

中午十二点，在和萧厉约定的地点，阎非从车上下来，这一带本就人迹罕至，加上正是正午时分，洒满阳光的小道上看不见一个人影，他环顾了一圈，很快便矮身匆匆钻过大门前形同虚设的链条往里去了。

"头儿，技术那边查了，这家汽车维修厂是去年歇业的，歇业之前的最后一任老板和李兴腾认识，两个人还有点交情，应该是给了李兴腾一套备用钥匙，让他可以把之前收过的一些卖不出去的老车停过来。我们打电话过去的时候，对方完全想象不到李兴腾会干出这种事情。"

时间逼近约定的点，阎非听到最后一句，他心头一动，忽然喃喃道："李兴腾不像是会杀人的人……小姚，有人来吗？"

姚建平不解："现在还没动静，头儿，还没到时间呢。"

阎非眉头紧皱："他说得没错，李兴腾已经跨过杀人这道坎了，从他绑架萧厉的那一刻起，他就已经准备好要谋杀了，如果已经把他激怒到这份儿上……"

阎非倒吸一口凉气，现在想想，萧厉和他说的话太多了，就算是为了掩人耳目，上来那一连串的要求也有些奇怪……阎非咬了咬牙，只恨他现在因为受伤脑子不清醒，萧厉这样明显的暗示，他到现在才想明白，之前他主动提到了那篇把他气得不轻的稿子，现在看起来无论如何都显得过于刻意。

为了取证，阎非曾经在萧厉家将那整篇稿子都拍下来，如今倒有了用武之地，他急匆匆翻出照片，一边回忆着之前萧厉的说辞，一边在大片密密麻麻的文字里寻找着。

"吴严峰事件，虽然公众看到了录像，水军却好像并不买账……"

"这位周宁市的警界传奇现在所做的一切，是否都是在替父亲道歉，迟到的正义，真的还可以有弥补的余地吗？"

"虽然阎非也曾经听信过一些旁门左道，救赎之路却并不容易，那些猜测最终都指向了死胡同。"

"但无论如今再怎样百般上心，生命都不能重来。"

录像，水军；道歉，迟到；旁门左道，救赎；上心，生命。

"水，迟，救，生命。"阎非喃喃念着，"水池救命，他在某个水池里。"

"怎么了头儿，我们现在还等他吗？"

姚建平在耳麦里搞不清楚现在的情况，阎非顾不上跟他解释，接通了技术队要求调查废厂附近的蓄水设备。顺着对方行动的逻辑往下想，现在是大白天，开着无牌车不可能长时间在路上行驶，这样即使绑架萧厉的地点和约他的地方不是同一个，相隔应该也不会太远，这样就给了他足够的机动性来变通。

事态紧急，张琦方面的反馈来得飞快，虽然没有查到蓄水设备，但是在距离不到三百米外确实存在一家歇业很久的洗浴中心，她现在联系不上房东，也并不知道洗浴中心的具体情况如何。

"姚建平你带一队在这儿守着，路口的人不动，二队跟我走。"

萧厉的性命押在手上，阎非不敢耽搁，急匆匆叫上二队的林楠和小唐去往张琦所指的洗浴中心。神经末端涌上来的疼痛刺激着他，一方面让阎非感到寸步难行，另一方面却也提醒着他事态不妙。

他早就应该想到，任何一个犯罪者在迈出杀人这一步的时候，他的危险性都是指数级上升的，李兴腾就算之前只是个涂鸦犯罪嫌疑人，但现在他也已经完成蜕变了。

阎非内心焦急，带着小队甚至还没到洗浴中心门口，远远就看到那里停着一辆没有牌照的黑色日产车，一个男人斜靠在驾驶座上眼睛睁得很大，正是李兴腾。

林楠倒吸一口凉气扑上去，只见李兴腾面色惨白，竟已是气息全无，同时车子还没熄火。阎非皱起眉："林楠、小唐，你俩分头去四周看一下，杀他的人应该刚走。"

"好。"

两人动作飞快地散开，阎非一脚踢开本来被虚掩的门进入洗浴中心内部，大量的拆迁垃圾还被留在原地，但室内却有一股明显的水汽，甚至站在门口就能听到深处传来低沉的轰鸣。

阎非掏出枪，撞开通往内室的门，这下水声更清晰了，在当中还掺着一个男人几近破音的叫喊："有没有人啊！李老板！谁都行！"

萧厉的声音被水声冲得断断续续，阎非匆忙跑进浴池区域："你在哪儿！"

萧厉仿佛抓到救命稻草，他的手脚都使不上力气，只能拼命把口鼻探出水面外，转瞬间又呛了两口水："阎非！赶紧把水阀拧上！快到我……鼻子了！"

室内水声很大，阎非借着李兴腾留下的灯光找到被完全拧开的两个阀门，他刚费劲儿地拧上其中一个，池子里萧厉突然发出一声含糊的叫喊，紧接着就没了声音，像是被水没过了口鼻，阎非不敢耽搁，咬牙飞速地拧上了第二个出水口，翻身便跳进水池。

偌大的池子里几乎一片漆黑。

阎非站在水池里，听见浴池边缘的一根铁管发出沉重的敲击，李兴腾是把萧厉硬生生固定在了浴池的底部，让他跪着无法起来，因此虽然水面的高度如今只到阎非的胸口，对于萧厉来说却已经是灭顶之灾。

阎非一头扎进水里，摸到萧厉脚踝和手腕上的捆扎带，用刀割了十来下，终于将萧厉从桎梏里解放出来，然而这人被他提出水面时已经意识全无，软绵绵挂在他肩膀上，任凭怎么叫都没有反应。

阎非把萧厉连拖带抱地提上岸急救，好在萧厉溺水的时间不长，吐干净了呼吸道和胃里的水，很快开始微弱地咳嗽。阎非见状松了一口气，本想把人拉过来再检查一下，却不想他的手刚沾上萧厉的手腕便觉得不对，借着微弱的光线，阎非看清萧厉手上常戴的腕表不知什么时候已经被扯掉了，就在正下方的皮肤上横陈着几道深色的伤疤，边缘极其整齐，不难看出当初是怎么留下的。

"头儿！你没事吧！"

远处林楠的声音传来，阎非这下彻底放松神经，瞬间觉得浑身无力，几乎想要立刻就躺下。

李兴腾很有可能与人合谋犯下案子，可如今他死了。阎非在随之而来剧烈的头痛里模糊地想到，他一直在找的人，这一次或许真的又找上门来了。

....

蓄水池遇险后，萧厉在市中心医院里躺了整整两天。

就在他昏迷的这段时间里，周宁市店铺破坏的系列案件宣布告破，警方确认了无牌车正是李兴腾店里三年没有卖出的旧车，同时在二手车维修厂外发现的涂鸦罐成分也和店铺外的涂鸦一致，证据确凿，然而主犯李兴腾却死得相当蹊跷。

老郭尸检后确定死因是急性心肌梗死，推测有两种可能：第一，李兴腾的个人生活习惯不好，又有心脏病史，杀人之后因为太过紧张导致心肌梗死；第二，有人通过某种方式极大地惊吓了他，导致李兴腾心脏病突发，换言之，他也有可能是被活活吓死的。

洗浴中心门口并没有任何探头和人证，林楠和小唐找到了一串车印，驶往绕城公路的方向，但在缺乏其他证据的情况下，他们无法进行下一步排查，李兴腾的案子俨然又成了个无头案。

与此同时，网上沸沸扬扬炒了快半个月的有关阎非的热搜也终于因为案子的终结而渐渐平息，事件的男主角虽然满腹心事，但因为脑震荡后遗症严重不得已住了院，并且偶尔还会在医院里碰到来探望萧厉的罗小男。

那是个短发精干的女人，早在萧厉被送来的第一天，阎非便在病房里见过她。那时的罗小男能说得上杀气腾腾，在反复确认过萧厉很快就会醒之后，客客气气地要求阎非到病房外聊聊。

"阎队长，"罗小男那时上下将他打量了一番，说道，"可惜了，长得还挺帅的，就是警察赚得不多，要不你应该会符合我的择偶标准，赚得多不黏人，而且还死得早。"

阎非沉默了一会儿，半晌道："所以你是怎么看上萧厉的？"

罗小男被他逗得大笑起来："看不出来阎队你还挺会讲冷笑话，我确实是瞎了眼才看上萧厉的，不过我在看人方面比他要准些，所以

151

现在躺在里头的人不是我。"

阎非自然听得出罗小男说话带刺："是你告诉他李兴腾的地址的。"

"我又不是警察，我前男友问我要个资料，我还能不给他吗？"罗小男冷笑，"要我说萧厉就应该把那篇稿子给我，我就没见过他这么傻的人，原本一心想要替你出气，结果跟你跑了两个案子就连钱都不想赚了，看不出来啊阎大队长，你还挺会给人下盅的。"

阎非皱起眉："我父亲只是正常调查，当时接受调查的人也不只是萧粲……"

"但是挨打的是他，你没看过萧厉背上吗？全都是被他爸打的，就因为他多了一句嘴而已。"罗小男不客气地打断他，"他妈妈被杀，阎正平没能查出来真凶，还差点冤枉了他爸，导致萧厉被他爸打了整整五年。阎队长，你现在说起来当然轻描淡写，但是你知道他付出过什么代价吗？"

代价……阎非印象里萧厉也说过一模一样的话，他叹了口气："他是不是自杀过？"

罗小男的脸色立刻就冷了下来："反正他肯定不会跟你说实话，这么说吧，萧厉十三岁的时候就割过腕，那只是第一次，他第二次自杀是我救回来的，刀口没割多深，他自己都不知道自己做了什么……我从那时就知道他没断过这个念头，所以我告诉他，还有仇没报完，不论怎么样，他得先有个撑着活下去的念头。"

阎非原来倒是没想过这些，沉默了一会儿道："那篇稿子，里头不涉及隐私的部分，你们可以发。"

罗小男惊讶地看向他，很快又笑了："你不用在我这儿示弱，我才不管你同不同意，毕竟阎队长你算半个公众人物，就算不愿意，只要是有依据的推测我都可以发稿。现在不为难你是萧厉的意思，不想把你爹的锅扣在你身上。但是这次你平白无故怀疑他，这个事儿要是萧厉和你计较，我可是会帮他的。"

"不用绕弯子了罗小姐。"阎非十分明白，"直接说你想怎么计较吧。"

"阎队，我发现你可真是个聪明人。"罗小男对他挤挤眼，勾起唇笑了，"没错，萧厉很好哄，但现在会找你麻烦的人是我。"

9

萧厉醒来的时候是下午，他脑子还不太清醒，睁开眼模模糊糊看到个人影，刚喊了句"小男"，视线一下和对方对上，他才发现那根本不是个女人。

阎非走到床边："你躺了两天了，要不要我帮你叫护士过来？"

萧厉简直有种大白天见了鬼的感觉："我没死吧，要不就是见鬼了？"

"你很好，如果觉得脑子不太好，建议也去照个CT看看有没有脑震荡。"

阎非说着要来帮他按床头升降的遥控钮，萧厉一把按住那个开关："我跟你说之前的事情我还没和你算账……"

"那你现在有力气算账吗？"阎非神色平静得甚至让萧厉觉得有点瘆人。

萧厉有种不好的预感："你要干吗？"

"好。"

阎非闻言自顾自点点头，径直走到他床前，然后就在萧厉震惊的视线里，阎非忽然九十度地弯下了腰："萧厉先生，我现在代表周宁市刑事侦查局为之前的不当行为向你郑重致歉，其中有部分是我的个人决定，我对此十分抱歉，还请你原谅。"

"你……"

萧厉简直目瞪口呆，而这时罗小男拎着苹果从外头进来，一看这架势也惊了："告别仪式？花圈呢？"

萧厉脸一绿："我还没死呢，他强行给我鞠躬我有什么办法？"

阎非起身淡淡地说道："于公我已经向他道过歉了，此外其他部分你就当是替他答应了。"

"对，我替他答应了，到时候好处也少不了他的。"罗小男笑眯眯道，"独家采访，阎队，君子一言。"

"快马一鞭。"

"等等。你俩什么时候勾搭上的？"萧厉看着两人像是达成什么友好协议一样地一唱一和，渐渐觉得他卧床这段时间发生了很多不得了的事情，而之后十分钟里他恶补完他这两天错过的事情，最后满脸震惊道，"李兴腾死了？给吓死的？"

罗小男在床头给他削苹果："你说你怎么这么厉害，被人绑在水池里还能把人吓死？"

萧厉瞪大了眼睛："不是，我最后听到他进来，又拧开了另外一个入水口，然后他出门就死了？"

"什么叫作他又拧开了出水口？"阎非听出不对劲，"你是说他后来又回来过？"

萧厉道："李兴腾说他去找你了，然后我还想着，那个出水量我还可以多撑一会儿，谁知道他很快就折了回来把另外一个出水口打开了，我当时喊他也没声音。"

阎非神色一僵，匆匆拿出手机来打通了姚建平的电话，甚至没顾上躲避罗小男："赶紧去那个洗浴中心，看一下水阀上能不能找到指纹，再找一下地上的鞋印，和李兴腾的鞋比一下，看是不是一样的。"

他这一出也把萧厉给说愣了："你什么意思，进来的人可能不是

154

李兴腾？"

"你难道不这么觉得？"阎非皱眉道，"这次的事不像李兴腾一个人弄出来的。"

这么一说，萧厉又想起之前在二手车维修厂听到的事，他同阎非说了之后阎非脸色惊变："你确定吗？他在和别人说话？"

"我就是为了偷听才被他发现的还能有错？"萧厉没好气，"怎么回事？你是觉得这个幕后推手……"

阎非道："我上次怀疑你的原因你还记得吗？"

萧厉冷哼一声："可不敢忘，怎么，你上次就是把我当成这个幕后推手来铐了？"

"从某种程度上来说，你们做的事情是一样的。"

"你……"

萧厉骂人的话已经到了嘴边，阎非又道："不过那篇报道我后来仔细看过了，除了我妻子白灵的部分，你们可以发，罗小姐征求过我的意见。"

萧厉难以置信地瞪着罗小男，罗小男往他嘴边递了块儿苹果："写好的东西不能浪费，再说了，关于阎队长的舆论渐渐有了一点转机，这时候充理中客，应该会有不少人看的。"

萧厉一看罗小男这张脸，就知道她如意算盘已经打好了："那你之前说的采访？"

罗小男嗔他一眼："好处也是你的，阎队长答应给我们刊一个独家采访的机会。"

萧厉简直说不出话来，而阎非坦然道："与其来当卧底，不如直接问我来得快。"

"你……罗小男，你给他灌什么汤了？之前我就没见他这么配合过。"萧厉觉得自己一觉睡醒世界都变了，嚼着苹果眼神在两人之间来回打量，"我看阎队长也不是你的菜啊……"

"说什么呢！"罗小男一巴掌扇在他脑袋上，"我是帮你争取的，到时候是你去采访，我只负责收稿和收钱。"

萧厉哼了一声："我才不想采访他，要采你去采。"

罗小男笑笑："那你说怎么办吧？再叫阎队给你做一次告别仪式？"

萧厉翻了个大白眼，心想那种道歉来一次可就够了，没好气道："道歉就算了吧，真要有诚意，也不只该跟我道歉。"

"其他的等你出院。"

萧厉随口一说，却没想到阎非真应了声，萧厉一愣："出院你要干吗？"

阎非淡淡地说道："我会去替我的父亲向你的父母道歉，也会去看望'七一四案'的受害者，这一点罗小姐也已经和我达成过共识了。"

"你们……"萧厉瞪大眼，"罗小男，我要再不醒，你是不是要把我给卖了？"

罗小男又塞给他一瓣苹果："这不是应该的吗，你和他是世仇，赔礼道歉到你这儿哪够，不过要换了我，可得把当年文身的钱算在阎队长的头上，小几万呢。"

她说着还切了一片苹果给阎非："不过，阎队长忽然这么合作，我想应该也是有自己的打算的吧？"

罗小男虽然长得英气，但笑起来的时候却十分狡黠，她勾起唇："阎队长最近吃了不少苦头，是不是忽然想通了？"

萧厉脑子转得飞快："你要靠舆论洗白你自己？"

罗小男笑了笑没说话，而阎非淡淡地说道："我还有事情没做完，不能因为这些东西倒下，更何况我本来就谈不上黑，所以不用洗，只需要曝光。"

萧厉一看他的表情就知道，他指的事情多半是说他老婆的案子，哼道："还没答应要帮你洗白呢，你可别着急自我感动了。"

阎非也不恼："你不想要一个说法吗？我可以让全周宁都知道二十年前是我父亲做得不对，让你的父母安息，这样一来，你也可以不再做噩梦了。"

"你……"萧厉抓住自己的手腕，发现上头空空荡荡，没了手表的遮掩，能清楚地摸到那些凸起的伤疤。

"怎么什么都和他说？"萧厉瞪了一眼罗小男，又咬牙道，"我不需要你同情我。"

"我不是在同情你。"阎非摇头，"我父亲欠你的我可以替他还，但是我也有想要做的事情，需要你来帮忙。"

萧厉也不傻："你这是在请求我原谅还是希望我们合作？"

"都有。"阎非脸上浮起淡淡的歉意，"我和你道歉是真心的，我不知道我父亲当年的行为会给你造成这么大的伤害，他也确实五年没能破案，在这点上，是我父亲的失职，我替他道歉。"

或许是阎非的话讲得太过坦率，萧厉一时竟然不知道该说什么，半晌才尴尬道："这当然也有我爸的问题，但要是阎正平能早点破案的话……"

"萧厉你会不会谈判？讲实在的，你想要什么道歉。"罗小男不客气地打断他，"要不然，我替你说？"

"算了吧，我一觉睡醒你都差点把我给卖了。"萧厉翻了个白眼，他本来纠结的就是阎正平对当年的事情一直没个说法，如今终于从阎非嘴里听到迟到许久的道歉，他心中那口气实则已经消了大半，但到底不愿意太掉份儿，瘪瘪嘴道："那你赔我个文身的钱，还有之前我帮你们打白工的工资，队里不发，阎队你自己凑凑？"

"你想要多少？"阎非问。

萧厉震惊："还真能发工资呀？"

阎非淡淡地说道："你之前帮忙抓到了薛哲，可以帮你争取见义勇为奖金，你这次的住院费我也会想想办法的。"

萧厉扬起眉："所以这算是补偿我？"

阎非好笑似的看他一眼："少干偷鸡摸狗的事情，这个钱就能早点到你手上。"

"我发现萧厉你简直比我想的还好哄。"罗小男吃完苹果优雅地擦干净手，适时地插进了两个人的对话里，"阎队长，以我当主编的经验，无论你想让我们做什么，最近这段时间趁着你的热度还在，最好能够趁热打铁，要不可有点浪费。"

阎非道："我明白，等到萧厉一出院，我们就去西山墓园，这件事，我希望它上网。"

萧厉没听明白："你要洗白自己，难道最该说的不是吴严峰的事？"

阎非摇摇头："吴严峰的案子没必要解释，去西山一是向你赔罪，另外，我总觉得这个在背后操作舆论的人，他一定和'七一四案'有关系。"

"七一四案？"萧厉有种不好的感觉，"你不要告诉我'七一四案'还可能有别的隐情吧？你之前怀疑我是不是也是因为……"

阎非摇摇头："现在都只是推测。但是，想要让他有下一步的行动，就必须戳中他的痛处，不妨试试，如果'七一四案'旧事重提，会不会有人按捺不住，主动送上门来。"

10

萧厉稿子上线那天，周宁下着雷阵雨，阎非开车载他去往西山墓园，而萧厉在副驾上打着哈欠问道："紧张吗阎队？你今天可能会上热搜。"

"我能不能上热搜不全看你的本事？该紧张的是你。"阎非淡淡地说道，"你要是觉得无聊也可以和我换着开。"

"拜托，我是来接受道歉的，还得当司机有点说不过去吧？"萧厉翻了个白眼，将车窗打开一条缝，一股混杂着湿气的风吹进来，"这个雨早不下晚不下，偏偏这时候下了，咱们运气还真是够好的。"

周宁的初夏，时常阴雨绵绵，阎非看着被雨刮器瞬间刷干的水珠说道："雨天比较容易有案子。"

萧厉没想到他憋了半天就讲出来这个，一下给逗笑了："我真是挺好奇的，你当年究竟是怎么追到你老婆的，不会你俩约会就在外头说案子吧？"

自从两个人开诚布公，似乎白灵的事情对于阎非也不完全是禁忌，阎非闻言竟还认真想了一下："白灵的论文写的就是这个，雨天案子多是因为下雨容易冲刷掉证据，对于凶手来说比较省事一点。"

萧厉给他这种极其正经的语气弄得打了个寒战："像你们这样的人要是杀人，肯定没人能抓到……说起来，上次李兴腾的事情查得怎么样了？那个在网上联系他的人，还有在洗浴中心拧水闸的人有着落了吗？"

阎非脸色凝重地摇摇头："你上次听李兴腾在打电话，技术那边查过，打来的是网络电话，没办法定位，而且在微博上联络他的也是小号，没有实名信息，在洗浴中心的水闸上没有找到指纹，只有一个44码的鞋印，没法往下查。"

萧厉闻言叹了口气，这时天际更是应景地传来一声闷闷的雷响，似乎很快就要下一场暴雨，阎非忽然道："这个天气还挺合适的。"

"哪门子的合适，点着纸钱都困难。"萧厉莫名其妙。

阎非道:"这种天气下拍的照片,不是比较适合用在你马上写的稿子里吗?"

萧厉没想到阎非竟然还考虑到这个层面上来,他干笑了一声:"做戏做全套,阎队长,你不要告诉我你马上还要淋着雨去扫墓,叫我给你拍那种惨兮兮的照片啊。"

阎非耸肩:"道歉和扫墓都是真的,并不是做戏,至于怎么出效果有流量,那是你的事情,我不懂。"

⋯⋯⋯⋯⋯⋯

萧厉说不出话,直到现在他都觉得阎非在持续刷新他的"三观",最早认识他只觉得这人是个不通人情的扑克脸,但越相处越觉得阎非实则戒心极重城府又深,与其说他是不爱说话,不如说他是在避免"多说多错"。

两人最终在高架上堵了快四十分钟,下去的时候第一场雨已经下完了,虽说绕城公路上堵得水泄不通,但大多数的车都是去机场的,真正在西山公墓出口下去的车辆很少,偌大的收费站在雨中显得异常萧瑟。

在周宁,西山公墓算得上最广为人知的墓地,因为临山傍水,风景旖旎,有一些名望和家底的人都会选择将亲人葬在这里。十五年前,"七一四案"的三位受害者接受社会捐款后被统一迁葬在西山公墓,而萧厉在父亲肝癌去世后,也将萧粲葬在了西山脚下。

"我妈葬在山上,你先去看她吧。"

进入墓园后,萧厉的话变少了很多,脸上的神色也变得阴沉起来,阎非跟着他往山上去,一路行人寥寥无几,大片汉白玉的墓碑在灰色的天幕下安静地竖立着,碑上的照片却都是一张张鲜活的面孔。

两人一路无言,就这么一直到了山顶,"七一四案"三位受害者都被葬在公墓里最好的位置,远眺便能看到西山下大片的湖泊。一阵夹杂着浓重湿气的风吹来，萧厉安静地看着一块白色的墓碑，上头是一个知性女性的照片，鬈发，戴着一副细框的眼镜，眉眼间还能看出几分萧厉的影子。

"妈，我来看你了。"

虽然天阴地湿，萧厉却还是拿出打火机，就着胡新雨墓碑前的铜炉将一些写满字的纸点燃，见阎非满脸不解，萧厉淡淡地说道："我妈也是个记者，她要知道我干了这行，一定有很多想对我说的，所以我每次来都会给她带两篇我写的东西。"

阎非无言地看着萧厉烧的纸都在铜炉里慢慢化为灰烬，视线转而落在胡新雨的照片上，之前每次他见到这个女人都是在案卷里，胡新雨满身是血地躺在冰冷的青砖地上。

随着火焰熄灭，萧厉的视线转过来看着他："到你了。"

阎非走上前，沉默地盯着胡新雨的照片看了几秒，紧接着便深深将身子折下去。他平日素来背脊笔直，如今一连三鞠躬，仿佛是一块金属在将自己来回弯折，最后他直起身，坚定道："我替我父亲阎正平向您道歉，如果能早一点查出真凶，您也能早一些安息，不至于连累您的丈夫和儿子，我父亲走得早，我这便替他对您说一声对不起。"

阎非说话时神情极其肃穆，萧厉本以为他来也不过走个形式，却不想阎非淡淡地说道："逝者已逝，我父亲有什么做得不对的地方，我会替他偿还。"

"我妈应该没这么大怨气，不会来找你。"萧厉忍不住说，"我也没叫你做到这份儿上。"

阎非的眼神一直没离开胡新雨的墓碑，轻声道："以前很多事情我不知道，现在既然知道了，就要替我父亲处理好它，也算是给你母亲一个交代。"

两人沉默着等到铜炉里的火焰熄灭后才离开，紧接着又去了其他两位"七一四案"受害者的墓前，由于王宝怡和刘洁的亲属都已经过世或是移居海外，很长一段时间，两人的墓都是由公墓管理人员打理的，偶尔萧厉也会去给两人上一炷香。

阎非在两人的墓前也依次道歉鞠躬，直到下山的时候，萧厉终于忍不住："你为什么要做和你爸一样的工作，这些事其实原本你都可以不掺和的。"

"我父亲没能查出'七一四案'的凶手，但不代表他就不是一个好警察。"阎非敛着眼，在细雨里两人都没有打伞，很快身上便湿了小半，"以前我父亲常说，选择了就要做到底，这也是为什么五年来他虽然没有破案，但却一直坚持自己调查的原因。"

两人最后去了萧厉父亲的墓，还没走到近处，萧厉已经停住了脚步："你去吧，我不是每次来都会看他。"

萧厉说话时似乎连萧粲的墓碑都不愿意看上一眼，阎非走到那块比胡新雨要矮上一截的墓碑前，没在上头找到萧厉的名字，只在留名的地方看到了简单刻上去的"子留"。

阎非记得罗小男说过，萧粲虽然是个老师，但对萧厉动起手来却异常凶狠，有一两次将萧厉直接打得休克，幸亏没打在要害，否则恐怕不等萧厉自己割腕，就要活生生被萧粲打死在家里。

这个影响萧厉一生的人，在照片里，也不过是个长相阴郁的中年男人。

阎非又弯下身，照旧连鞠三个躬，萧厉冷冷地说道："活着的时候就不怎么讲道理，死了也不会讲道理。你就和他说清楚，是阎正平误会了他就好，想想其实换作寻常人，丢了工作便丢了，没做亏心事，何必要担心被人看不起？"

阎非一怔，萧厉正欲往山下走，阎非却又在这时叫住了他："等一下，我还有两个人要见。"

　　阎非的声音很轻，脸色不知为何有些苍白，萧厉一句"谁"刚到嘴边，对上阎非眼底郁结的神色，他便像是噎住了。

　　他已经猜到，在这个园子里还葬着谁。

〳 复制悲剧 〵

1

"大白天在这儿喝什么闷酒？"

任泽伟给萧厉开了瓶啤酒，见他目不转睛地盯着电脑，便好奇地绕到萧厉背后，发现他正在查三年前的警察家属被杀案。

这个案子任泽伟也有所耳闻："这不就是阎非老婆的案子吗？"

萧厉正在仔细看一篇关于三年前案子的详细报道，喃喃道："把一个女人的尸体弄成那样，像个艺术品一样地摆在大街上，这绝对不是冲动杀人，更像是要羞辱她。"

萧厉这几天满脑子都是这个案子，阎非不和他说还好，和他说了之后萧厉再一想，阎正平当时的状况确实和白灵非常相似，都是被用猎奇的方法公开抛尸，但是杀害阎正平的严昊已经自首并且自杀了，难道真的还有其他"七一四案"相关人员在背后操控吗？

任泽伟看他一脸认真忍不住乐了："前些日子还想方设法报复人家，这就叛变了？"

萧厉道："此一时彼一时，我写他的稿子前两天都上热搜了，我们现在是合作关系，他给我流量，我帮他洗白。"

见萧厉又是一副很有把握的样子，任泽伟笑着摇摇头，回吧台刷了一会儿手机，表情却忽然一怔："又有案子上热搜了。"

"什么？"萧厉抬起头。

"有个女的被抛尸在南山区的立交桥下头了，奸杀，而且……你自己看吧，估计一会儿这个图片就没了。"任泽伟把手机递过来，萧厉没有心理准备，一下竟给吓出了半身冷汗。那是一个半身赤裸的女人，上半身衣物完好，几乎被血浸透了，而下半身不着片缕，两腿之间还塞着许多杂物。

"这……"

萧厉瞪大眼，眼下这个场景几乎和三年前重合了，当年白灵的照片他也看过，虽然抛尸的地点不一样，但是尸体被发现时的状态几乎和这个一模一样。他张了张嘴，最终却是一句话也没讲出来，放下喝了一半的酒便夹着电脑跑了出去，留下任泽伟徒劳地在身后伸长了手："喂，钱还没付呢，吃霸王餐啊！"

"先赊着，一会儿给你手机转账。"

萧厉的声音远远飘回来，任泽伟无奈地骂道："臭小子，真把自己当半个警察了。"

……^

"阎队，节哀。"

郭兆伟从尸检室里出来的时候显得欲言又止，他拉下手套："我已经……帮小白处理好了，你可以进去了。"

站在门口的阎非就好像没有听见他的话，两只眼直勾勾地盯着他背后的铁门，他脑中嗡嗡直响，甚至不知道自己是怎么进入的房间，而直到那张铁床出现在他面前，阎非的注意力才勉强重新集中。

白灵在铁床上一动不动，就像郭兆伟说的，她已经被"处理好了"，除了颈上的扼痕，身上干干净净，下半身的伤口被简单地缝合过——郭兆伟特意找了新来的实习法医做的，是个小姑娘，不久前才红着眼出来。

自从进了刑侦局以来，阎非见过无数尸体，但从来没有任何一次，只一眼就抽空了他浑身的力气。

他的发妻，本来永远不该遭遇这样残酷的事。

"阎队，阎队！"

老郭的声音将阎非从回忆里拉扯出来，他站在尸检室的门口，不知道自己的脸色白得就像一张纸，哑声道："怎么样？"

郭兆伟拉下口罩："阎队，你还好吗？"

"我没事，讲情况。"阎非不自觉地看向老郭身后不断摇摆的门，一切都和三年前一模一样，"是不是跟三年前很像？"

老郭叹了口气："确实很像，尸体也被人洗过，要不按照她现在下体的破损情况，绝对不可能这么干净，上半身的衣服也是被血水染的……你要不要先接个电话？"

老郭指着他的口袋，阎非这才终于回过神，意识到手机已经震了有一会儿了，他走到相对远一点的地方，接起来甚至还没开口，就听萧厉在对面气喘吁吁道："我看到新闻了，这个事儿是冲你来的，肯定就是那个暗中跟你过去的人，他又有行动了。"

萧厉像是在跑，急切道："万一真的跟'七一四案'有关系，我也要查，赶紧把那个牌子还我。"

阎非沉默着没说话，之前萧厉已经因为和他一起查案被拖下水，如果之后对方还要再行动，萧厉作为"七一四案"受害人家属就极可能会成为一个靶子。他想了想说道："你现在已经不再是支队的临时顾问了，犯罪现场对于媒体的介入有严格的把控，我劝你还是老实一点，不要再来掺和。"

"哈？"

电话对面的人明显还没反应过来，然而阎非却没有给他这个机会，淡淡地说道："我这边还在工作，不要再打来，也不要自己查，很危险。"

说完，他干净利落地就把电话给挂了。

"继续。"阎非走回尸检室门口，"有被性侵过吗？"

"没有精斑，可能是被洗掉了，但是在阴道里发现了一个完整的避孕套，连外皮都有的那种，是被硬塞进去的。"老郭看了一眼他的脸色，提起一个密封袋，里头正是他说的东西，外皮上还沾了一些血水，"可以碰碰运气，看看上头会不会有指纹，不过我不抱希望。"

阎非接过密封袋："我一会儿送去检测吧，死因是什么？"

"是被手扼死的，有乙醚残留的痕迹，但是用量有点大，所以对方不像是有医疗背景。"

"那和三年前的案子有什么不同吗？"

"有不同，你现在能进来看吗？"

阎非知道老郭是怕他承受不了再看一次这样的尸体，无奈地点头："我没事，如果是一个凶手，对我来说……或许是第二次机会。"

两人说完便一起进入尸检室，阎非觉得自己准备好了，然而看到铁床上惨白的女人尸体却还是不自觉感到晕眩，三年前发生的一切电光石火般在他脑子里闪现了一遍，老郭看出他脸色惨淡："确定没事？"

阎非摇摇头："不用管我，尸体有哪里不对吗？"

老郭这才掀开尸体身上的白布，冰冷的光线下，女人的皮肤上肉眼可见有不少紫色的瘀痕，阎非皱起眉："她生前还遭遇了其他暴力行为？"

老郭道："这就是不同了，当年小白来的时候身上非常干净，除了手脚上的束缚痕迹，颈上的伤还有……下半身伤口有撕裂之外，身上没有暴力留下的伤痕，但是这具尸体不一样，伤口切开得并不专业，而且还受过别的暴力侵害。"

阎非问道："还有呢？应该不止这一点吧。"

"对，不过另一点就是我的猜测了，现在也没有完全的证据可以证明。"老郭拿起一边台子上的密封袋，里头是女尸被送来时上半身穿的衣服，"我觉得这个衣服，不是她原来的衣服，中途换过。"

"换过？"阎非一愣，"为什么？"

老郭道："这是我的猜测呀，一般来说，像这么漂亮的女孩儿，不会穿不合身的衣服，她送过来的时候身上穿的这件衣服太大了，尤其是肩膀和胸围的部分非常不服帖，我刚开始就觉得奇怪。"

阎非皱起眉："所以，凶手可能是在毁尸之前给她换了衣服，所以后来冲洗尸体的时候，这件衣服才会被血水浸透。"

郭兆伟道："对，但是这个逻辑有点奇怪，总不能是凶手为了杀她还特意准备了一件衣服，再说为什么不让她穿她之前的衣服呢？"

他又领着阎非到了另一边的台子旁："还有最后一点，就是那些被放进她身体里的东西，和当年不太一样，放入的方式也大不一样。"

郭兆伟指着一溜排开的物品，说道："虽然这种形式和三年前一样，但是，如果细看的话，这些东西可能都是废品或者工地垃圾。"

阎非听到这儿终于明白老郭说的不一样是什么意思了，三年前白灵身上的那些东西都是精心挑选过的，虽然用的形式很像，但是这一次凶手选用的却都是相对劣质的物品。

郭兆伟说道："小白当年的案子，伤口相对整齐，也看不出是强行将杂物塞入的，因此内部的伤口虽然不少，但是没这么多。这次就不一样了，伤口没有非常齐整，这些东西也是用一种相对暴力的手法放进去的，内窥镜可以看到有大量伤口，出血量也很大。"

阎非深吸口气："所以，老郭，你觉得这可能是模仿案？"

"不一定，可能是凶手犯下凶案时想要表达的东西不一样，这一次，光是看这些东西就能感觉得到，他是想要侮辱这个女性死者。"老郭像是在斟酌一种更好的说法，"如果照犯罪心理那套说法，凶手看待这个死者，就和他看到这些杂物一样，他把她当成垃圾一样对待。"

2

阎非将女尸身体里的杂物送检之后根本坐不住，相隔不到两个小时又跑了一趟现场，姚建平放心不下，跟去做了司机，一路上见阎非沉默不语，他安慰道："阎队，现在外头的舆论……你别太放在心上。"

"他们说什么了？"阎非到现在还没顾上看社交媒体，不过情况到底有多糟糕也能想象得到。

姚建平沉默了一会儿，轻声道："照片曝光得太早了，也不只是我们发现这个案子和三年前有关系，他们都在说，这会不会是三年前的凶手重新来挑战你……"

阎非哑声道："应该是盼着这次我查不出来就引咎辞职吧？"

姚建平听得心中发沉："头儿，你也别太担心，以前好多案子不都是这样的吗，一开始抓不到凶手，后来凶手飘了来挑战警方就会露出破绽……如果是同一个凶手时隔三年现身，或许是个转机。"

姚建平将车停在事发的高架桥附近，此刻距离案发过去八个小时了，现场的勘查报告也已经完成，警戒线虽然还拉着，但看上去更像是一种凄凉的摆设。

阎非戴上帽子，两人趁着路灯还没亮起来一路走进了现场，女尸被环卫工人发现的时间是上午十点多，老郭根据尸体上的露水判断抛尸时间大概是凌晨两点到三点，而死亡时间在下午五点左右，之前林楠带人在附近走访，但是目前还没有目击报告。

他们走到案发地附近的时候正好六点半，高架桥下的路灯闪了闪亮了，阎非皱眉打量了一圈，轿车无法通过，唯一可以通到抛尸地的交通工具是三轮车，相对也比较隐蔽。姚建平道："这一代有老农贸市场，所以大概三四点的时候就开始有农户进场了，虽然是凌晨，但是过往的农户和三轮车并不少，要排查有一定的难度。"

阎非正要说话，抬头却见桥墩后头悄然无息地探出一截长焦的镜头，他一下背过身，结果身后竟也有人，姚建平意识到还有媒体没有走，厉声道："警察办案，还拍！"

"不要多说，走。"阎非压低帽檐儿，也知道这种时候正是风口浪尖，曝光于他没有太多好处，无非就是加重公众的期待。

两人行色匆匆地上了车，姚建平一巴掌恶狠狠拍在方向盘上："这些媒体怎么跟狗皮膏药一样，还甩不掉了。"

"不说没用的，当务之急还是要确认尸体的身份，先回去吧。"

因为新出的案子，两人回到队里时，还有不少人在加班，姚建平联系技术队去要农贸市场的农户名单，而阎非枯坐了一会儿，最终像是下定某种决心，拿起了手机。

就像姚建平说的，大多数人把早晨发生的案子和三年前的案子联系在一起，其中无端的猜想频出，甚至有阴谋论者觉得是阎非为了引三年前的凶手出来自己犯案……他面无表情地看着这些毫无根据的报道和猜测，脸上的神色越发冰冷，而就在他将要放下手机时，一个熟悉的名字却突然冒了出来。

一个叫"小厉害"的用户在三小时之前发了一篇名为《英雄归途》的长文，用的题图正是之前扫墓时的照片，他在白灵的墓前亲吻墓碑的顶端，浑然不觉身后萧厉拍了照。

"阎非经历丧妻之痛仍坚守岗位长达三年，对待守护周宁公共安全的一线英雄，大众是否该多一些宽容和谅解？"

阎非怔怔地读了几行，意识到萧厉竟然自说自话地给他出了长篇的通稿，虽然转发量不大，但是在一众质疑的声音里，这篇报道还是显得格格不入。

阎非有些吃惊，但最终没能把文章读完，看萧厉写这种东西总归有些古怪，他正想着之后要给萧厉去个电话感谢，而就在这时，不远处却有人叫住他："在忙呢，小阎？"

阎非听到段局的声音心里本能一沉，他知道段志刚来找他是要说什么，本来还想争取，然而这一次段志刚却并没有给他任何机会。

上头考虑到舆情，下的是死命令。

段局最后拍着他的肩膀说道："这个案子你就歇歇吧，也给小姚一个锻炼机会。"

阎非一言不发。

在没有回转余地的情况下，阎非交了枪和证件之后没有耽搁太久，许多看不见的东西压得他喘不过气。他连车都没开，走到支队门口点上一根烟，随即想起之前没打出去的那个电话，他犹豫了片刻，到底还是拨了。

"对不起，您拨打的号码已关机……"

对面传来冰冷的电子语音，阎非心下无奈，又生怕风口浪尖萧厉那边出岔子，想要打起些精神回去提车，这时听到不远处有人笑道："我自己查也是查，阎队长，不需要我第三次以身犯险了吧？"

阎非看着走过来的萧厉一时不知道该说什么，而萧厉难得见他这副表情，笑道："好歹给我递根烟吧？"

阎非无言地将整个烟盒递过去，两人相对沉默地在支队门口的路灯下抽完半根烟，萧厉看他这个样子就知道状况不妙："不至于吧，看你这样我还以为你给停职了呢？"

阎非冷冷看他一眼，萧厉哑然："不会吧……你真给停职了？"

"暂时停职，现在我俩都查不了。"阎非抽烟抽得声音沙哑，看上去心情非常不好。

萧厉叹了口气："那行吧，既然不能抱你大腿了，那看来只能你抱我大腿了，先说好，媒体搞调查可没你们这么多规矩。"

见阎非沉默着不说话，萧厉心想这人要是倒霉起来真是喝口凉水都塞牙缝，这档口跟阎非查案就跟带了个高压锅在身边一样，又道："现在都这个点了，看你心情不好，要不先喝个酒缓缓？"

"你还敢和我喝酒？"阎非好笑地看他一眼。

萧厉翻了个白眼："我不提这茬你倒是敢提，这次我喝果汁你喝伏特加，我就不信你醉不了……少废话你到底喝不喝？"

半个小时后，两人一起出现在任泽伟的酒吧时电视里还在报道关于一早南山高架桥抛尸案的新闻，任泽伟一见萧厉就不爽道："早上的钱你到底付不……"

他话没说完便看到了萧厉身后压着帽檐儿的人，微微睁大了眼。

"给我拿瓶黑方，他不能喝，给他两瓶啤酒。"阎非点酒点得利索。

任泽伟一愣："要一瓶？"

萧厉瞠目结舌："你能喝也别喝断片啊，这风口浪尖的，我可不想扛着你回去呀。"

阎非淡淡地说道："把你的喝完我也不会醉。"

任泽伟哈哈大笑，看萧厉吃瘪的样子乐得嘴都闭不上："我早和你说过，你能靠喝酒睡就说明你压根儿不能喝，看看人家，你来我这儿就喝两瓶啤酒简直是不尊重我。"

萧厉翻了个白眼："反正他付钱，你还有什么好喝的调酒都给我来一杯，就平时我喝不起那种，我今天都尝尝。"

任泽伟笑得停不下来，萧厉越想越不爽，点了一堆瓜子爆米花之类的东西，又好奇道："你怎么这么能喝？不会老家是什么酒乡吧？"

阎非沉默了一会儿："我酗过酒。"

萧厉没打算到阎非的答案会是这个，先是吃惊，但很快便意识到阎非直到现在还住在婚房里戴着婚戒，这么深重的执念总归需要一个发泄渠道的。

就和过去每次一样，阎非喝酒极其痛快，一言不发便喝了六七杯下去，这时正值整点，一旁电视里又开始报道早上的案子，甚至还晒出了之前阎非在现场的照片，猜测由于舆论的风波，阎非可能会被从调查组隔离出去。

阎非仰头喝干了杯子里的酒，眼看着一瓶洋酒只剩下一个瓶底了："再来六瓶啤酒。"

萧厉叹了口气，知道这事儿绕不过去，干脆拿出手机刷了一会儿，很快，他嗤笑："怎么还有说你杀妻的，有没有点脑子……你一个时隔三年还戴着婚戒住婚房的人，要还能杀老婆，这世上怕是好男人都死绝了。"

阎非说是不醉，但是一瓶洋酒下去也难免有些迷糊："只要风声够大，最后也会查我的……上头很在乎你们媒体说的话，所以尽管去闹，总会达到你们的目的。"

"什么我们的目的，我俩现在是一伙的！"萧厉给气笑了，"即便我对你恨得牙痒那段时间，我也写不出这种东西！你以为我这辈子还会再犯一次随便说话害人背锅的错吗？"

阎非哼了一声："你不会？不会之前为什么写那种东西？"

"你到底有没有好好看啊大哥，我写得还不够客气吗？越改越客气，罗小男都觉得我是在写儿童文学。"萧厉恶狠狠地喝完一瓶啤酒，

"当年邻居忌妒我爸的工作，诬陷他和我妈不和，我还火上浇油……我后来就发誓我绝对不会再说什么狗屁一面之词了，要是想写你的花边新闻，我信口胡说不就行了！还要进什么支队？"

萧厉仗着喝了酒，酒精上脑才说得出这个话，他本以为阎非多少会有点火气，却不想这人倒像真醉了，放下第三个喝空的酒瓶，阎非原来苍白的脸上终于有了血色："你知道，三年前……我应该和她一起下班的。"

阎非将冰冷的酒瓶按在额头上："平时都是我们一起回去，但那天我手上有案子，就让她先走了。"

说到最后，他的声音听起来像咬着一口咽不下去的血："白灵……她根本不该死的。"

3

萧厉以前做采访的时候也见过不少精神濒临崩溃的人，有失去孩子的，也有失去父母的，像阎非这样的其实不在少数，但也正因为他见过阎非平日是什么作风，如今才感到震惊。

他想了很多安慰人的话，但最终都出不了口，无奈之下只能道："阎队，你可振作一点吧，如果真的有人在幕后操纵，那他应该就想看到你现在这个样子。"

萧厉养伤这段时间仔细想过这件事。如果当真是"七一四案"的相关人员做的，应该也不会是凶手洪俊的家人。之前他也做过调查，洪俊一直都是流浪人员，在案发后有人查到他的老家，但是案发时他的父母早就过世了。

事情到现在已经越来越明显，对方的一系列行动都是针对阎非设计的，想利用舆论借刀杀人，而对方杀自己的动机，必然是知道他也是"七一四案"的相关人员，一旦丧命，不但会牵扯到旧案，阎非在舆论上就更是百口莫辩。

如今新闻里不厌其烦地报道着早上的案子，萧厉听了一会儿还是忍不住，拿过遥控器转了台，这时就听角落里传来一个醉醺醺的声音："就是嘛老板，酒吧还放这么倒胃口的事情，小哥仗义，我们喝一杯。"

萧厉抬眼望去，不远处的角落里坐着几个年轻的客人，他抬起酒瓶冲人点点头，正要隔空喝上一杯，又听男人和同伴笑道："那种警察的老婆死了就算了，干吗滥杀无辜？这次死的这个还挺漂亮的。"

萧厉脸色一僵，望向身边的阎非，结果他却还是一言不发地喝闷酒，像是这些年对这种事情早已习惯了，萧厉沉默了一会儿，忽然问道："伟哥，你店里监控开着吧？"

任泽伟被弄得一愣，立刻警惕起来："你可别乱来。"

萧厉笑笑没说话，只是拿起酒瓶走过去，不多时角落里便传来酒瓶落地的声音还有人的叫骂声。阎非虽然喝得发晕，但神志还是相当清醒，看出来萧厉是在有意挑事儿，问道："他在干什么？"

任泽伟叹了口气："虽说我这个店是做了保险的，但是我实在不想扯这个嘴皮子，他既然是帮你出头的，要不帮个忙？"

任泽伟话音刚落，方才揪着萧厉领子的男人猛地将他推搡到了一边的椅子上去，萧厉扬声道："伟哥，记得联系保险公司！"

"联系个屁呀，和你说过几次，你要打架别在我这儿！"

任泽伟破口大骂，而眼前人影一晃，阎非已经起身大步往那边去了，他一把扯住准备反击的萧厉，低声道："行了，你也不会。"

萧厉叫他扯得一个踉跄，被拉到后头，推搡他的瘦高个这时候酒劲儿上来，骂骂咧咧地还要动手，被阎非一把捏住拳头："这一下就算了，再动手你们没有半点好处。"

瘦高个只觉得来人的力气不小，借着酒精作祟还想挣扎，又被一把拧过手腕，阎非冷冷地说道："看你们都是白领，如果刚刚那下让他受轻伤了是要拘留的，而且我朋友还是个记者，今晚这个事情，你们是想要上网还是见报？"

瘦高个疼出一身冷汗，酒也跟着清醒了一点，见状知道自己捞不着便宜，当即咬咬牙丢下一句"别让我之后再见到你"，带着其他几个人消失在酒吧门口。

"还好他们是餐前买的单。"萧厉吹了声口哨。

"如果真动了手，双方和解不成都会进去，你要是以前都这么干还没留案底只能说运气好。"阎非回到吧台将最后一瓶酒喝完，之前眼角那点红如今全褪了个干净。

任泽伟这时也不打算藏着掖着了，直接问道："还喝点什么吗，阎队？"

"不喝了。"阎非神志清醒得像是之前一口没喝一样，结了账便走。

萧厉匆匆追上去："急什么，人就是要劳逸结合，你看你刚刚那个鬼样子，现在不会还要回去工作吧？"

"我现在回不去支队，不是要带我查案吗？我刚还给你解决了麻烦，不该报答我？"阎非这么说着，径直打了车，"回去喝，免得再惹什么麻烦。"

萧厉虽说见识过这人的雷厉风行，但直到进了阎非家小区的电梯，他还有种活见鬼的感觉，阎非轻声道："之前你写的稿子我还没谢谢你，我们现在是一条绳上的蚂蚱，我选择信任你。"

两人在高层下了电梯，阎非家门口至今还贴着"囍"字，虽然看上去已经相当破旧还有许多翘边，但都被人细心地用胶带重新粘上了。

"不要乱动屋子里的东西。"

阎非从鞋柜里丢出一双一次性拖鞋，萧厉进门四处看了一圈，只觉得阎非的这个"婚房"就好像是个被搁置很久的新楼样板间，里头的东西虽然被规置得整整齐齐，但实在看不出太多有人使用过的痕迹。

萧厉笑笑："看出来了，你不经常带朋友来。"

阎非一言不发打开客厅的灯后，萧厉才发现阎非家的酒架比他家要夸张得多，简直快赶上任泽伟的酒吧了，他倒吸一口冷气："阎队，你这搞副业呢？"

"我之前和你说过原因了。"阎非从高处拿下来一瓶喝了大半的威士忌，"你要喝什么自己拿，我这次不会灌你。"

阎非说到做到，这一次一杯都没灌萧厉，反倒是萧厉看着阎非一副要喝死的架势实在忧心，只能陪着喝，就这样到了凌晨，萧厉大脑终于宕机，大着舌头对阎非说得亏了段局有良心，要不他一个支队队长还敢酗酒，换了别的领导早把他开了。

阎非喝到后头一直沉默，垂着头也不知在想什么，过了很久，萧厉这边还在迷糊，忽然听到身旁很低的声音："老郭说了，那个药，白灵不可能吃，对方是有意在她活着的时候这么做的……孩子……"

到最后阎非已经说不下去，只能喝酒缓解痛苦，这么长时间以来，每次他想到那天晚上发生在白灵身上的事情都痛得无法安眠。一片寂静里，萧厉甚至连酒都醒了一些，他听见阎非将牙咬得咯吱作响，这才明白为什么当时案件的许多细节没法公开。

阎非双目通红地又喝了一杯："太顺了，你不觉得吗？'七一四'破案的全过程……洪俊的精神状态时好时坏，坏的时候连人都分不清楚，你觉得这样的人能做到全身而退？"

两人的聊天到这里就再也没法继续下去，再往后萧厉醉得连话都讲不明白，喝吐两回都是被阎非提去了厕所，再怎么回到沙发上的他已经完全没印象。

这顿酒直接让萧厉睡到了第二天早上接近十点，他头痛欲裂地坐起身，看到地上空掉的酒瓶才依稀回忆起昨天晚上和阎非到底是喝了多少，说来也不可思议，阎非上个月还是他半个仇人，现在两人就已经可以在一起喝得烂醉，只能说真是一段孽缘。

萧厉给自己冲了杯咖啡醒脑子，不多时阎非洗漱完出来，看见他手里拿着咖啡杯，表情顿时微妙起来："咖啡豆是三年前白灵买来的，从来就没喝过，你没尝出什么问题来吗？"

"……"

萧厉闻言差点把嘴里的咖啡吐回去，念在白灵的面子上才没骂出声，而阎非在客厅的茶几上将一些资料排开，紧跟着推给他一个三明治："你先把三年前的案卷看一遍。"

萧厉简单洗漱出来终于彻底醒了，从茶几上拿起一份复印文件，上头的照片却很眼熟，他惊奇道："怎么连这次的案子都有？"

阎非面不改色："昨天我猜到上头会有动作，提前复印了一份。"

萧厉简直毫不意外："你还真是个老狐狸呀，阎队，还挺老谋深算的。"

"不要说废话了，不是要查案吗？"

阎非喝完酒的宿醉程度远没他那么严重，萧厉简直怀疑这人是提前吃了解酒药，他翻起桌上的档案，很多三年前案子的第一手档案他都是第一次看，翻了几页之后就发现白灵被杀的内情超出他的想象……萧厉看到药流的部分简直要读不下去，他咬了咬牙："凶手应该有医疗背景。"

"至少应该有基本的医疗知识。"

阎非说话语气虽然冷静，但仍然难掩其中冰冷的怒意，萧厉沉默着将案宗往下翻，到最后只能苦笑："我总算知道为什么你这么苦大仇深了，要换了我老婆这样，我恐怕早就报复社会了。"

阎非又言简意赅地给萧厉讲了一下这次案件的情况，末了问道："你有什么想法？觉得是同一个凶手吗？"

萧厉摇摇头："不太一样，最奇怪的就是那个安全套了，明明洗过身体，又何必要特意留下和性相关的东西呢？"

阎非道："昨天老郭也说这个案子相比于三年前明显要粗糙不少，用的东西也没那么讲究，老郭还说对方可能帮这个死者换过衣服。"

萧厉摸着下巴："换衣服可能代表为了完成这种形式，凶手必须要这么做。"

阎非点头："虽然生殖器没有被侵害的痕迹，却很像是性侵。"

萧厉又道："三年前凶手的手法虽然凶残，但是表现出来的却相对'高雅'，至少用的都不是杂物，你说女性死者身上有很多瘀伤，这是不是代表她的衣服也是在这个过程里被凶手撕碎或者弄坏的……"

"更像是性犯罪，同时也像仇杀。"阎非想了想，"从他放进去的那些东西就能看出来，他下手的时候对死者是有仇恨的，如果能查到动机，我们或许就离他不远了。"

4

"所以现在怎么办？你要从动机下手的话，我们都不知道这个死掉的女人是谁。"整理完手头证据后萧厉往沙发上一瘫，"或者我们可以等媒体那边的消息，如果有人来认尸或者查到了女人的身份，应该也会对外公布信息吧。"

"这次的案子跟三年前太像了，对外公布会滞后……还是从内部获得消息最快。"阎非说着，竟然拿出手机拨了姚建平的电话，萧厉没想到他这么厚脸皮，简直瞠目结舌。

不到十分钟，阎非就要到了女性死者的信息，萧厉这时缓过劲来，模仿着之前阎非的口气说道："我没让你掺和的事情你掺和了，到最后无辜受累的是整个刑侦局，上次的事情是我没跟你计较，但是你要是再敢做这种不动脑子的事情，你知道后果。"

萧厉的记忆力相当好，说得几乎丝毫不差，阎非白他一眼没搭理，念道："死者马骁骁，二十六岁，没有稳定职业，父母都已经退休，家里还有一个叫马国明的弟弟。不是父母来认尸，是在网上被人认出来的，现在姚建平他们也在查她的社会关系。"

萧厉见微信里姚建平还特意嘱咐阎非如果要查案一定要低调，忍不住笑道："你人缘还可以嘛，今天一旦你被撤离调查组的消息传开，阎队长，你查案可能还没我方便，就全靠你这些手下了。"

两人简单收拾后驱车前往马骁骁家中，为了避免麻烦，阎非甚至还提前给姚建平打了招呼，免得到时撞在一起。萧厉看阎非这一套地下工作做得轻车熟路，像是情绪已经彻底稳定，忍不住打趣："你以前没少给停职吧，很熟练啊阎队？"

阎非语气平静："我想到过这种结果，三年前我没能给段局一个交代，所以这次也是情理之中。也不一定是坏事，你自己说的，警察查案规矩太多了。"

这个话从阎非嘴里说出来性质就不一样了，萧厉一愣："不是吧，你不会早就想着要跟我一起查案了吧？"

"不同案子有不同做法，在这个案子里，我不是警察会方便一点。"

两人驱车到了马骁骁家附近，楼盘是周宁中高档的水平，萧厉感慨马骁骁的父母能住得起这样的房子，不是马骁骁有着不为人知的赚钱方法，就是她那个弟弟非常争气。

下车前，萧厉嘱咐阎非千万把帽子戴好了，现在阎非的脸就是一张活名片，之前在热搜上挂了那么久，周宁的人想不认识他都难，再者阎非也不是什么大众脸的长相，在刑侦局里已经算相当拿得出手的了。

两人站在楼下商讨策略，萧厉问道："冒充警察被查到会怎样？"

阎非扬起眉："这就是你的好方法？"

"不然呢？"萧厉翻了个白眼，"人家女儿刚死，我作为媒体直接上门，你说会不会被人打出去？"

阎非闻言好笑似的看他一眼，从外套口袋里掏出一个眼熟的小牌子递到他手上，萧厉翻过来一看，就是之前他还回去的临时顾问的牌子，他愣道："你把你的证件还回去，倒是把这个顺出来了？"

"我本来就没还给人事。"

阎非说得云淡风轻，萧厉却生生听出一种老谋深算的味道，他狐疑道："你不会是故意的吧，出来的时候就想好了要来找我。"

"上去之后我就是协助你调查的新人，不要露馅儿了。"

阎非扯起慌来脸不红心不跳，萧厉这下算彻底看明白，阎非既然有胆子直接和姚建平打招呼，就说明这件事只要不闹到段局面前，支队内部都可以对阎非睁一只眼闭一只眼，可见这几年他这个队长当得还是相当得人心的。

两人按照计划，很快得以顺利进屋，而听闻女儿的死讯，马骁骁的母亲却也并未表现得过于悲伤，只是语气沉重道："刚刚你们一位同事给我们打过电话，要我们去认尸。"

萧厉道："马骁骁的案子引起了外界的很多关注，我们这边也需要和你们了解一些情况，请问马骁骁平时有什么交际圈，做什么工作，你们都清楚吗？"

马母闻言面露难色："两位警官，不瞒你们说，其实骁骁她……很早就不住在家里了，至于她做什么工作我们也……"

"你们连她做什么工作都不知道？"萧厉扬起眉，按道理说女儿发生了这么大的事，又是这样惨烈的死法，这两天偶尔还能在网上翻到照片，无论如何做父母的都应该有很大的反应。

马母叹了口气："骁骁从小性格就犟，成绩却没她弟弟好，就读了一个美发的专业但也没做下去……她平时不愿回来，也不问我们要钱，我们想着不打扰她，就很少联系。"

"可是……"

萧厉还想追问，这时阎非轻轻撞了一下他的胳膊，示意他去看旁边的全家福，萧厉一眼就发现那上头甚至没有马骁骁，只有马骁骁的弟弟马国明。

萧厉意识到问题："马骁骁她平时和你们的关系怎么样？"

马母心虚地别开眼："拍那照片的时候她不在，有几年过年的时候她也没回来。"

"那她每个月会给你们寄钱吗？"萧厉没打算轻易放过这个女人，这些年这样的吸血鬼家庭他见得多了去了，果真追问之下女人很快便哑口无言，萧厉冷冷地说道，"即使现在有所隐瞒，之后只要一查马骁骁的银行汇款记录就会知道。"

马母尴尬道："这个，确实……骁骁在赚钱给他弟弟买房子，每一两个月会往回寄一点，她的工作不稳定但是赚得多，我们就想着，叫她多少帮一下弟弟。"

萧厉听到这儿冷笑一声："是叫她帮还是叫她养啊？你说她工作不稳定，她是做什么工作的你这个当妈的知道吗？"

马母支吾了半天："她，她做什么？"

"你们不知道？"

萧厉语气越发不客气，阎非办过几次案子已经知道这人的冲脾气难改，暗中把人拉住："那你还记不记得，她最后一次联系你们是

183

什么时候？"

马母想了想："大概就上个星期吧，喝得醉醺醺的，和我们说她最近没赚多少，打不了钱……后来又因为房子的事情吵起来了。"

萧厉皱起眉："喝得醉醺醺的？她做什么你们真的不知道？"

马母摇头："她说能赚钱，我们就没过问，这孩子平时每次打电话来基本都要吵架，时间一久我们也觉得累，就不大想过问了。"

萧厉听到这儿心里已经有了猜测，马骁骁生得很漂亮，没有稳定的职业，从哪里挣钱给弟弟买房？他冷笑一声，本要说些更难听的话，然而这时阎非却伸手按住他："打扰了，马上会有我们同事过来做资料的复核，还请您到时候配合。"

萧厉一听这意思就知道姚建平那边已经快到了，他们不方便在这儿久留，只好憋着一肚子火跟阎非下了楼，阎非匆匆道："打游击没那么多时间，姚建平给了我马骁骁失踪前最后被目击的夜店，地址已经发给我了。"

一直到上了车，萧厉想到马骁骁家里的情况还是火冒三丈，咬牙道："马骁骁做什么的，姚建平他们查到了吗？"

"基本查到了，但你应该已经猜到了吧。"阎非其实在知道凶手在马骁骁身体里塞入一个安全套的时候就猜想到了，"姚建平那边还在查通话记录，要费点时间，不过应该很快就可以确定了。"

两人有意和队里打了一个时间差，去往夜店的路上，萧厉说道："马骁骁的职业有问题，平时和家人不怎么往来，属于社会边缘的人，这种情况下，凶手很有可能就是她生前接待过的客人。"

阎非道："这个很正常，奇怪的事情是，为什么他会知道这么清楚？"

"什么清楚？"

"三年前确实有案发现场的照片流出去，但是即便有照片，外界也不会知道白灵的尸体被清洗过，连这样的手法都是一样的，你觉得代表了什么？"

萧厉脸色一僵："如果真是这样，三年前的凶手是怎么找上他的，李兴腾那种有深仇大恨的也就算了，一个好端端的人怎么可能三言两语就被说动去犯罪？"

阎非冷冷地说道："如果是你，你会怎么教唆一个有犯罪倾向的人跨过界线？你肯定要跟他说，按照我这么做，警方不会怀疑到你，他们只会以为这和三年前是同一个凶手。"

"还真是拿自己当楷模呀。"萧厉冷笑。

阎非道："一般来说，一个连环杀手的自信心和能力都会随着他成功犯案的次数增多而增强，那个联系李兴腾的小号给出了很多相当专业的建议，但是因为案件本身太小现在还没法引起上头的重视……这一次是这种程度的犯罪，一旦掌握了确实有人在教唆的证据，我们或许可以立案把他揪出来。"

阎非将车在一家名叫 miss 的店门口停了下来，这是马骁骁最后被目击到的地方，姚建平和林楠在不久前才来过，不过据姚建平说前天上班的人今天几乎都不在，夜店老板让他们晚点再过去，到时候好叫几个当时在场的酒保和伙计过来给他们问话。

萧厉从车上下来，听阎非说完一下笑出了声："说起来姚建平这小子可真是个正人君子，一看就是没怎么来过这种地方，能被老板用这种拙劣的理由打发走。"

"什么意思？"

"意思就是，他被人蒙了。"萧厉看着不远处还没有点亮的 miss 招牌，"这地方我比你熟得多，你就交给我好了。"

按照时间线，马骁骁最后一次被人目击到是在五月十二日，有人看到她傍晚的时候从 miss 里出来，之后她走出监控范围去打车，随后便不知所踪。

两人进入店内找到了负责人，甚至不等来人开口，萧厉便道："我们有同事来过了，我们是来复核信息的，可以理解，夜店嘛，总归都要先培训一下才敢让他们和警察说话，不过你们这儿的规矩我是知道的，我知道他们今天一定在。"

阎非一愣，又听萧厉道："这种做夜场的店，都是做一天休一天，为了防止前一天晚上有喝多的客人第二天回来找麻烦，所以干过一天第二天必须换人，隔天再来上班。马骁骁是前天来店里的，今天店里的人和那天应该是同一拨。"

经理的脸色渐渐变得难看，萧厉了然："放心吧，有这个时间培训，不如叫他们出来，我们也就是问一些简单的问题，还是说……你们这儿真的有什么见不得光的？"

他装模作样地四下打量，经理脸色一僵，终于意识到萧厉没那么好糊弄，无奈之下只好说："我去联络一下，麻烦两位警官在这边稍等。"

经理离开后，萧厉有点得意，低声道："我看刚刚那个经理这么心虚，你信不信，我一会儿说的话稍微重点，他还能给我们送个果盘来。"

阎非冷冷看他一眼："不要太败坏警察的形象。"

两人等了一会儿，刚刚的经理带着一男一女两个服务员折返回来，萧厉将面色难看的经理打发走，拿出马骁骁的照片："这个女人你们认不认识？前两天下午来过这儿。"

由于马骁骁长相美艳，本身就有一定辨识度，来的女服务员很快认了出来："这个女的经常来的，平时就在这个包厢里，前几天也在，有的时候会有客人单独喊她来喝酒，很少坐外场……都是被人叫过来，直接进内场。"

阎非皱起眉，内场和外场其实是这种声色场所的一种黑话，外场接待来正常喝酒跳舞的客人，内场则更加隐秘，只要花够了钱，什么都能有。

阎非问道："她大概来的频率是什么样的？一个星期进几次内场？"

"至少，一个星期会来两次左右吧，毕竟她长得好看。"另一个被叫来的男性酒保回忆了一下，"之前我进包厢送过几次酒，这个女的都在，有个老板特别喜欢叫她，就前天还叫她下午来喝酒，好像姓孙，有几次他们还一起走了。"

萧厉和阎非对视一眼，萧厉让两人去把经理叫了回来，开门见山道："你们内场经常来的那个孙老板，应该是你们这儿VIP或者老客户吧，方便告知一下联络方式吗？"

经理眼珠一转，立马赔出个抱歉的笑容："是不是刚刚那两个新来的说的，他们哪里认得什么孙老板李老板的……"

萧厉早料到他会来这手，笑道："两个小朋友我已经让他们另谋高就了，估计你也没打算继续用他们，不过……你是希望我们调了店门口的监控一个个查，或者是把你们店的整个消费记录都查一遍？如果张经理你不肯告诉我们，那我们也只好这么办了。"

"我们就是来查马骁骁的案子的，会不会不小心查出别的，得看你。"

阎非冷冷接过话，经理脸色越发难看，无奈之下只能带着他们去前台，在系统里找到一个名叫孙波涛的客人，最后一次消费记录正

187

是在马骁骁失踪的当天下午。

经理将联系方式提供给他们后，像是还不放心，拿出两张代金券偷偷塞给阎非："这位警官，你看我们这开店也是不容易……你们下回来喝酒，拿这个随便喝，我请客。"

"你送这个给他？"

萧厉一看这架势差点当场笑出声，心想什么叫作拍马屁拍到马蹄子上，他一把拉过阎非的胳膊，露出他手上的戒指："你瞧瞧，已婚！破坏人家家庭，这罪过可大了去了。"

说完，两人没有再理会呆愣在原地的经理，转身便从店里出去了。

"这么看起来，你倒挺适合做探员的。"

上了车，阎非冷不丁来了一句，萧厉打了个哆嗦："我跟你说你别想撬墙脚啊，你们警察规矩太多了，真要查，我还是比较信得过我自己。"

阎非淡淡地说道："警察的规矩来自公众的监督，你的那些方法查案不是不能用，就是太烦琐了，等到申请打下来，案子早就破了。"

他说着又像是想起旧事："当年我父亲被下派，有一半也是他自己的意思。"

萧厉一愣："什么叫作他自己要求下派？他是主动请辞？"

"我爸那时候也很少回家说那些，我只记得有一天他忽然就告诉我们，他不在支队上班了，以后可以经常回来陪我吃饭，也能帮我签考试卷了……我那个时候不懂这些，只能从我妈的表情里判断出这不是什么好事。"

阎非平静道："我工作之后才从段局那里知道我父亲是主动要求下调的，也是到了最近我才明白他为什么这么做，他或许从头到尾，就没有放弃过那个案子。"

吃完饭，两人径直去了孙波涛家里，miss 系统里存的地址是个棋牌社。萧厉一路跟着导航走，一听棋牌社就了然了："说是棋牌社，多半是个放高利贷的地方吧，我以前还写过稿子，就是讲好几个在小区棋牌社里借钱借出几百万的。"

阎非道："就算是，我们现在也没法查，一会儿注意点分寸。"

萧厉过去不是没和放高利贷的打过交道，猜这个孙老板的店也不会开在什么康庄大道上，果然七拐八绕地进了一个居民区，孙老板的店开在角落，门头不大，雨棚底下贴着一排小额贷款的字。

孙波涛平时就住在棋牌室后头，萧厉隔着玻璃出示了工作牌，笑眯眯道："孙老板，你别紧张，我们就来了解一下情况，能不能开下门？"

"有什么事吗？"孙波涛一看就是不想让他们在这儿久留，急着想要进入正题。

萧厉见状越发不紧不慢："孙老板，其实就是想来问问，你是不是一家叫 miss 的夜总会的常客？"

孙波涛没想到他们是来问这件事，半天才干笑着点点头："这不，赚点小钱，偶尔去喝喝酒放松一下，现在这社会，人人压力都很大。"

"那你认不认识一个叫作马骁骁的姑娘？"

"马骁骁？"

"就是她。"

阎非拿出照片，孙波涛脸上的肉绷紧了一瞬，萧厉将这些细微的表情变化看了个满眼，又道："能不能说一下，你们平时有什么联系？最后一次见她是什么时候？"

孙老板眼珠乱转，明显是正在想说辞，正在焦灼之际，忽然他的目光落在阎非身上，虽说棋牌室里的灯光很暗，但是从他的角度他一下便看清了来人的侧脸："你，你不是那个阎……我知道了！你们是为了那个案子来的，死的人是她？"

阎非皱眉压低了帽子，而萧厉一把将阎非扯到了身后，冷笑道："孙老板，你可别认错人了，我们刚刚从 miss 过来，最近这个案子外头风声正紧，支队方面准备叫我协助出个通稿。现在 miss 方面确定了，你就是她失踪之前最后见过的人，如果我没有其他线索提供给他们往下查，到时候稿子里就只能暂时交代现有东西，你希望自己的名字出现在对周宁全市发布的稿件里吗？"

孙老板脸色发僵："我……也就是偶尔会去……"

"对着警察说谎可不是什么好习惯。"萧厉眯起眼，视线落在孙老板的婚戒上头，"事急从权，我们现在不会深究别的，但是你要对我们说实话，你和马骁骁是什么关系？五月十二日那天你才见过她，做了什么？知不知道她后头去了哪儿？这个事儿说起来可不太好听，我们也可以跟你耗着，等到你家里人注意到有两个警察在这儿为止。"

萧厉一连串话说得很不客气，孙老板听得脸色一变，慌忙赔笑道："两位警官，家里还有老婆孩子呢，要不然我们外头说……你们要问什么我都跟你说就是了。"

6

孙老板毕竟是有家室的人，碍于老婆和儿子都在家不得不配合他们，到这一步才终于告诉他们，他确实是见过马骁骁，但是不知道她的真名，只知道她在 miss 里化名叫爱丽丝，是个陪酒的。

孙老板道："那天可真没做什么，难得老婆儿子不在家，我就找她过来陪我喝两杯，到了点她就走了，去哪儿我也不知道，说不定后头还在哪个酒店约了客人。"

阎非冷冷问道："她平时还有什么客人？一次多少钱？"

萧厉被阎非这种露骨的问法弄得一个激灵，心想论闷骚还是比不过这些警察，而孙老板更是尴尬："我哪儿知道她还会找其他什么人啊，反正我每次都给她三千块钱吧，还送过几次东西，那个女的见钱眼开，只要钱给够了什么主顾都接，我和她出去她还会问我要不要加钟点。"

萧厉皱起眉："她这么缺钱？原因你知道吗？"

孙老板脸上青一阵白一阵，小声道："我给她送的东西也没见她用过几次，好像都卖了。警察同志，我真已经全说了，我一共就睡过她三四次，其他时候只是陪着喝喝酒，只不过恰好 5 月 12 日那天赶上我倒霉，我发誓，她的死跟我也没关系，到了点我就放她走了，我这几天晚上都在棋牌室里，来打牌的都可以为我证明。"

萧厉看出孙老板是急于想要结束这个话题，却没打算这么轻易地放过他，笑道："孙老板既然是常客，应该还认识其他姑娘吧，马骁骁在 miss 里还有什么相熟的姐妹？"

孙老板顿时汗如雨下，干笑道："警官，我真的把知道的都告诉你们了，其他的你们逼我也没用啊，我也不是天天去是不是？"

萧厉心想都到这一步了，阎非被停职，他们手上可供往下追查的线索也不多，有一条是一条，干脆一不做二不休，装作为难的样子说道："孙老板，你这让我很难办啊，这案子催得太急了，我们现在线索不够往下查，就只能在这儿陪你耗着了。"

孙老板平时在牌局里最怕碰见萧厉这种脸皮厚又不饶人的，无奈之下绞尽脑汁想了半天，终于艰难说道："我知道爱丽丝还有个关系很好的妹妹，之前去的时候她们一起来过，在店里他们叫她艾米丽……但是，价格没有爱丽丝那么贵，我也见过两次。"

"真名叫什么？"

"我哪有这么神通广大，你看我不是也不知道爱丽丝的真名叫马骁骁吗？"

阎非根本懒得和他绕弯子："miss里的空间不够，你和这些女人出去开过房吧，没看过证件？"

孙波涛满脸尴尬："这，警官……"

"开过就是开过，没开过就是没开过，还要让我们去查你的开房记录？"阎非拿出审讯时的那一套，"你现在说，或者我们去查，到时候会弄得更难看，你自己选。"

他的话就像是打破了孙老板的最后心理防线，男人脸上的横肉跟着垮下来："爱丽丝我是真的不知道，她的排场大，酒店都是定好的，但是这个艾米丽，她真名叫鲁南真，我之前还偷偷存了她号码，警官，我都说到这份儿上了，应该可以了吧？"

萧厉得偿所愿，这下才终于放过孙老板，两人随后上了车分头行动，萧厉联络鲁南真，阎非则把他们现在得到的情报通报给姚建平那儿。

作为支队的一分子，他这点分寸还是有的，查案可以单打独斗，但抓人不可能凭借个人意愿，许多事还是要和局里通气，就这样，两人紧锣密鼓地操作了一会儿，阎非忽然说道："你在套话上头也挺有天赋的。"

"你又想说服我当警察了？"萧厉刚问到鲁南真的地址，在百般游说下，鲁南真甚至还答应他们可以出来见一面。

阎非淡淡地说道："支队需要你这样不怕死又脸皮厚的人。"

萧厉哪能想到他说得这么直白，笑骂道："之前还说我的体质不达标，你们警察都这么双标的吗？"

"姚建平太老实了点，林楠也是。"阎非淡淡地说道，"看他现在这个样子，应该不久就会被段局发现，马上我们就得自己查了。"

萧厉心想阎非也未免太悲观，然而就在半小时后，他们甚至还没到和鲁南真的约定地点，段局的电话就来了。姚建平接手阎非的线索预备去查 miss 夜店的事情被段局撞破，老局长打电话来时的口吻相当严厉，和阎非说了私自查案的后果便怒气冲冲挂了电话，本来萧厉以为阎非至少情绪会有些波动，却没想到他从头到尾一句话都没有，挂了电话甚至就像是没发生过这事儿一样，问道："还有多远？"

萧厉对他这个心理素质心服口服，竖起拇指："厉害啊阎队，那可是你的领导，你这么不当回事的？"

阎非莫名看他一眼："我不是说了吗，我们早晚得靠自己。"

"你就不担心回不去？"萧厉觉得现在这情况，自己都比阎非像是支队的。

阎非淡淡地说道："关键是要找到凶手，单打独斗确实不是警察该做的，等回去我再给段局道歉。"

因为职业敏感，鲁南真自然不可能让他们去家里见面，和他们约在一家相当冷清的咖啡馆。阎非和萧厉推门进去，整家店里只坐着一个客人，大波浪长发，戴着一副遮住半张脸的眼镜，坐姿也相当拘谨。

"鲁小姐是吧？"萧厉上前和她搭话。

鲁南真没想到会来两个人，有点生气道："你不是说只有你吗？"

"我这不是需要带个记录员吗？放心吧，我之前说不会曝光你的身份就不会曝光。"萧厉拉了椅子坐下，"不用有太多担心，我们主要是来了解马骁骁的情况的，你和她平时关系怎么样？"

女人拘谨道："骁骁……我和她以前当过一段时间的室友，后来她搬了出去。"

"我们已经有同事在调查她家里的情况了，现在来找你，主要是想了解一下马骁骁平时的工作情况。"

萧厉说得相对婉转，但鲁南真也明白他的意思，不放心地问道："你确定不会曝光我？我知道了这件事之后就再没去上过班了，接下来也不打算待在这个城市了。"

阎非道："我们现在只需要你的线索往下查，至于你的前东家，你既然已经不去上班了，就更不用担心。"

鲁南真闻言抿紧涂得红润的嘴唇，犹豫了一下才道："骁骁……比我来得早，在 miss 干了至少两三年了，她做这行的原因很奇怪，我本来以为是她喜欢买那些很贵的包包和鞋之类，后来才发现，她是要给家里头还钱。"

"是要赚钱给她弟弟买房子？"

"对，我本来以为她这么缺钱，家里肯定是住在乡下，结果有一次我俩喝多了，我才知道骁骁她爸妈和弟弟都是城里的，而且还住着挺好的房子，不知道为什么会让女儿做这种事情。"

鲁南真像是为马骁骁感到不平，俏丽的脸上满是愤怒："我要是家里有钱我绝对不会做这行……更何况，骁骁其实特别讨厌男人，每次她接完客回来都要洗很久的澡，我实在不明白，她为什么不能和家里讲清楚，一个让女儿在外头卖身的家庭，究竟还有什么好期待的！"

萧厉问道："马骁骁讨厌男人是怎么回事？"

女人脸上浮现出悲凉之色："骁骁以前有个男友让她吃了很多苦，做过人流，还为了那个男的跟家里借了钱……也是因为这个她才……"

阎非听到"人流"两个字的时候几乎是下意识地皱起眉："她平时接的客人都是什么样的？你见过吗？"

鲁南真摇了摇头："她不和我住已经有半年多了，我俩以前一起上班的时候，她接客接得很多，尤其是那段时间，她家里问她要钱要得很多……骁骁好像答应了家里什么条件，只要给她弟弟买了房子，以后就可以一刀两断了。"

"所以她有什么特别的主顾吗？或者她有没有交男朋友？有结过什么仇吗？"

"她没有男朋友我是知道的，主顾的话，喜欢她的一直不少，但如果说结仇，骁骁嘴很毒，之前在好几个'妈妈'那边干不下去都是因为这个……她因为心里不痛快，所以嘴巴上绝不会饶人，很容易得罪客人。"

"嘴巴很毒？那她做这行又容易得罪人，还会有生意吗？"

"有，毕竟骁骁长得漂亮，不用割双眼皮，也不用垫鼻子，之前我们那儿还有很多小姑娘都羡慕她呢，她根本不缺生意，哪能想到她会碰到这种事。"

萧厉问道："所以，你印象里她有没有说过什么特别和她相处不来的客人？"

鲁南真摇了摇头："那太多了，骁骁缺钱，价格不到位就很容易吵架，她一生气还会上网骂人，我都数不过来……毕竟骁骁就是个火药桶一样的脾气，一点就着，但是烧完之后她自己也记不得，要不我也没法和她做室友。"

阎非皱起眉："所以说连她自己都不知道，自己可能招惹过什么人，在这方面也没什么戒心？"

"我以前也一直提醒她，但是骁骁在这方面从来不长心眼。"鲁南真无奈道，"她为了挣钱给她那个家，还清所谓的'债'，对客人根本不挑。她说反正什么男人她都过敏，总归都要恶心，所以有一笔是一笔，只要能出得起那个钱，她都会跟他们去酒店的，所以说，骁骁出事其实我一点都不惊讶。"

鲁南真表情悲凉，如今想到那个脾气火暴的姑娘，她剩下的也只有一声叹息："我只希望她下辈子能投生得好些，不要再碰到她这辈子的家人了。"

195

7

两人和鲁南真聊了一会儿，很快发现马骁骁生前非但没有比较亲近的对象，而且结仇的人又大多是客人，人数众多，以他们现有的资源实在是很难往下查。

萧厉问道："你说马骁骁一生气就会去网上骂人，是微博？"

"对，她平时一生气就会到微博上发泄，我之前有关注。"

"那你给我一下她的账号，可能有助于我们找到一些她平时生活的轨迹。"

萧厉从鲁南真那边要到了微博，名字叫"阿骁1993"，大致翻了一下，发现马骁骁发微博的频率相当高，就像鲁南真说的，是个火药桶一样的脾气，甚至就在马骁骁死的前五天她还长篇大论骂过一个人，看字里行间的意思似乎是对方偷拍了她的照片，马骁骁在盛怒之下用词也相当粗鲁，几乎全篇都是脏字。

萧厉皱起眉，问道："这条是什么情况，你知道她那天接待了什么客人吗？"

鲁南真摇摇头："我们现在已经不住在一起了，平时在 miss 也不经常碰到，我也不知道她到底接了什么客人……"

萧厉不肯放过这个来之不易的线索，又问："你们共用一个'妈妈'吗？"

阎非做警察这么久自然知道萧厉口中的"妈妈"便是皮条客，一般来说姑娘想要有活儿，皮条客得从中抽油水，客户通过皮条客联系到小姐，最后会将分成分到小姐手中。

鲁南真犹豫道："我和她不是同一时间来的，所以'妈妈'也不一样，她的'妈妈'对她还不错，抽得少一点，我好像有一次听骁骁

196

说过，应该姓徐……"

"好，我知道了，谢谢你，有事情我们还会再联系你。"

萧厉眼珠一转，二话不说拉着阎非出去了，两人到了门口，萧厉拿出手机："要找客人就得从皮条客下手。"

阎非一愣："你还认识皮条客？"

"打电话给罗小男！"萧厉神色匆匆地拨通了罗小男的电话，没等那边开口就道，"小男，你之前去夜总会打工的那个成果还留着吗？"

罗小男懒洋洋道："留着啊，这种东西，我费心费力搞出来的，凭什么要丢了？"

萧厉隔着电话赔出个谄媚的微笑，好声好气道："那什么，观塘街成胜街那一片的夜总会，你这边有没有名单啊？"

罗小男何等敏锐的神经，当即警惕道："丽丽，你不会是在调查什么东西吧？"

萧厉也不敢瞒她："阎非现在就在我旁边，我和他还在查这次的案子，现在就差最后一点了，很快就能摸到凶手了。"

罗小男听到这儿已经明白了大半，没好气地道："说白了就是阎非这小子又给你灌迷魂汤了是不是，先说好了，这个资料我不是不能给，但别到时候搞得有人没法吃饭又来找我算账，我可担待不起。"

"知道知道，阎非就在我旁边，现在是他有求于你。"

萧厉又同罗小男说了一堆好话才挂了电话："你要是自己不争气，靠这个回不了警队，那我可帮不了你了。"

"你前女友，还去夜总会打过工？"

阎非沉默了很久才开口，明显是误会了什么，萧厉翻了个巨大的白眼："你想哪儿去了，你以为罗小男是怎么坐到今天这个主编的位置的？你还记不记得，几年前有一篇轰动周宁的调查报道是讲关于周宁三大区夜场陪酒女的？"

"是四年前那次吗？"

"是呀，捣毁了七八个窝点，抓了很多人，周宁最乱的夜场就是那个时候倒的，阎队你们肯定也参与了。"萧厉说起这事还有点得意，"就是罗小男暗访了好几个月才出了那篇报道，为此她在国外躲了将近三个月才敢回来，就因为怕被人报复。"

阎非也想起来了，四年前的那次行动是周宁为数不多警方和媒体的合作，甚至在报道发出前，警方就已经收到了媒体方面的通知，抓捕行动和新闻报道几乎是同时进行的，一次性抓捕了将近百名陪酒女和嫖客，也在周宁引起了巨大的轰动。

"当时要是一网打尽，罗小男就活不了了，所以还有一些资料是留在手上的。"萧厉严肃道，"阎非你听清楚了，她给我的资料无论是什么，这次查案你都只能用和案子相关的部分。要知道陪酒的生意是块肥肉，除非你们警察已经有了部署，否则要是再有些人丢了饭碗，罗小男的日子可不会好过的。"

萧厉的动作很快，十分钟后，他的邮箱里就收到了一封新的邮件，阎非匆匆扫了一眼，发现这些都是几年前罗小男自己从陪酒女那儿问出来的第一手资料，牵扯面巨大，一旦曝光，很多人的利益都会受损。

"罗小男怎么进去的？"阎非奇怪道。

萧厉正忙着给人发狗腿的道谢微信："那还不容易，先去应聘，一般来说这个时候怕姑娘反水，都不会做得太过分，只会叫她们穿得暴露一点走走台，如果接受程度高，皮条客就会找上门来了。"

"她当时是你女朋友吗？"阎非想来想去最想问的果然还是这个。

萧厉没好气道："是，但是没办法，她这个女人事业心太强了，我也拉不住她。再说了，那时候我两刚在一起，这事儿也确实不是什么人都敢做的，罗小男有胆子去，她就有本事脱身。"

"脱身？"

"她爸可不是什么寻常人惹得起的角色，罗小男胆子这么肥有一半是家里养出来的，再者，她也不是单打独斗哇，她自己扮成小姐做潜入调查，要没人配合，万一真被人点了来陪酒怎么办？"

阎非听出他话里的意思，好笑道："所以，还有你的份儿？"

"那当然了，我是她男朋友，这种事儿还能有谁来做！"萧厉哼道，"她每换个地方，我就得当嫖客去包她，还得充大款……之前那篇报道，罗小男是为了不让我也惹上事儿才把我名字撤了。"

"所以说，你当鸭子的时候她来包你，她当小姐的时候你来包她？"

阎非讲得相当克制，但是平淡的语气下已经能清晰听出要笑的意思，萧厉脸上青一阵白一阵："这是媒体工作者的奉献好吧！我就不信你没做过这种卧底！"

"我确实没做过，我结过婚，这种任务通常不派给我。"阎非到最后还是笑出了声。

萧厉见状白眼都快翻到脑袋后头去了："我这是拉了老脸给你换了一个回警队的机会，不然你想怎么查？皮条客可不像那些小姐，都是老油条了，你总不能直接打电话过去说要人家来做笔录吧。"

阎非一脸理所当然："这还用想？你不知道怎么做？"

萧厉愣了一秒，很快就明白过来，怒道："阎非你是不是人啊，你之前把我当免费劳动力，现在还想叫我献身？再说了，你不是男人？你不能去呀？"

阎非还是那句："我结婚结得早，没有这种社会经验。"

萧厉险些被他气笑了："你当警察又不是当和尚！"

阎非耸耸肩，满脸无辜："你比较有经验一点，我们现在是单打独斗查案，不能错过有效线索。"

萧厉被说得气结，用指头指了他半天没能说出话来，半晌才恶狠狠一咬牙："我来就我来，但是这个事儿你要是敢告诉罗小男，我饶不了你。"

萧厉破罐破摔地拿起手机，其实打电话叫姑娘这事儿他正经经验没有，倒是以前为了配合罗小男调查干过两次。两人将车子停在僻静的停车场里，萧厉到底也混了这么多年，这点脸皮还是有的，他一个个打了名单上的电话，指名道姓地要找爱丽丝，还给自己找了一个很好的理由，说是之前一回喝大了，就记得姑娘漂亮又懂事，但偏偏除了名字，其他想不起来了，只能打电话来问。

萧厉一连打了三个电话都是一无所获，就在打第四个的时候，他的表情忽然一变："她不上班了？这才几天啊，怎么就不上班了呢？"

电话对面赔笑道："咱们这儿还有其他姑娘，要不选选，我给您调度调度？"

萧厉和阎非交换了一下眼神，后者用口形道："约出来，再叫姑娘带我们找回去。"

"还说你没经验！"

萧厉无声地骂了一句，嘴上忙着应付皮条客，不多时就谈拢了这笔生意，二十分钟之后，两人到了城市花园酒店，很快就在大厅里等来了一个黑裙短发的姑娘。

小姑娘名叫缇娜，才不过二十岁，本来这种事儿换了年纪大一些的陪酒女可能还要费些工夫，然而缇娜由于年纪太小，在车上哭成个泪人，在萧厉的安慰下，很快就告诉他们她最开始面试的地方是在离观塘街不远的一个老楼里，她可以带着他们过去。

阎非问道："和我们描述一下，你去面试的时候看到里头有多少人，有没有人拿刀或者其他器械？"

这下别说小姑娘了，连萧厉都有点被唬住："这么危险的？"

"因为是块肥肉，危险性和利益大小通常是直接相关的。"阎非淡淡地说道，"越是这样的小作坊就越是危险，以前我们去查个赌博都有人被捅，所以，如果必要的话，我会申请支队来协助。"

萧厉一愣，又笑道："我说呢你这停职才一天就想回去啦？说起来咱们效率这么高，姚建平不会恨你吧。"

"都是为了案子，也不可能一直脱离组织，有好的机会当然要将功赎罪地回去。"阎非好笑似的看他一眼，"再说了，是你带着我查案，所以他该恨的也是你。"

8

停在目标建筑物的楼下，阎非拨通了段局的手机，对方似乎也并不意外他会打来，很快便接通了："早上刚被我骂……我倒是没见你这么叛逆过。"

"段局，我这边已经找到可以往下查的关键线索了，我想请求归队。"

阎非半点弯子都不绕，萧厉在旁边简直目瞪口呆，只觉得阎非这个人的情商忽高忽低，有时候老谋深算得像只狐狸，但是偏偏在另外一些事情上，他甚至连一点基本的客套话都懒得讲。

段志刚因为这次的案子在局里走不开身，听到阎非的话，他忽然就想到了十几年前的那个早晨，阎非的父亲笔直地站在他的办公桌前，说他还想继续查"七一四案"，请求段志刚不要让别人来接手。

段志刚叹了口气："阎非，你真的跟你爸一模一样……这样很难全身而退的，压力全都压在你一个人身上，没有好处。"

"我明白，但案子是冲我来的，我没有理由逃避，我也不在乎别人怎么看……如果我父亲还在，他也不会让我退缩。"阎非话说得决然，萧厉过去很少听阎非说这种冠冕堂皇的话，没想到真说起来还挺有几分魄力。

电话那头这一次沉默许久："现在在你身上的压力，不比你父亲当年要小，明白我说的意思吗阎非？"

"我会做得比他好，这次的案子已经有眉目了，我很快会给公众一个交代。"

阎非答得很快，段志刚听得发怔，过去许多次同阎非说起他父亲，阎非大多数时候都会沉默，这还是第一次，他直接从阎非口中听到"我会做得比他要更好"这样的话。

像归像，但阎非说到底也不是他父亲。

段志刚拗不过他，无奈道："你们这些年轻人真是会给我找事儿，上头我会想办法，你赶紧给我查出来，免得叫我再跟上头打口水仗。"

"谢谢段局。"

阎非挂了电话："行了，马上局里派人来，你不要上去了，带着她先回局里做笔录。"

"凭什么我不能上去呀？"萧厉刚想吹捧他两句，谁料想这就被过河拆桥，瞪着他不爽道，"罗小男的资料还是我找来的，你凭什么打发我走哇。"

阎非好笑道："你肩不能扛手不能提的，要你上去干吗，吸引火力呀？"

"你……"萧厉被他说得气结，"我不管，线索是我给的，代价就是全程我得在，没你这么卸磨杀驴的。"

阎非没再搭理他，不多时局里的增援到了，阎非拍拍赶来的姚建平："我们找到马骁骁的皮条客了，但是怕出岔子，叫你们来保险一点……你马上叫个人带这个女孩儿去局里做笔录，正常走程序。"

姚建平点头应下，转头看见萧厉也从车上下来，震惊道："你怎么也在这儿！"

萧厉翻了个白眼："什么叫我怎么也在这儿，你们头儿能查到这儿全都是我的汗马功劳好不好，连车都是我的！"

阎非从姚建平那边接过配枪和证件："突击你就别掺和了，完事了上来。"

他说完也不给萧厉分辩的机会，直接带着姚建平和一队人上去，萧厉在底下等了约莫二十分钟才收到消息，上了楼发现阎非手臂受了轻伤，正在给一个寸头男人上铐子，说道："他就是马骁骁的皮条客。"

经过询问，被抓的皮条客名叫徐翔，做这行也有些年头，被他们抓到后见势不对，几乎立刻开始配合他们的工作，希望能够宽大处理。在徐翔出示的马骁骁死前十五天的客户联系名单里一共有十一个号码，技术人员调查后得到了一份名单，号码的主人从二十岁到五十岁不等。

时间接近凌晨一点半，阎非将名单发到所有人的手里，要求排查和马骁骁出现矛盾的客人，萧厉打了个哈欠："你要是没被停职，这个事儿我们还能查得更快。"

"对方的目的可能就是让我停职。"阎非皱着眉，"手法和三年前太像了，如果是模仿案，指导凶手杀马骁骁的人极有可能就是三年前的凶手。"

萧厉道："你的意思是，他怂恿别人杀一个人就为让你不痛快？"

阎非摇摇头："我只是在想他到底是怎么找到的这些人，李兴腾的死又是怎么做到的，如果这一次我们比他慢一步，是不是这个案子的凶手也可能被他杀死？"

"李兴腾很有可能见过他，至少肯定知道一些他的真实信息所以对方才要杀他，他会不会杀这些人，肯定取决于对方知道多少他的事情。"萧厉思索了一阵后睁大眼，"换句话说，如果我们抢先一步抓到这个凶手，他也真的和这个幕后推手见过面，我们离这个一直和你过不去的家伙就已经非常近了。"

…………

翌日早上八点。

萧厉腰酸背痛地从阎非的办公桌上爬起来，哈欠还没打完，阎非已经拿着资料到了他面前："人找到了，齐放，是徐翔招出来的，说马骁骁招待完齐放之后相当生气，两人发生过激烈的争吵，而且齐放还试图攻击马骁骁，后来是徐翔出面才解决了问题，就是马骁骁发微博的那天。"

重压下整个支队的效率奇高，齐放被带回来的时候还穿着上班的正装，坐在审讯室里满脸发蒙："我……我没杀人啊警官，真没有，你们不能冤枉……"

阎非不想听他分辩："5月12日当天你在哪儿，做什么，有什么人可以给你做证？"

"我那天调休，在家里休息，可是我真的没杀人！我也没想到她会死呀！"

"马骁骁的皮条客说你之前和马骁骁产生过矛盾，还记得是因为什么吗？"

"就那女的，漂亮归漂亮，但讲话不好听……我心想我都花了钱了凭什么还要在她这儿受气，拍了她两张照片，还看了一眼她手机，就这么吵起来了。"

"她讲什么了？"

"就说现在男人没用，都要女人养，还不行什么的……我当时很生气，但我真的没杀她呀警官，你们相信我。"

齐放明显慌了神，讲话颠来倒去，但看不出太多隐瞒，突击问了不到十分钟，萧厉和阎非交换了一下眼神，两人一起从审讯室里退了出来，萧厉摇摇头："虽然现在看起来他的嫌疑很大，但是心理素质有点对不上。"

阎非皱着眉头，不知道为什么，他总觉得齐放这个名字最近在哪里听过："凶手的手法不像冲动杀人，必然是受人指点有过策划，技侦队正在查齐放的社交媒体和通信记录，如果查不到什么，齐放的嫌疑就很小，他不可能一个人犯下和三年前这么像的案子。"

两人随后去看齐放的社交媒体情况，张琦道："他的大号没什么问题，但是阎队，你还记得之前那个网红的案子吗？这个齐放也是薛哲调查过的人，之前曾经在微博上发表过一些咒骂陶泉的不当言论。"

阎非闻言一惊，这才猛地想通那种熟悉感来自哪里，张琦又道："因为上次薛哲的案子，所以我知道齐放还有一个小号，就是这个。"

他在大屏上展示出一个粉丝还不到一百人的空白小号，和马骁骁吵架当天，虽然齐放大号上什么也没说，但在小号上却是长篇大论将马骁骁骂了个遍，不但直接说出了偷看到的马骁骁的微博名，更是放出了他偷拍的照片，整篇微博读来相当不堪入目。

张琦道："虽然这样，但是小号关了私信，看不出什么问题。"

事情到此又陷入了僵局，阎非心下焦急，回到八楼后，他翻看之前姚建平他们去马骁骁公寓做的勘查报告，萧厉凑在一边，忽然看见一张照片里马骁骁的抽屉里塞着不少破旧的纸币，他一愣："这年头还有人藏这么多纸币呀？我出门钱包都不带了。"

阎非的表情一顿，翻了几页报告，发现在马骁骁家里找到的现金金额有将近两千七百块钱，而且其中大多不是整钱，放了整整一抽屉，他喃喃道："一般来说她们接客一定要过皮条客这一道，私自接客如果被查出来会被皮条客除名，为避免留下记录，马骁骁如果私自接客，只能用现金交易"

萧厉道："你是说马骁骁还有别的客人不在那张名单上？"

阎非顾不上和他多说，立刻通知检验科让他们看看人民币上有没有指向性较强的痕迹，一般来说想在这样的旧纸币上提取出指纹和DNA都相对困难，但也可能会留下比较大的污渍可以给他们提供调查方向。

阎非皱眉道："姚建平他们排查过马骁骁在出事前几天的行程，有几个时间段行踪不明也没有被人目击，可能是在私下接客。"

萧厉有点疑惑："如果真的是这个未知的客人杀了马骁骁，他一开始肯定是不想杀人的，要不他不会付钱，但是后来他究竟是怎么被人说动动手的？正常情况下，如果有人找到我说要不你杀个人吧，我肯定会觉得他是神经病啊。"

阎非沉默了一会儿，说道："如果只是追求犯罪本身，那只要将潜在的受害者和潜在的犯罪者凑在一起，事情就很有可能成功。马骁骁是边缘化职业，没有固定的时间安排，性格容易得罪人，同时不挑客人，这些事情在一起注定了她本身就是一个容易被人盯上的目标，这时对方只要再找一个本身就有性犯罪倾向的人就足够了。"

9

检验科的报告是下午来的，就和阎非之前预想的一样，指纹和DNA都没戏，但在几乎所有的纸币上都提取出了一种东西，黄麻粉尘。

阎非道："老纺织布料厂里才会有这种东西，几乎所有纸币上都有，还都是碎钱，说明原来的持有人经济状况算不上好，马骁骁身上那件夏装就是黄麻和棉混纺的，连吊牌都没有，不好溯源，但衣服检验过后上头也有大量黄麻粉尘。"

萧厉皱眉："纺织厂这么多，这个季节肯定家家都在生产夏装，我们到哪儿找去？"

"肯定还有我们错过的东西。"阎非盯着面前的检测报告看了一会儿，忽然道，"马骁骁死前将近一个月的通话记录都查过了，没有特别可疑的，就算有生意也是通过徐翔联系，对方如果和马骁骁进行性交易，但是又没有通过电话联系过她，那只能说明……"

"说明他是直接找到的马骁骁。"萧厉也意识到问题的严重性，"他知道马骁骁的行程，或许原来就对她很关注，但马骁骁平时的社交圈也不大，除了家里和上班……"

他说到这儿表情一僵，飞快拿出手机开始翻马骁骁的微博，因为粉丝不多，马骁骁的每条微博点赞最多也就十个出头，萧厉这次仔细地翻了过去三个月里马骁骁的微博，很快便睁大了眼睛。

"这个人，每条点赞都有他……"萧厉本就是抱着试一试的心态，手指飞快地戳进这个名叫用户1333429的主页里，脸色却一下变得难看异常，"阎非，你知道什么叫作瞎猫碰到死耗子吗？"

阎非凑过去，只见萧厉给他看的账号主页上充斥着大量辱骂女性和女权的内容，博主甚至还会转发性骚扰相关的新闻大肆辱骂受害者，认为太漂亮的女人都是出来卖的，被人侵犯也不奇怪。

萧厉震惊："这不是自相矛盾吗？他都这样了为什么还要关注马骁骁？"

"很多时候实施性犯罪的人都对女性有仇恨，这主要源于自身的障碍，但是越是这样，女性对他们的吸引力就越大，所以这个人可能在仇女的同时迷恋马骁骁。"

他将手机拿过来，却发现用户1333429在五月十二日后就没发过微博了，阎非抬起头看了萧厉一眼："你可能真的适合当个警察。"

…………

"曾成化，三十六岁，有过一次婚姻，后来离婚了，没有孩子，是下城区一家纺织厂的工人，平时也有一份往城里运输农贸产品的副业，名下有一辆小型面包车。也和距离抛尸地点最近的农贸市场确认过，他们对口的批发市场每周有三天会在凌晨四点多从市郊运送新鲜的农贸产品过来，司机就是曾成化。"

下午五点半，在去纺织厂的路上，阎非翻看着技术队那边给的用户1333429的资料："他的联系电话停机打不通，父母那边也说他很久没回去过了。"

阎非手臂上有伤，开车受影响，萧厉无奈当了一路的司机，下车时困得两眼通红，看着面前这一大片灯火通明的厂房叹气："工作的地方这么大老远，还能跑到市区去找女人，真是够拼的。"

"在这样的地方工作，两千七百块钱对他来说不是小钱。"阎非在门口出示了证件后，一路被门房引着找到了车间主任，提到曾成化这个名字，主任似乎有些怨气："前不久因为打人，他刚从大车间被调到烫平折叠区去了，受教育程度不高，还有点斜视，领导可怜他，叫他做点轻活儿，结果他倒好，天天盯着厂里新来的小姑娘看，最后还动手动脚的，上回就被人家老公打了。"

萧厉问道："他以前不是结过婚吗？"

主任叹了口气："性格太差，老婆也生不出孩子，就离了。原来还有人说是他老婆的问题，但我们这儿的人都知道，他在这方面不行，所以看到小姑娘就容易……那个事儿之后，他从大车间被赶出去，也没法再住厂里的分配宿舍，就搬到外头去了，具体的你们可以去找他室友问问。"

主任说着便叫了个名叫孙闵的年轻人上来，提到曾成化，孙闵一脸无奈："曾成化，反正就那样吧，他这个人实在不好相处，而且平时的爱好也有点……"

阎非问道："他的爱好是什么？"

年轻人露出一副难以启齿的表情："我以前和他住的时候，他天天都在宿舍里看那种片子，叫得很大声的那种，传出去我脸上都挂不住……你说他这人也奇怪，明明这方面不行还特别喜欢，出来就盯着厂里那些新来的小姑娘看，我都劝他好几回了。"

萧厉向阎非投来一个不太妙的眼神，他们之前一直在说的，这次的凶手在性方面可能有些障碍，这下就坐实了，萧厉问道："那他平时找过小姐吗？"

"他哪有这个钱啊。"孙闵给逗乐了，"他之前存钱买了台二手电视机，其他的不知道用哪儿去了，看他平时都馒头就咸菜，哪儿还有钱搞这个。"

阎非拿出马骁骁的照片问道："这个女人，你之前有没有见过？"

"这不是曾成化的女神吗？"出乎意料，年轻人几乎一眼就认出了照片上的女人，"以前曾成化手机屏保图片都是她，有事没事就刷她微博，我还能不知道吗？"

萧厉皱起眉："这是他女神，那他一开始是怎么认识这个姑娘的？"

"他？认识个屁！"孙闵乐了，"是我们老板，睡过这个女的，有一次厂里头聚餐喝多了讲出来，拉着我们说这个女的比他家里的老婆漂亮一百倍，当时这个女的为了发展客户偷偷给了他微博，后来曾成化就知道了呗。"

"你之前和他住的时候，他联系过这个女人吗？"

"好像进城里去见过一次，是有一次那女的不小心发微博带了定位被他看到了……他在这方面真的挺变态的，还好后来搬出去了，要不连带着我名声都不好。"

线索至此已经咬上大半，两人从车间主任那儿得知曾成化如今就住在距离工厂两公里左右的一间农民房里，周围是一片农贸批发市场，他平时早起去跑货也比较方便。

"农贸市场，三轮车，衣服，还有钱，包括社会关系都对上了。"萧厉舒了口气，"我们之前还在想他是怎么找到曾成化的，现在看起来，曾成化已经蠢到用手机号注册都不改名，找到他简直轻而易举，但是这同时也是双刃剑，曾成化既然这么容易暴露，他一旦落网就很容易把人供出来，从这个角度想，这个幕后推手也不会轻易去见他。"

他顿了顿："所以就算曾成化还活着，他也不见得能告诉我们多少对方的事情，这些人就是刀而已，文化水平不高，又非常偏激，很容易被煽动起来。"

"这或许也是他的选择标准，听话，好操控，也很容易灭口。"阎非语气冰冷，"曾成化痴迷马骁骁已经不是一天两天了，为什么会忽然花钱去找她，又为什么会杀她，乙醚哪儿来的，这里头肯定少不了这个人的布局。"

"其实我后来一直在想一个事。"萧厉忽然道，"李兴腾为什么会被吓死？"

阎非问："你有什么想法？"

"李兴腾都敢动手杀人了，按道理说胆子没这么小，除非是听到了什么让他特别害怕的消息。"萧厉道："一个亡命徒能怕什么，只可能是另一个更可怕的亡命徒。"

他话音刚落，阎非口袋里手机剧振，他接起来听了两秒便道："可以去抓人了。"

萧厉问道："怎么？"

阎非小跑两步到了车前，拉开车门："他们查 miss 道路监控的时候查到了曾成化的车，马骁骁失踪那天他就在那周围。"

萧厉一惊："马骁骁上了他的车？"

阎非道："还不能确定，但是光是马骁骁死前见过曾成化这一点我们就可以把他先带回来审，曾成化的文化水平不高，如果我们能打他个措手不及，应该能问出来。"

两人动作迅速，径直去了曾成化的农民房，早上下过雨，靠近农贸市场边的土路上一片泥泞，农民房的楼道里更是有一股难闻的土腥气，找到曾成化的出租屋后，阎非上前叩了两下门，等了许久还是没人来开。

"现行犯可以后补搜查令，你让开。"阎非说着一脚便把门踹开，屋子里静悄悄一片，窗帘拉得很紧，充斥着一股浓重到呛鼻子的烟味。

"这怎么住得下去。"

萧厉忍不住扇了一下扑面而来的混浊空气，阎非迅速检查了一遍房间和厕所，曾成化并不在屋内，而萧厉出声叫他："阎队，我觉得你们可以申请抓捕了。"

"怎……"

阎非从厕所退出去，抬眼便看见萧厉提着一件白色女式内衣站在那里，借着萧厉的手机打光，阎非看清纯白的蕾丝上有不少发黑的手印，明显是经常被什么人捏在手里把玩的。

10

阎非走过去，只见曾成化破旧的柜子里满满当当都是女士的内衣和内裤，其中甚至还有卫生巾，萧厉动手翻了两下，竟然又从底下翻出大量的色情光碟。

萧厉摇头："难怪这么破的房子还要放台电视机，他还挺舍得在这个上头花……"

他话没说完，阎非忽然用很大的力气抓住他的肩膀，萧厉疼得倒吸一口凉气，然而就在室内安静下来的一瞬间，他听到外头传来一个来不及刹住的脚步声。

阎非看着门的方向，萧厉跟着屏住呼吸，而后门外的黑影忽然一动，转身就往楼下跑去了。

"警察！别动！"

阎非跟着便冲出去，萧厉在这方面实在比不过，等他气喘吁吁地跑下楼，阎非已经在不远的地方拉住了曾成化的肩膀，紧跟着他用一种匪夷所思的方式直接将人的胳膊拧折了过去，随着一声惨叫，曾成化的刀脱手，人也跟着跪在了泥地里。

"给队里打电话。"阎非利索地给曾成化上了铐子，"通知其他人马上过来。"

晚上九点，时隔将近大半个月，萧厉再进审讯室的时候身份已经不同，他内心还在感慨，阎非却没他这么多弯弯肠子，对曾成化冷声道："你也可以选择不说，不过如果是我们先在你家里搜出了物证，那你之后就算找了律师也会很难办。"

曾成化没见识过这种场面，紧张不已，萧厉心生奇怪，按道理他都犯下这样的案子了，不至于胆子这么小，问道："不如先说说你这么晚不在家去哪儿了？"

"我……"

曾成化眼珠乱转，萧厉却已经猜到了："有人要你躲出去？"

曾成化的脸色一僵，萧厉冷笑道："他是在微博上联系你的吧？今晚他找你的消息你应该没来得及删，需要我的同事去查一查吗？"

曾成化被他说得脸色发白，眼睛胡乱在他们两人身上乱瞄着，哆嗦道："我原本，原本也没想杀她！但是我都做到那一步了，那个人也和我说不会被发现的，是一个叫'上善若水'的，上个星期找到我，问我知不知道我关注的那个女的是干什么的，我一开始以为他也是想要那个呢……"

"后来呢？"

"他给我看了一张图，上头那个女的没穿衣服，在酒店里，他说我喜欢的是个坐台小姐，这个事儿我早知道了，也没当回事，结果我又和他聊了一会儿，他问甘不甘心永远都是别的男人在玩弄她，这么漂亮的女人应该自己来一次才过瘾。"

"你就是因为他的话决定去找一次马骁骁？"

"我原本也没想，后来和他越聊越多，我实在忍不住，干脆就……"

"那些现金是你给马骁骁的？你也告诉'上善若水'你去找她了？"

曾成化点头："我和他说了一下，他还问我钱够不够……我之前攒了很久，我们老板说她是在一个什么夜总会上班，我去过一次没见着，这次在那儿等了一天终于看见她出来，本来没指望……没想到她一看到我拿出来的钱就答应了。"

即便到了这个地步，曾成化想起那一天也还是血脉偾张。其实早些年他就发现了自己的毛病，吃了药也不管用，老婆生不出孩子……他心里越想，反而越不给力，曾成化每天看到工厂里那些女工心里都跟着了火一样，结果人家又不正眼看他，还平白挨了几顿打，最终也只能在网上发泄怒火。

曾成化低下头："我心里也知道就我这样，正常的女人是找不着了，还不如花点钱去买，至少这些女的也能把我伺候好……那天我付了两千七百块钱，那个女的给我服务得很好，但是她没陪我太久，完了我就送她回去了。"

萧厉一愣："那你后来为什么要杀她？"

曾成化脸色发僵："我回去之后，隔了一天那个上善若水又来找我，先是问我感觉怎么样，聊了两句，他又说这样的女的给钱就能上，以后保不齐还要服务多少人。"

萧厉听出这里头挑拨的意思，皱起眉："你们电话联系过吗？"

曾成化哆嗦道："没……他一直都是网上联系我，没露过面，那个药水是放在一个电话亭里叫我去拿的，他说只要按照他的方法做，以后这个女的就只会伺候我一个人了。"

阎非声音冰冷:"说一下五月十二日那天你做了什么。"

曾成化的心理防线此时已经濒临崩溃,同两人坦白,就在他和马骁骁发生关系的第三天,他在"上善若水"的怂恿下又去找了马骁骁,而这一次他没有带钱,但是带着从电话亭里拿出来的乙醚。

为了讨马骁骁欢心,曾成化给她带了一件去年厂里发的女装,结果却没想到,这一次马骁骁上车后,发现他没有钱立马翻了脸,一路嚷嚷着要下车。曾成化心里接受不了落差,在停车的时候从背后偷袭了马骁骁,用沾满乙醚的药布捂住了她的口鼻。

本来,曾成化也只想将马骁骁绑回去,没想到马骁骁在昏迷前却骂骂咧咧说了一句"你们男人没钱和不行有什么区别",曾成化一直积压在心中的怒火在瞬间被点燃,鬼迷心窍地掐住了马骁骁的脖子,谁知道没一会儿她就断气了。

意识到自己杀人之后,曾成化不敢直接告诉"上善如水",只敢试探着问接下来该怎么办,却没想到这个人不但知道他的工作,还仿佛会读心一般地暗示他,自己以前也杀过人,没有被发现,只要按照他说的做,警察怀疑不到他的头上,只会把账算在三年前的一个凶手头上。

在当时,曾成化没有第二条路可走,只能和"上善若水"坦白了一切,"上善若水"建议他在凌晨两点后带着马骁骁的尸体去南山高架的农贸市场里进行冲洗,那一带监控薄弱,农贸市场八点关门后就没有看守了,东南角原来有个鱼铺撤了摊,还有自来水可以用。

"下半身的切口还有放的东西也是他教你的?"阎非问道。

曾成化点头:"他叫我按照照片上的来,我就按照照片上的来了,他们杀鱼的刀晚上不带走,手套也在,我就用了,又怕留下什么痕迹,又好好用水冲了一遍,最后在农贸市场里捡了一些东西冲干净放进去,也是他让我用农贸市场里的三轮车拖着尸体从桥底下走的,说

214

这样监控拍不到。"

事到如今疑问就只剩下一个了："你为什么要给她换衣服，也是对方教你的？"

曾成化哆嗦道："他就叫我把那个女的身上洗干净，但是，那个女的那时候身子也还挺软的，忍不住就……我回过神的时候她的衣服已经被我撕碎了，但是那个人说了，上半身得有衣服，我没办法，就只好把之前带来的那件衣服给她换了……"

审讯结束后，姚建平带人在鱼铺里找到了来自马骁骁的血迹，同时曾成化的车里也查出了挣扎痕迹，证据充足的情况下，技术队申请监管曾成化的微博，在他的私信中找到了一系列指导他犯罪的消息，前后将近七十条，里头包括详细的手法、路线，还有监控所在位置……就在曾成化被捕前，"上善若水"给他发的最后一条消息是建议他出去躲一躲，说警察已经盯上他了。

可惜的是，"上善若水"并没有经过实名认证，技术队核对 IP 地址后发现那是一家偏僻的网吧，设备老旧，监控不到位且管理失职，缺少身份登记。在阎非看来，这样的结果似曾相识，就如同十五年前在论坛上发表《关于"七一四案"一些猜想》的匿名网友翻版一样。

很多事情至此已经呼之欲出，结案后萧厉给罗小男那边交了稿子，将阎非约到了任泽伟的酒吧，他特意找了个角落的位置坐着，阎非见状道："要是觉得说话不方便可以去家里。"

"还是算了吧，再去你家里我还得醉得不像个人。"萧厉怕了阎非的酒量，又言归正传，"这次的事情已经很明显了，是有人在背后操纵。"

阎非点头道："我可以说服段局立案，但现在还缺乏往下查的线索。"

萧厉道："我后来也仔细想了一下之前李兴腾的事，你看有没有可能是这样，李兴腾本来心脏就不好，然后就在那个洗浴中心外，他还突然发现，那个和他一直联系的人竟然是周宁最大连环凶案的凶手……"

阎非脸色一变，萧厉又道："你有没有想过，这个人最近小动作不断，这次曾成化的事情其实做得相当粗糙，但即使这样也要针对你，为什么？"

"你是说……"

"他害怕了。"萧厉顿了顿，压低了声音，"最近一定发生了什么，让他察觉到了危险，因此他才决定主动出击，先来找我们麻烦。"

11

"是时候了，我想重启'七一四案'的调查。"

结案两天后，在去西山公墓的路上，阎非忽然在副驾上冷不丁冒出一句，弄得萧厉险些将刹车一脚踩在油门上，他震惊道："阎非你在说梦话呢？"

"不是梦话。"阎非淡淡地说道，"托你的福，最近的舆论好转了很多，对方又刚刚露出马脚，应该是重启调查的最好时机。"

萧厉瞪着他："大哥你开什么玩笑，'七一四案'是你们刑侦局的一道疤，我虽然给你写了那些稿子，但到底打的都是擦边球，你这一重启调查，就代表要直接把这道疤再重新揭开，当年刑侦局已经被打过一次脸了，你还要再打第二次？"

阎非摇摇头："'七一四案'有问题，不止我一个人这么觉得，但是没人敢重查，你如果看了案宗，你也会这么觉得。"

萧厉想不通他为什么非要在自己开车的时候讲这么重要的事情，没好气道："你就非得挑这个节骨眼和我讲，早上我们吃早饭的时候你都在干什么？"

"马上要去见'七一四案'的受害者和你爸妈，我觉得有必要让他们知道这个事儿。"阎非说完又补了一句，"我那天去看我父亲的时候已经跟他说了。"

萧厉一听这意思敢情就是来通知他一下，没好气道："我这是在替你操心好不好，'七一四案'是你爸的案子，给骂了这么多年，你现在再出来搞这个反转，你就不怕给人骂死呀？"

"我爸如果在世，不会不同意，更何况他可能会比我更想知道这个真相。"阎非说得坦然，"'七一四案'的每个受害者都是被残害之后丢弃在公共场所，我父亲也是，白灵也是，这次的马骁骁也是，对方这么做的目的是煽动舆论，并且都卓有成效。他精通这种手段，十五年前在论坛上匿名发表推论的人至今都不知道是谁，我们现在确切地知道，有这样一个人藏在幕后，你有没有想过，如果'七一四案'真的有隐情，那杀你母亲的凶手也有可能另有其人。"

萧厉被他说得脸色一变，虽说他也想过这种猜想，但是猜想终归是猜想，一旦重新启动调查……他深吸口气："这不是件小事。"

"我知道不是件小事，但是是我必须做的事情。"阎非看着窗外，"我爸在压力最大的五年里一直守在一线，案子一告破，他就主动请辞，顺应舆论被下派，我以前一直以为，他是因为心灰意懒才这么做的。"

"难道不是？"

阎非摇摇头："这不符合我对我父亲的认知，他从来不会做这样退缩的事情，上次我说了，这么多年以来，直到我自己做了刑警我才知道，在这个位置上有很多事情是身不由己的，就像你说的，条条框框太多，有的时候退下来，反倒更方便查。"

萧厉吃惊道："你是说阎正平……"

阎非淡淡地说道:"现在想来,我父亲可能从来没有相信过洪俊就是凶手,他从支队退下来,却从来没有放弃过查案,因此当严昊来找他的时候,我父亲才会没有任何戒心地跟他走。"

萧厉倒吸一口凉气,他虽然和阎非和解了,但这不代表他就可以这么平静地对待阎正平的事:"他五年都没查出来,凭什么还不相信一个既定的结果……"

"因为真相是很复杂的,这是你说的,我父亲或许为了破案做了一些错误的判断,但他是一个好警察,即使他没有查出真相,但他到死都没有放弃调查。"

阎非语气平静而坚定:"我之所以告诉你这件事,是因为这次我不想再犯和我父亲一样的错,我不会顺应舆论,也不会让这件事草草收尾,更不会让你在不知情的情况下被拉下水,我要把这个人揪出来,无论他是否真的和'七一四案'有关,这一次我都要让这一切彻底结束。"

阎非讲得极其郑重,萧厉沉默了一会儿,将车在一旁的临时停车道上停下,他打上双闪,一片寂静里,车厢里只能听见双闪在闪的声音。

萧厉道:"所以,现在除了手法相似,其实也没有实证能证明这一切案子都可能出自同一个人之手。"

阎非摇摇头:"没有实际的证据,但是你在舆论上重提'七一四案'后,马骁骁的案子立刻就发生了,这不会毫无关联。"

萧厉皱眉:"你之前怀疑我的时候说过,你觉得这个人早晚会直接出现在你面前,为什么会这么想?"

阎非道:"一般来说,大多数的凶手杀人之后都会想着把尸体隐藏起来,但是'七一四案'的凶手不一样,他大鸣大放地把尸体丢在市区,说明他是一个相当自信的人,自信他的手法不会被人发现,他巴不得别人发现尸体，因为那是他的目的。这样的凶手在历史上是存在的，有些甚至还会主动给警察写信挑衅，我们越是抓不到他，他的自信心就会越来越强，直到有一天会直接出现在我们面前。"

萧厉好笑道："亏你一开始还怀疑我。"

"那确实是我判断失误。"阎非淡淡地说道，"你的缜密性太差，很冲动，不符合这个幕后凶手的侧写，我最早的时候其实是怀疑你被他鼓动。"

萧厉没想到就这时候还要被埋汰，没好气道："你是拐着弯骂我呢，阎非。"

阎非笑道："对这个事情你要是还不满意，我还可以再以酒谢罪一次。"

萧厉心想他不能再上第三次当了："算了算了，你现在既然要重启调查，还是想想在舆论上准备怎么应对吧。最近虽然外头没怎么找你事儿，但是只要这个消息一放出去，你信不信，就跟颗核弹似的，第二天你保准儿比任何明星都火。"

阎非一脸无辜："所以不是有你吗？"

萧厉被他说得一惊："我好歹也是'七一四案'的受害者家属，你就这么重启调查，就不怕我也给人扒皮？"

阎非耸耸肩："你代表'七一四案'的受害者家属同意'七一四案'重启调查，这在舆论上对我们有利，再者就算真有风波也是冲我来的，我在这里，你怕什么？我有这个心理准备，我也打算马上和我妈说这个事，毕竟也有可能牵连到她。"

萧厉听他讲到这地步，终于意识到阎非这回是铁了心要重查了，他苦笑道："我是真没想到，我有生之年还得经历第二次这种事……"

他想到那个夏天，阎正平说话的声音，蝉鸣，女人的尸体，还有父亲的毒打，许多回忆像是潮水一样地涌进了脑子里，萧厉不自觉地捏紧了拳头："万一当年查出来的真的不是真相……"

"那至少这次，你不用被动地接受它了。"

阎非说完，天空深处十分应景地传来一声闷闷的雷响，萧厉看了一眼阴沉的天空："你说我俩每次来扫墓都赶上下雨，这里头可能还真有什么冤情吧。"

事已至此，他已经给阎非架了上来，只能无奈道："你这又是给我加工作量，晚上我回去联系罗小男，最近变着法儿多夸夸你们呗，你的身份这么敏感，贸然重启调查，恐怕外头那些唯恐天下不乱的人不会放过你，也不会放过整个刑侦局。"

"你做这个事情我很放心。"

"看在你给我妈扫墓的分儿上……"萧厉冷冷看他一眼，"你既然要跟她说这个事，就一定要说到做到。"

"我会的。"阎非抬眼望向窗外灰色的天空，"有没有冤情，我们查一下就知道。"

〈 七一四连环案 〉

1

南山高架抛尸案结案后，周宁太平了一段时间，支队也难得过上了朝九晚五的好日子。

两个星期以来，与清闲的支队队长形成对照的便是没日没夜对着电脑敲击的萧厉。短短十天，他已经发了十篇稿子，都是根据过去的新闻还有警方通报回顾过去刑侦局对一些重案要案的侦破过程，虽说大多数反响一般，但也有两篇在刚发出的时候就上了热搜。

而这才只是重启"七一四案"的第一步。

要重查案子，首先得过舆论这关，绝不允许二十年前那样有损刑侦局颜面的事情再次重演，故而萧厉现在做的这一切就是在给群众打预防针，先让他们知道过去这十多年刑侦局的辛劳和付出。

连着写稿，萧厉这几天基本都是睡眠不足的状态，为防他睡死在酒吧里，任泽伟甚至为他单独开辟了咖啡这个菜单。

"伟哥，再给我来杯美式，困得不行了。"

萧厉打了个很大的哈欠，推了一下快滑下来的眼镜，一抬头就发现阎非不知什么时候已经坐在对面的位子上，正在帮他给咖啡里加糖："反响怎么样？"

"一般，但是聊胜于无，如果没有这些，质疑你们的声音会更多。"萧厉喝了口咖啡，苦得眉头皱在一起，"你之前答应罗小男的专访，什么时候有时间，一起出了吧？"

阎非道："那个我要和段局打申请，我是代表刑侦局的，不能轻易上媒体，接受采访是要审批的。"

萧厉知道阎非来肯定是有事："套话就甭说了，打算什么时候开始？"

阎非嗯了一声："我打算明天就跟段局去申请，到时候顺便也把采访的事情说一下。"

"阎非你……"萧厉一口咖啡差点没喷出来，"敢情你每次说这种事儿就是来通知我一声是吧，你确定现在就要……"

"不会公开，先私下进行，即使通报了段局那边，也暂时只会有几个人知情。"阎非打断他，"就像你说的，贸然公开调查太显眼，而且对方也会知道我们的行动，不如先私下进行。"

萧厉一愣，随即乐道："是上次那种模式你查上瘾了是吧，我们私下查，你这张脸就是活名片，说白了不还是得我当冤大头？"

"所以你不想带我查案？"阎非好整以暇地看着他。

萧厉心想以这人的个性，到他这儿来说也无非就是最后通牒他一声，之前肯定都已经计划好了："你都想好了就别在这儿卖关子了，赶紧说，你打算先从哪儿查起？"

阎非闻言将一本极厚的案宗推过来："你懂规矩，只有我们俩看。"

萧厉这么多年还从来没亲眼看过"七一四案"的案宗，迅速拿过来翻了几页，很快脸色就变了："这远比公布的要多啊……"

"因为我父亲在那五年里从来没有放弃过调查。"阎非淡淡地说道，"当年核心的证人有三个……"

"废品回收站的老板，餐厅经理，还有流动摊的老板。"萧厉从小到大也研究过无数次"七一四案"，整篇《关于"七一四案"的一些猜想》甚至都能背，"废品回收站的老板看到洪俊曾经在夜里拖动很大的东西，吻合刘洁的死亡时间，餐厅经理目击洪俊在王宝怡家旁边转悠，然后那个流动摊的老板目击了洪俊在我妈下班路上跟踪她。"

阎非道："这三个人都是那个匿名网友明确在网上指出来的，事后被警方传讯，按理说经过反复核对，在高压下说出来的东西也不该是假的。"

萧厉急急翻了几页，然后也不知看到了什么，忽然一下子把案宗合上了，阎非知道那一页上必然是胡新雨的现场勘查记录，问道："马上重查，你能行吗？"

萧厉尴尬笑笑："没事，就是忽然又看到有点……"

"一旦开始查就回不了头了。"阎非又问了一遍，"你确定你行吗？"

他话说得郑重，萧厉这才意识到阎非今天过来恐怕为的就是这句话。

他们都是经历过"七一四案"的人，知道这个伤疤再被撕开会发生什么样的事，那个夏天的一切此时都在萧厉脑海中轰然袭来，他的心跳倏然加快了些，又深吸了口气："话都说到这个地步，就差求我了，我还能怎么办？再说，到现在为止都是老子在忙活这事儿，也该让你出点力了，阎大队长。"

…………

翌日早上九点，段志刚在阎非进门的时候就意识到他要说什么，他了解这个年轻人，或者说，在他身上有太多他父亲的影子。十多年前阎正平出现在办公室时的样子段志刚至今还记得，当时他的表情就和如今的阎非一模一样。

段志刚看着阎非腰杆笔直的样子笑了笑："还是头一次看你进来会紧张。"

"段局，我觉得是时候了。"阎非开门见山，"之前马骁骁的案子里，已经确定了有人在指导曾成化，李兴腾的案子也是如此，现在已经确定有人在幕后推波助澜，只不过我们还缺少可以往下查的线索。"

段志刚看着他叹了口气："你要知道这个事情非同小可，如果要查，刑侦局会有很大的压力，对上对下都是，如果查不出名堂，组织上也不好交代的。"

阎非道："段局，难道您不觉得'七一四案'很奇怪吗？五年都没有查出来的案子，忽然就有人提供了关键性的线索，他是怎么知道的，如何找到的洪俊，如何找到的这些证人，这些我们都不知道……这个人利用舆论强压了刑侦局一头，推出来一个疯子当替罪羊，我们在当时找不出别的证据，就这么将'七一四案'收尾了，但是您真的甘心吗？"

段志刚面色凝重："但我们也没有能推翻当年案情的实证，就这么贸然重启……"

阎非沉声道："不用对外宣布，先内部配合，我会和萧厉两个人私下调查，必要的时候会利用局里的资源，但是不会对外宣告重启'七一四案'的消息，那样也会打草惊蛇。"

段志刚一愣："你的意思是，找到实证后再公布？"

阎非点头："萧厉这个月整理了刑侦局过去几年破的要案，在社交媒体上出了一些稿子，在舆论上做好铺垫，一旦'七一四案'正式重启调查，也不至于完全被动。"

"你……"段志刚睁大了眼，明显现在事情已经只差临门一脚了，阎非今天也只是来通知他一声，他摇了摇头，"阎非，你比你爸胆子还大，网都撒出去了，这才来要我同意。"

阎非从进门就一直在观察段志刚的反应，如今见他惊多怒少，神情才跟着放松下来："段局你放心，我一定……"

"'七一四案'，是我们刑侦局的一个疤。"段志刚这次语气严肃地打断了他，"阎非你应该明白，这个疤一直没长好，这次既然你决定要把它重新揭开，就一定要把它彻底弄好，让它完全消失。小阎，可别再叫我送出去一个得意门生，当年正平的事情，我不希望再发生第二次了。"

十分钟后，阎非走出了办公室，他如释重负地重重出了口气，抬眼就见萧厉鬼鬼祟祟地朝这边张望，一看到他立刻冲了过来："怎么样？"

"可以了。"阎非同他一起进了电梯，"你的稿子已经发出去了，这正是最好的时机，再说，我们不是公开调查，局里的事情交给姚建平也可以给他一个锻炼的机会。"

萧厉听阎非这么说，就知道他这个人向来老谋深算，估计这个事已经在他脑子里过了十来遍了，这回要不是有很大的把握，阎非也不会贸然再和段局重提，他乐道："那领导都点头了，我们从哪个证人开始呀？这几天写稿写得我眼睛疼，也该出去遛遛了。"

"'七一四案'的证人因为案子本身相当敏感，即使是在局里，信息也是受控的，只有段局点头我们才能开始再调查。"

阎非直接领他去了三楼，段局给他们安排了单独的技术员配合调查，正是之前和他们有过几次配合的张琦，接通内网后，张琦问道："阎队，我们现在从谁查起？"

阎非将案宗放到张琦面前："熊有林、黄波，还有徐灿，这三个人查一下他们现在的住址还有联系方式，申请的时候直接让段局来批，这是专项调查，段局已经点头了。"

张琦依言在系统里输入了他们三个人的名字，通过审批后，尘封许久的相关信息很快跳了出来，这么长时间以来，就算是阎非也从来没在内网里看到过当年证人的资料，他和萧厉探身凑上去，却又同时脸色一变，萧厉惊道："三个人都死了？怎么死的？"

"饭店经理黄波死于酒后失足，流动摊老板徐灿死于癌症，废品回收站的熊有林死于车祸。"张琦也察觉出些不对劲来，"都是十年前左右的事情，最早一个是徐灿，十三年前，肝癌。"

办公室里的空气变得凝重起来，证人已经死了，无法考证当年的证词是否还成立，阎非的脸色难看异常："他或许早就知道有人会重查，哪怕我父亲走后没人敢碰这个案子，也会有我……"

"所以他才要把你拉下去。"萧厉一下子反应过来，"你坐了你爸的位置，他可能猜到你将来极有可能要重查'七一四案'，所以才……"

"所以他才杀了白灵，又弄出之后那些案子，希望把我逼退。"阎非的语气冰冷。

张琦还是第一次听到这样的猜测，被吓得变了脸色："等等，你们是说，三年前的案子也是……"

"我们马上先从熊有林开始查起，三个人当中，他明显是非正常死亡，而且是肇事逃逸。"阎非冷冷道，"他不想叫我重查，就说明这里头一定有猫儿腻，我倒要看看，手上有这么多条人命，他藏得究竟能有多好。"

2

十五年过去，当年"七一四案"的三位核心人证都已经死亡，这是萧厉和阎非都没有想到的结果，上了车，萧厉忍不住问道："你当队长这些年就没想过要查一下？"

阎非摇摇头："我查不到，这是上头的意思，结案之后就将这个案子永久封存了。"

萧厉一愣:"那你这次重新查……"

阎非眉头紧皱:"自然是不知道,段局替我承受了很多压力,所以我们不能辜负他。"

时间过去太久,当年熊有林开的废品回收站早就已经被拆迁了,据张琦那边的反馈,熊有林死于车祸,由于生前办理了人身意外险,所以保险公司取证时留下了影像资料。为防人起疑心,张琦假借资料丢失的名义问保险公司要视频,等待期间,阎非和萧厉先找到当年熊有林废品回收站的旧址做现场还原。

二十年前,洪俊住的垃圾棚就在废品回收站的斜对面,同时第一个受害者王宝怡的抛尸地点也距离这个地方不远,在证词里,熊有林说他曾在王宝怡死去当晚看到洪俊拖着巨大的黑色垃圾袋在凌晨过街,而这也和王宝怡的抛尸时间吻合。

时隔多年,萧厉站在荒地前道:"那么晚了,熊有林当时为什么那么确定是洪俊?"

阎非顺着他的视线望去,十五年前,洪俊被抓的时候还住在那个垃圾屋里,当时屋子里臭气熏天,警察花了将近三天的时间,才从无数的垃圾底下翻出一把沾着三个受害者血迹的凶刀,因为时间已经过了很久,甚至刀子上的血迹都已经黑了,整把刀不但锈迹斑斑,还散发着一股恶臭。

阎非道:"这个事情当年反复核对过,路灯的照明亮度可以看清人身上的衣服,但不足以看清楚脸。当时之所以熊有林非常确定是洪俊,是因为那天晚上那个人走路右脚有点跛,事后也确实找到了洪俊在王宝怡出事时右脚上有伤的证据。"

"那在刚开始调查的时候,没有调查过这一带吗?"萧厉以前就一直觉得奇怪,按道理洪俊住得离第一个受害者被抛尸的地点这么近，应该早被怀疑到才是。

阎非道："换作是你，你会怀疑洪俊杀人吗？"

萧厉一愣，想起自己第一次在电视上看到洪俊，男人满脸痴傻，看上去只是个脏兮兮的流浪汉，阎非淡淡地说道："从最开始案子发生，怀疑的对象就一直是具有较高智商的凶手，从来没人想过凶手会是一个精神病人。虽然事后证明洪俊偶尔也会清醒，但那还是不能解释他是怎么样藏起凶器和血衣，并且还聪明地绕过了所有可能的目击者和监控全身而退的。"

萧厉被说得哑口无言，但偏偏在十五年前，不但有三个证人，而且在洪俊家里还找到了血衣和凶刀，更夸张的是在垃圾屋附近的地下挖出了洪俊之前用来练习宰杀的动物尸体，这所有的证据加在一起，十五年前洪俊被认为是凶手几乎是板上钉钉的事情。

萧厉苦笑道："这个案子太多意外了，说实在话，最后如果是你们警察查出来洪俊杀人，外头倒未必相信，但偏偏是走非官方的渠道……"

两人走到当年王宝怡被抛尸的地点，阎非也不知道这些年走过多少遍，这一路走得非常快，说道："从洪俊的垃圾屋到达王宝怡被抛尸的地点走路需要十五分钟，中间有两个监控点，但洪俊都绕过去了，而且事后证明除了熊有林，也没有其他的有效人证。这条路我反复测试过，唯一避开监控的方法，就是到监控位置时换方向，其中要经过八次掉头，而且要一次性走对。"

萧厉这么一想，确实是有点不对劲："他如果是一路拖着塑料袋，不应该只惊醒了熊有林一个人，更别说还绕过了所有监控，他肯定踩过点。"

"没有办法解释他如何钻研出这个路线，他也有可能有同谋，或者有人嫁祸给他，我父亲应该怀疑过这一点。"阎非眉头紧皱，"只可惜当时五年没有破案，已经没有人可以用理智去思考这个案子……就连警方也不得不向舆论低头，从在垃圾屋里找到凶刀的那一刻，洪俊到底是不是真的杀人凶手，其实已经不重要了。"

下午两点左右，张琦发来了当年熊有林出事前的视频资料，据保险公司的人说，熊有林人身意外险受益人是他妻子，虽说当时熊有林死得蹊跷，但由于他妻子脚有残疾，根本不可能开车，所以在初步判定后，保险公司还是给了熊有林妻子赔偿款。

十年前的监控画质模糊，只见出事时熊有林穿着一件黑色上衣，一边过马路一边打电话，然后被一辆疾驰而来的轿车撞倒碾轧，几乎当时就不动了。

萧厉倒吸口凉气："这不就是谋杀？"

阎非道："是被窃牌照，而且没有拍到肇事车主的正面，至今没有抓到人。"

萧厉把手机抢过来又看了一遍，熊有林在被撞之前有过片刻的停留，似乎是因为电话里的事情起了争执："他是被人拖住了，所以才会没注意到有车子过来。"

阎非道："当年的通话记录肯定已经不好查了，只能碰运气去走访试试。"

事情过去这么久，想再查无疑要费一番事，好在熊有林的妻子孙丽丽因为是残疾人，每个月要领补贴，两人为了查证，很快便驱车前往了孙丽丽的住处。

"你说这人得多有耐心，如果真的都是一个人干的，那他针对你们家，已经针对了十多年了，也太轴了。"在车上萧厉又翻起那沓又厚又皱的案宗，"看熊有林这边的架势，多半是被人灭口了，'七一四案'真是邪乎得很，扯上关系的人基本上都死于非命了。"

…………

阎非开着车听到这儿心头不由得一跳，就像萧厉说的，和"七一四案"有关的人、阎正平、严昊、白灵，还有这三个证人，都已经不在了，"七一四案"本身就像个巨大的漩涡，被卷入其中的人大多都没有好下场。他沉默了一会儿，忽然说道："最近你不要回公寓了，住局里，或者来我家，你自己选，对方在暗我们在明，你现在跟着刑侦局办案也有一些媒体曝光度，加上在网上发的那些稿子……对方找到你只是时间问题。"

萧厉看他脸色凝重，有意换上轻松些的语气："说来你们局里的床真不是人睡的，我看还是嫂子的品位好，一看那个沙发买的，就是准备好以后和你吵架让你睡的。"

阎非闻言少见地笑了一下，面色柔和不少："我那个时候工作太忙，有的时候回来之后又被局里叫走，回去都半夜了，怕吵醒她，所以才叫她买了张能睡人的沙发。"

暗中调查，两人不便直接出示证件，只得用了保险公司回访员的身份找到了孙丽丽，进了家门，萧厉迅速打量了一圈，只见不大的地方被整理得井井有条，到处都摆着孙丽丽和儿子两个人的照片。孙丽丽道："家里孩子还在上学，东西多了点。"

萧厉了然地笑笑："阿姨，其实就是当年的情况，想叫我们再来核对一下，当时熊有林先生被撞的时候，和他打电话的人是你吧？"

萧厉话问得唐突，女人的脸上顷刻便慌张起来："怎么突然又问这个？"

阎非编起瞎话来也不打腹稿："系统升级之后，图像处理功能增强了，从熊有林先生的口形来看，应该是和您发生过争吵。"

孙丽丽脸色难看："这都多长时间以前的事了，跟保险有关系吗？当时也问过了。"

阎非道："因为同样的视频的资料我们也要提交给警方备案，如果我们这边得到的信息足够，到时候就不用警察再来跑一趟了。"

孙丽丽脸色难看不说话，萧厉看这架势知道得下猛药，作势便拿出手机，自说自话道："要不行这部分信息还是让警察来核对吧，我们也不好强人所难。"

萧厉演技很是逼真，甚至还没等他将手机屏幕按亮，孙丽丽一下子紧张地按住了他的胳膊："还不就是那个案子！他给做过证的，都好几年过去了还有人打电话来，那天忽然有人叫我赶紧联系他，也不知道从哪儿要来的电话，我当时也没多想，就给他打了……"

3

萧厉听到这儿心里不由得咯噔一下，"七一四案"证人的信息都是受严密保护的，按道理说隔了几年，不可能有人打电话来找熊有林了，他皱眉道："这个信息当时您有对我们说吗？"

"又不是什么重要的事情，就大概说了一下。"

孙丽丽眼神闪烁，萧厉一看她这样就明白了大半，如果不把自己撇清关系，赔偿金就没那么好拿到手，孙丽丽为了钱隐瞒了一部分信息，但偏偏这部分就是最关键的部分。

时间有限，两人问到线索后便从孙丽丽家离开，萧厉没好气道："如果当时被查出来，孙丽丽就会被怀疑是骗保杀夫，她隐瞒了信息，是为了保全自己。"

阎非抽着萧厉的烟，沉默了一会儿道："知道熊有林是证人，同时也知道他的联系方式，极有可能就是论坛里的那个匿名网友。他在公布证据之前打电话询问过证人的情况，事后刑侦局也核查过这一点，熊有林他们都说，那是一个声音低沉的男人。"

萧厉越想越头疼，"七一四案"就好像是一个严丝合缝的闭环，每一环都能扣上，但是从根本上又有很多不合理，十五年前，大多数人甚至包括他自己选择相信，其实更多的是不得不信，毕竟人证物证都在，这场噩梦已经持续了太久，每个人都想让它早点结束。

萧厉懊恼道："如果和那个匿名网友是同一个人，这不就成了贼喊捉贼了吗？"

阎非冷冷看他一眼："现在觉得可疑，要放在十五年前，恐怕又要被说成是帮我父亲开脱。"

"火怎么还烧到我这儿来了？"萧厉翻了个白眼，"我那时候才多大，你们人证、物证都有，换谁能不信啊，再说这么大的案子，这些证词，你们当时不得核查几百遍啊。"

"几十遍是肯定有的，每一遍他们讲的都一样，这本身也很奇怪。"阎非弹掉烟灰，"这些人没有说谎，至少那么多人审他们不可能说谎，证词是真的，这个事情我父亲已经核对过很多次了。"

萧厉道："那么退一万步来说，他们说的都是真的，现在这些人都死了这说明什么？"

他忽然倒吸一口凉气："如果，'七一四案'真正的凶手不是洪俊，但是他从一开始犯案就决定好了要栽赃给洪俊，所以，这一切人证都是刻意设计好的，如果是这样……"

"如果是这样，熊有林他们看到的很有可能是真正的凶手，假扮成洪俊的样子，栽赃给他，也正是因为这样，他们被利用完之后就被灭口了。"阎非像是早就有过这种猜测，冷冷地说道，"他不但谋划好了谋杀本身，他还在最开始的时候就想好了如何脱罪。"

熊有林的死暂时成了断头案，两人不愿耽搁，马不停蹄地去调查五年前酒后溺水的黄波，他生前在一家餐厅当经理，也目击过洪俊在被害者家附近转悠，十年过去，当年的餐馆竟然还在营业。

两人打电话询问了当年的饭店老板，对方表示黄波失足当天确实是喝了酒，但是因为黄波的工作缘故，他平时也经常喝，但从来没出过什么岔子。

为了二次求证，两人还特意跑了一趟当年黄波落水的地方，萧厉叼着烟看下去，发现桥底下就是周宁市最大市内河泉河的分支，要是醉酒坠河，生存概率很小。

他看了四周一圈："这地儿十年前，晚上黑灯瞎火的，推个人下去谁知道？"

阎非道："黄波的尸体是第二天早上才被人发现的，身上没有任何伤痕，很快就被认定为是意外事故，而当时黄波的老婆也没有任何异议。"

萧厉听到这儿已然明白过来，叹了口气："怎么回事这些人，老婆一个个都不在乎他们的死活……看来这年头像阎队你这样的好男人确实太少见了。"

两人去找黄波妻子宋美宣的理由换汤不换药，自称保险回访。萧厉开门见山："一般来说家里突然碰到这种事没了顶梁柱，妻子多半不会轻易地接受自己丈夫的死，但是您当时接受得很快……黄波的酒量很好，因此成天在外头应酬，是不是也可以说明，他其实不怎么回家？"

宋美宣脸上青一阵白一阵："你……"

阎非见状道："如果当时黄波已经不怎么回家，你应该也不知道他会走哪条路吧？既然如此，为什么没有怀疑是谋杀？"

宋美宣噎了半天才支吾道："那条路本来就是他回家的路……再说了，我和他的感情也不是不好。"

"你和他感情好的话，带着大儿子改嫁过来，不至于家里连双儿子的鞋都没有，应该是打发他出去住校了吧？"萧厉望向门口，在那里有两双空着的拖鞋，一大一小，都不像是青春期男孩会穿的，"其实你当时应该也觉得可疑，只不过对你来说，查和不查都是一样的，对吗？"

宋美宣脸色难看地盯着他，萧厉内心叹气，直到出了宋美宣的家门才说道："你看，其实原本都是很简单的事情，就是有人会把你们的工作搞得很复杂。"

阎非脸色凝重："熊有林老婆为了赔偿金，黄波的老婆和他感情不好……这些人即使死得蹊跷也没人计较。"

萧厉无奈："我们现在觉得再可疑也没用，都是十年前的案子了，这么查下去不是办法，得想个捷径。"

"动机。"阎非沉默了一会儿忽然道，"当初所有证据都查了，只有动机我们怎么都想不到，最后才判断成是无差别杀人，既然现在我们没办法从案子本身找切入口，就只能想办法了解他的动机，至少这么缜密地杀人，不可能是无差别的选择。"

萧厉道："你之前是不是和我说，你爸主动要求下派其实是为了查案子，他当时什么都没和家里说吗？"

阎非摇摇头："一般来说他不把案情带回家，我妈为了这个已经吃了很多苦了。"

萧厉过去很少去想那几年阎正平家里是什么情况，不禁好奇地问："那你爸那件事之后，你妈还让你当警察？"

阎非莫名看着他："我妈也是警察，她知道做这行要付出什么代价，她可以接受，我也可以接受，为什么不当警察？"

萧厉干笑一声："那是你们家觉悟高，我家对警察的印象可都不好，我还记得我爸以前一边骂你们……"

他话没说完便僵在了那里，阎非问道："怎么了？"

"我就是突然想起来，我爸有次拿一个上头有钉子的木棍把我打进医院了，就是因为接了个电话，说是警察来问话……"萧厉说着下意识地去摸背后的伤疤，"现在想想，我爸那天歇斯底里得很不正常，肯定是因为打电话来的是阎正平,他才会那么……"

"先不想这些。"阎非看出萧厉面色惨淡,轻声道,"'七一四案'的线索很混乱,我们当务之急是梳理案情和手法,找出动机。"

晚上八点。

萧厉回自己的小公寓取了几件东西,正式入驻阎非家的沙发,为了厘清思路,阎非将现有的所有线索整理出来,全部搁在茶几上。在放受害者照片时,他特意看了一眼萧厉,萧厉了然地叹了口气:"放吧,你们那张照片把我妈照丑了。"

"我们先顺一遍。"阎非将受害者的照片摆上桌,"第一个受害者王宝怡,最后一次被目击是从学校出来,尸体在失踪第二天一早被人在小巷里发现,身上有刀伤十道,死因是失血过多;第二个受害者刘洁,最后一次被人目击是加班从公司离开,尸体在第二天一早被人发现,抛尸在天桥下,身上有刀伤十二道,死因是血呛入肺里窒息而死。"

萧厉沉默地看着照片上的年轻女人,刘洁被杀的时间和王宝怡相差不到两个星期,尸体被发现后,周宁开始有人怀疑这是连环杀人案,一时间人心惶惶,胡新雨那时听说消息,还想过要去报道"七一四案",殊不知她自己就要成为下一个被害者。

萧厉看着桌上的照片走神,连烟灰落下来都不知道,阎非将他指缝里的烟头拿走:"你母亲的情况还要我说吗?"

萧厉苦笑:"她说到底也是一个被害者。"

阎非依言将胡新雨的照片放在了茶几上:"最后一名受害者,是一名报业集团的记者,最后一次被人目击是在回家路上,身中十七刀,尸体被发现的时候是当天晚上十一点左右,死因是失血过多。"

萧厉叹了口气:"我这么多年一直在想,如果我陪着我妈去了菜市场,是不是她就不会被杀了?"

阎非摇摇头："梳理案情切忌带入个人情感，没有用处。"

他将阎正平和严昊的照片也放在桌子上："接下来就是'七一四案'案发五年后，我父亲被严昊割喉而死，死后严昊在他身上捅了二十六刀泄愤，将尸体横陈在大街上。他当场被捕，后于看守所里自杀。紧跟着是三年前我妻子白灵被杀，尸体被刻意损毁，抛尸在有人流量的街道上。"

阎非将白灵入职时的警员照放在茶几上："这些案子的共同点是手法残忍，公开抛尸，导致案件很快被发现，在第一时间就会引起媒体关注，这一点在之后马骁骁的案子里也被强调过。"

事到如今，萧厉只能强迫自己集中精神："所以说凶手其实是想用他们的死吸引舆论的关注，他们的死并不是重点，被人发现的过程才是。"

他将李兴腾和曾成化的照片也放上去："最近的两个案子也是一样，曾成化受人指点将尸体丢在南山高架下，李兴腾的涂鸦都在公开场合，最后要杀我的时候也喷上了那句标语，为的就是被发现时能在网上引起讨论……"

萧厉说着，慢慢表情变得错愕，他转过头来盯着阎非："你说，如果这些案子都是出自一个人之手，那这一切发生后，除了被杀害的人，最大的利益受损者，是谁？"

4

"最大的利益受损者？"阎非皱起眉，"白灵，包括后头的曾成化还有李兴腾，他们的案子都多少是冲我来的，而当年的案子……"

他很快就像是意识到什么，猛地抬起头："你是说，是警方？"

萧厉飞快地点头："为什么他要嫁祸给洪俊，为什么要时隔五年帮警察找到凶手，为什么要贼喊捉贼，不都是为了要你们吗？之后杀你爸杀你老婆，这些事分明针对的都是警察本身，他的做法，就像吴严峰一样。"

阎非脸色难看："杀了人，然后构陷一个虚假的凶手，显得警方很无能……"

萧厉拿起洪俊的照片："构陷一个精神不正常的流浪汉本来就是相对容易的事情，扮作他的样子故意让人看见，甚至可以潜入他家里直接放下凶器。如果一开始就想着让警察找错方向，那么与其说这是谋杀，不如说是借由谋杀组成的舆论陷阱……假设他做得足够好，人证物证都在的情况下，你们也只能跳。"

阎非皱眉道："'七一四案'如果本来就是一个套，用杀人来拉警察下水，再推出一个凶手，使得大众对司法的信任感降低，那样舆论便会压得刑侦局不得不低头。"

"这么想的话，他不是对司法系统不满，就是和你父亲有仇恨。"萧厉脸色凝重，"后者的可能性更大，因为中间他安稳了将近十年，直到你当了支队队长之后，他的目标就变成了你。"

翌日一早，两人不到九点就已经在回刑侦局的路上，萧厉道："你说如果二十年前就有能力犯案，那至少当时已经二十岁了，精通网络技术，而且也有一定的医疗背景。"

"没错。"阎非点头，"我一直在想你之前说的，为什么这个人最近忽然坐不住了。"

萧厉注意到阎非眼睛下头的黑眼圈："敢情您老昨天一声不吭，在里头也没睡觉啊。"

阎非道："你对这个熟，最近的案子里，你第一次觉得舆论有点不对劲是什么时候？"

萧厉想也不想："最不对劲的肯定是吴严峰的案子，虽然说也有案子本身的原因，但是针对你的舆论攻势起得很快，热度也不大正常，李兴腾的案子就更明显了，很多人开始翻旧账，说以前的案子，借此来攻击你，从这儿开始就明显有人为煽动的迹象了。"

阎非道："换句话说，吴严峰案子前后我们可能差点碰到这个人，我这两天要翻一下我父亲的案子，也会过一遍那段时间我们问过的人，说不定能找到一些线索。"

"反正也没线索，总归死马当活马医了。"

萧厉打了个哈欠，出于习惯摸出手机看了一眼，谁知就在瞬间罗小男忽然发了七八条信息过来，每一条都带着无数个感叹号。

"你和阎非在搞什么，有人说你们在重查'七一四案'！"

萧厉一愣，顺手点开下头罗小男发来的截图，在十分钟前，有人在网上发了详细的文字，爆料刑侦局内部开始重查"七一四案"，同时配了一些他俩这两日在外奔波时的照片，现在转发已经超过八千条了。

"麻烦了。"

萧厉心下一凉，同时便听车外人声嘈杂，萧厉抬头看见支队门口已经聚集了一部分媒体，虽然只是十分钟前发布的新闻，但因为刑侦局的位置离商业区不远，这些人得到消息之后来得也相当快。

阎非也没料到会是这种情况，哪怕车窗两边都贴了单面膜，还是有媒体认出了他的车，一时间车子旁边围了不少媒体人，四周闪光灯四起，阎非眉头紧锁："怎么回事？"

"有人昨天在跟我们，十分钟前曝光了刑侦局在重查'七一四案'的事情。"萧厉的脸色很难看，让阎非赶紧把车开下车库，现今不用想也知道这是谁的手笔，也难怪这些日子都没什么动静，说不定早就埋伏着要找这个麻烦。

两人都相当清楚，"七一四案"重启意味着十五年前的调查结果可能存疑，如此一来，警方行动上的反复，只会让公众更加质疑刑侦局本身的调查能力。阎非明显早已经考虑到了这一点，两人低调行事，但还是百密一疏，也不知道对方是如何得到消息的。

两人费了些力气才穿过人群将车开下车库，人还没下车，姚建平那边的电话就来了。现今这个时代，媒体发布消息的速度非比寻常，前后也不过五分钟，萧厉和阎非开车被堵的照片就上了网。现在这个时间点两人一起出现，更加说明了之前爆料里的内容属实，姚建平语气发慌，只让他们赶紧上去，说是段局刚刚从楼上下来，看起来气得不轻。

阎非脸色铁青，只说了一句："上去什么都别说，我来应付。"

其实不用阎非说萧厉也知道，他一个外人，没这么大权限直接和刑侦局的领导打交道，只能默默地跟着阎非上楼，电梯在八楼一停下，两人出门便和姚建平打了照面，姚建平面带歉意："对不住阎队，现在没办法。"

"段局说什么？"

阎非话音刚落，萧厉只觉得手腕上一凉，低头见姚建平已经把手铐铐了上去："你们调查的事情被曝光，现在段局那边怀疑……"

"怀疑是我做的？"萧厉这已经是第二次被人在刑侦局里铐了，忍不住道，"冤枉啊，我全天都和你们头儿待在一块儿，晚上还睡在他家，这么长篇幅的稿子，我总不能是用脚写的吧？"

阎非眉头紧锁："他说得没错，这件事再怎么样也不会是他做的。"

"但现在这个事情是没有办法的。"几人身后响起了一个略显苍老的声音，段志刚脸色铁青地走过来，"刚刚打电话过来，说是要将你停职，我没同意，但是至于是不是他做的，我现在也没法放这个话。"

阎非和萧厉对视一眼，萧厉叹了口气，无奈地举手投降："行吧，我知道了，我一个搞媒体的，天天在你们刑侦局里进进出出，难免有人要说闲话。你们扣着我没事儿，不过可千万别给我安什么莫须有的罪名，那我可是不会认的。"

"厉哥，你先跟我们走吧。"

姚建平说着带萧厉先走，而阎非跟着段志刚上楼，进门便问："情况有多糟？"

"很糟。"段局点上烟，"逼急了他们会直接来人把你架空，到时候会很不好办，我说你这么做是有原因的，一定能查出点名堂，才好不容易让他们暂时不追究。"

"那萧厉……"

"他暂时没办法，身份放在这儿，而且又跟你一起行动，不会同意放人的。"

阎非沉默了一会儿："那段局，你相信我吗？"

"我相信你能查出来，但是外头那些媒体不会这么想，他们都觉得警方重启'七一四案'是又一次要打自己的脸，更别说你还是正平的儿子。"

段志刚深深叹了口气，转身看着他："我不知道省厅领导那边我能拦多久，但是你得给外头一个说法。你当初说你下定决心我才会让你查的，现在，是时候让所有人知道你的决心是什么了。"

…………

"不会一直把我这么晾在这儿吧。"

早上十点半，萧厉百无聊赖地坐在审讯室里，正在琢磨究竟什么时候才会有人进来跟他说句话，结果下一秒阎非就推门进来，脸色看起来异常平静。

萧厉被他吓了一跳，见他是一个人来的又笑了："按理说你们这儿有规章制度，审人必须两个人吧……你怎么每回审我都搞特殊待遇？"

阎非拉了椅子坐下："前五分钟不开监控，你被扣在这儿是暂时的，一旦有眉目我会想办法把你弄出去。"

萧厉被他逗乐了："我在这儿挺舒服的，阎队长你不用操心我，肯定比你在外头两头受气来得强。"

"看来你还挺习惯。"

"都二进宫了还不习惯吗？你叫他们开监控吧，也没什么见不得人的，你们要审我就赶快，我还想补个觉。"

阎非看他坦然到这份儿上倒是放心了不少，正色道："我和段局说过了，下午会走官方渠道重启调查。"

萧厉一愣："什么？正式对外宣布要重启调查？在这个风口浪尖上？"

阎非理所当然地看着他："当然，要不怎么对外解释，说我俩在走亲戚？"

萧厉翻了个白眼："这就是对方的目的，将你架上这个位置，你的处境只会比你爸当年更糟，到时候万一要革你的职，你之后怎么办？"

"我知道。"阎非神色平静，"不过已经到了这一步了，我不会低头的，只要我还活着，我就一定要把这个案子查清楚。"

"你……"萧厉也不是第一天知道阎非犟了，却还是第一次知道这人能犟到这种地步，他正要劝他不要作死，门口姚建平叩了叩门低声道："头儿，要开监控了。"

阎非嗯了一声，看他一眼："自证清白，明白怎么做吧？"

角落里监控开始闪烁起黄灯，这是它将要启动的前兆，萧厉想了想，忽然一把抓住了阎非的胳膊。

"先别开"，萧厉倏然压低了声音，"阎非，我有个想法，舆论的事情，恐怕还是得靠舆论来解决。"

5

下午两点半，周宁市刑侦局重启"七一四案"调查的通报直接引爆了社交网络。

虽说刑侦局官方只说要重启调查，但在网上也有不少人猜测，这次重启调查恐怕是阎非孤军奋战，更有许多人猜测，阎非是许下军令状才重启的调查，在一段时间内必须要调查出一个结果，否则很快就会引咎辞职，承担这件事的所有后果。

由于阎非的身份，由他来重启调查自然非同小可，大多数人都认为刑侦局同意重启调查是承认了十五年前洪俊可能是误判，而阎非如今之所以敢碰这个十五年来没人敢碰的案子，是为了弥补他父亲当年的过失。

网络上猜测纷纭，但显然，"七一四案"可能并未抓到真凶是板上钉钉的事了，一时间安宁多日的周宁似乎又人人自危起来，而就在这种不安于城市的大街小巷扩散开来之际，位于风暴正中的当事人却无暇顾及这么多，刑侦局档案室的门口，阎非正在和姚建平沟通下一步的工作该怎么做。

"头儿，以前经阎叔手的都是重案，基本上抓了的都还没放出来呢，不过以前没人觉得是冲警察来的，当时案子发生后，最大的疑点都集中在胡新雨身上。"

姚建平说得很为难，一整个上午，他按照要求去查了阎正平过去办过的案子，结果却没能从里头找到什么和电脑技术沾边的人，另外一边技术那边的张琦也已经确认，早上曝光"七一四案"重启的也是小号，查不出真名，没有发表过其他内容，仿佛就是专门为这次爆料准备的一样。

阎非这些年翻过无数次"七一四案"的案宗，不会不明白姚建平的意思，当年胡新雨明显比其他两个死者身受的刀伤要多，这也是为什么警方会怀疑胡新雨的案子和其他两个案子是不同的人做的，还差点冤枉了萧厉的父亲。

"换句话说，目标也可能不止一人……"阎非若有所思，径直便上了楼。

"萧厉。"

阎非进门的时候萧厉正打算趴一会儿，却被这阵动静惊得弹坐起来，没好气道："一惊一乍干什么呢，阎队？不会是来劫狱的吧？"

阎非不和他说废话："刚刚姚建平提醒了我，你有没有觉得，'七一四案'的三个受害者里，你母亲是比较特殊的一个？"

"特殊？你是说她挨的刀多？"

"不光如此，她是唯一没有隔夜就被抛尸的人，和前两个死者有所不同，也正是因为这样，当时才会觉得她的死可能是冲动杀人，怀疑到她身边的人身上去。"

萧厉心思活络，很快明白过来："你是说，这个人可能非但跟你爸有仇，很有可能还跟我妈有点什么关系。"

阎非点头："他和一般凶手不同，不藏尸体，因此胡新雨当天就被发现，说明对方迫不及待想要她的案件被媒体公布于众，这可能也意味着他对胡新雨抱有的仇恨是不一样的。你之前说，舆论的事情得靠舆论解决，他这么耗尽心思地想用舆论来造成伤害，一定跟他的动机是有关系的，你一开始不也想用舆论来对付我吗，有什么想法？"

"你……"萧厉被他噎地一口气没上来，"你敢情是觉得我和他是一路人啊？老子当时还不是气你爸听信了别人的一面之词才决……等等——"

他自己忽然也觉得不对，萧厉皱起眉："你要这么说，我妈是个记者，天天跟媒体打交道，选择用曝光的手法给被害者家属二次伤害，这中间确实是有联系的……"

阎非道："所以说，'七一四案'的凶手选择受害者不是无差别的，胡新雨可能才是他真正想杀的人，甚至连这种手法都和胡新雨的身份有关系。"

萧厉难以置信："我妈当时顶多也就是个二流记者，天天都在写家长里短的东西，究竟是怎么招惹上这种人的……"

"那你有没有印象，你妈以前写的东西对什么人造成过名誉上的损害？"

"新闻报道为的就是曝光，你要说这个那范围可太大了。"

审讯室里就此陷入了沉默，萧厉越想越气愤，如果真是这样，阎正平当时的怀疑是有他的道理的，凶手确实和他母亲有仇恨，但是偏偏在调查的过程里，阎正平的无心之举又毁了萧粲的人生……

萧厉脑子里一团乱麻，手腕上的手铐撞在一起清脆作响，阎非看着他道："不要着急，这个案子和你有关系，我们一起查。"

"我以前怎么不知道你这么看得起我。"萧厉被逗乐了，"带我查案查上瘾了？"

"你挺好用的。"阎非好整以暇地看着他，"不如你现在答应我去警校深造，我马上就想办法把你弄出来，怎么样？"

萧厉翻了个白眼："别太爱我了，好吗，我在这儿挺好的，你查到什么程度了？"

阎非摇摇头："我爸以前的案子找不到什么头绪，我准备马上过一遍最近案子里走访过的证人，可能还得再查一下你妈那边，排查她采编的稿子，这件事我会让你自己查，抓紧休息一下，我很快会把你弄出来的。"

从审讯室里出来，阎非叫住等在一旁的姚建平："你去排查之前吴严峰和薛哲案子里，我们走访过的所有证人还有相关人员，看一下其中有没有我说的这种，擅长信息技术，并且可能有一定医疗背景的人。"

"了解。"

姚建平知道如今他们时间不多，拿到任务便匆匆走了，而阎非抽空给黄海涵去了电话，之前姚建平就已经把黄海涵接来了总局旁边的酒店暂住，在"七一四案"重启调查的这段时间，她应该暂时都回不去了。

阎非心中有愧，黄海涵从刑侦局退下来之后，偶尔还会去警校带课，但最近因为他，黄海涵已经很久都没去过了。

他想到这儿无声地叹了口气，本来做好了被骂的准备，然而电话接通后却听黄海涵道："怎么现在才来电话，是不是手头特别忙，吃饭了吗儿子？"

阎非到了嘴边的话都噎在了那儿，半晌才疲惫地捏了捏鼻梁："妈，抱歉，事情发生得突然，我也没顾上和您说。"

"事情都发生了，说这些也没用。"黄海涵的声音一如既往爽朗，"妈也知道重查是早晚的事，真当妈年纪大了脑子不好使呀？你都翻了多少年案卷了，既然要查，就好好查出来，到时候咱们一起和你爸说去……说说吧，查到什么程度了？"

阎非大致和黄海涵说了一下情况，又问道："妈，您当时和我爸一起办案，他有没有查案造成某个人名誉受损这种情况？他有没有和您说过什么？"

黄海涵沉思了一会儿："你爸办过的案子可多了去了，倒是没见什么人来跟他闹过，要说唯一一次，就是你爸当年偷偷重查'七一四案'，那段时间有人写回执投诉他，因为是匿名，所以不知道是谁，不过当时来投诉的人说是你爸查案给他打骚扰电话，严重影响了他的精神状态。"

"骚扰电话？"

"这个事情我们后头查过，但是毕竟严昊已经……局里希望舆论上的风波赶紧停息，你如果想知道可以去局里的档案室里翻下，说不定还能查到投诉回执。"

阎非心想这件事没有写在相关的案宗里，可能是严昊在看守所自杀的缘故，上头要求封存"七一四案"，这件事的真相也就被带入土里了。

黄海涵道："你现在既然猜对方的动机和你爸还有胡新雨有关系，那两条线交汇的地方肯定能找到线索，儿子，这个案子不好查，但是你现在既然有眉目了，就要赶紧抓住它。"

阎非挂了电话，心里正琢磨着用什么法子能把萧厉保出来，还没理出头绪，姚建平的电话倒是先打了进来，语气很急："头儿，我刚刚去要之前我们查过案子的相关人员清单，和技术那边的聊了几句，张琦这次不也协助'七一四案'的调查吗？她刚刚忽然说，阎队你描述的这个人，从各个方面，都很像是之前我们抓的那个薛哲。"

阎非一愣："继续说。"

姚建平道："当时我们收缴了薛哲的电脑，薛哲为了套出那些人的真实信息，也注册过很多小号，从手法上来说，和这次这个人一模一样。"

阎非皱起眉，想起曾成化的案子里，齐放也是薛哲曾经人肉过的人之一，齐放用小号发出的内容被转发给了曾成化，说明这个推手也通过某种契机接触过齐放的微博……

姚建平道："有一点张琦觉得很奇怪，在最初的时候，薛哲关注名单上的人只会关注他的主号，但是自从他开始大规模人肉的第六个月，薛哲不但会关注名单上这些人的主号，还会扒出他们的小号，齐放就是在那之后被找出来的。"

阎非有点明白他的意思："你是说，从第六个月开始，他忽然能够查得更细了？觉得是有人指导过他？"

姚建平"嗯"了一声："我和张琦顺着这个时间又查了一下，发现也差不多是同一时间，薛哲给陶泉父母寄的钱也有变化，应该是他换了一个地方工作，他的手头没之前那么紧了，花钱也大方了不少。"

…………

阎非沉默了一会儿，说道："薛哲中间那一年半时间都没有签任何劳务合同，如果想知道他到底跟谁在一起，在什么地方工作，我们得直接去问他。"

6

晚上六点。

阎非回到局里顾不上吃饭，神色匆匆便上了九楼，二十分钟后，阎非进审讯室的时候萧厉正艰难地吃着一盘炒粉，看阎非进来口齿不清地抱怨："你都特殊对待了就不能让他们把这个手铐给拿了，太没人性了吧？"

阎非上去帮他打开了手铐："没时间了，端着去车上吃。"

萧厉惊得把嘴边的炒粉吸溜进去："你真来劫狱的，这个钥匙不会是你偷来的吧？"

阎非冷冷看他一眼："那你走不走？不走我再把你铐上？"

…………

萧厉一出审讯室，顿时觉得四面八方都有视线朝他看过来，他小声道："你众目睽睽抢人啊？我现在不是重点看护对象吗？"

"我跟段局说过了，保你出来。"阎非把之前被没收的手机还给他，"你还记得你之前说的，这个人坐不住的原因是因为他害怕了吗？姚建平发现薛哲的人肉手段有人为指导的成分，下午我去见了他，用你的稿子换了线索。薛哲提到一个叫陈亚的人，是他之前待的网吧的代理老板，在薛哲打工期间，陈亚陆续教了他很多人肉的方法，甚至还卖给他一些小号。"

萧厉一惊："这人是什么人，查到了吗？"

阎非道："正在查，薛哲说他起过疑心，查出陈亚不是真名，现在姚建平正在找相关图像资料。"

萧厉没想到自己半天不在，事情就能有这种进展："你们什么都做了还保我干吗？放我回去吃炒粉！"

阎非看他一眼："保你出来不是白保的，我和段局说没你查不下去，只能先对上头瞒着。你先联系罗小男，叫她发一篇给陶泉平反的报道，这是我答应薛哲的条件，之后我们去周宁市报业集团。你母亲当年是在什么部门？"

萧厉听这意思自己被保出来还是干苦力的，没好气道："这工作你不能自己做？非得叫我一起出来受苦，万一回去关得更久怎么办。"

阎非闻言停下脚步，转头看着他："这是第二次机会，难道还要像二十年前那样？"

萧厉一愣，阎非却已经头也不回地上了驾驶座："没空耽搁，赶紧。"

阎非这人做事雷厉风行的作风萧厉还是有数的，看着运筹帷幄，实际一开车就看出来心里火急火燎。萧厉这边默默地系上了保险带，果不其然下一秒阎非一脚油门下去，他的后脑勺就撞在了靠背上，萧厉没好气："就这样你还想让我在车上吃饭？"

阎非淡淡地说道："你马上连睡觉的时间都不会有了，除非报业集团内部的信息统筹做得比刑侦局好，否则我们可能今天整晚都要在里头看报纸。"

萧厉一口气噎在嗓子眼："我妈在报业集团干了整整八年，八年的报纸……"

"你说你母亲之前主要采编的是民生新闻，我后来想了一下，这件事本身一定非常不起眼，因为如果是大的刑事案件和我父亲结下的仇，这个人可能现在都还没放出来，就更别说铺陈这种长达将近二十年的计划了。"

"所以我们现在就要找一篇我妈的采编稿，里头可能有你爸的事儿，是这意思吗？"

"如果他的主要目标是我父亲和胡新雨，那找到这两者的关联点就能找到他的动机，从他们俩的职业来考虑，最有可能的关联点就是这个。"

萧厉听到这儿终是认栽一般地叹了口气，掏出手机："我先给罗小男打电话，不过你叫她出稿子，不就等同于使唤我……"

"你现在在在给刑侦局干活儿，叫她找别人，说你没空。"阎非说得毫不留情。

萧厉大翻白眼："你也太不了解罗小男了，叫她让步你得给她好处。"

阎非道："'七一四案'重启这么大的新闻她难道不想采访当事人吗？和她说，想采访我就别使唤你，这是条件，否则之后我不会跟上级领导打申请的。"

眼看阎非把自己当筹码用得越来越顺手，萧厉腹诽果然想赢过罗小男就得比她还流氓，慢吞吞给她发起了微信。

两人一直到了夜深人静才进入报业集团，阎非将档案室负责人打发走，而萧厉对着层层叠叠的柜子脸皱成苦瓜："八年，少说也有一千多次报道……"

"一个晚上也查完了，姚建平带着他们几个还在查陈亚抽不出空。"阎非说着已经开始将架子上的馆藏往桌子上搬，"让你回去睡觉你不是也失眠吗？就当打发时间，也给我省安眠药。"

没办法，萧厉只能和阎非开始一份份翻二十八年前到二十年前《周宁晚报》的民生新闻，时隔这么久再一次在报纸上看到胡新雨的名字，萧厉心中五味杂陈，他小时候从未好好看过母亲写的东西，如今却要从里头找出她被害的线索，叹气道："我妈以前老抱怨他们领导不重用她，不让她去写那些大新闻，谁能想到她自己后来就成了新闻的主角。"

阎非头也不抬，匀速地翻动着手里的报纸："她没完成的事情你去做就好了。"

萧厉被逗乐了："可别把你和你爸那套理论搬到我和我妈身上来，我没那么崇高的理想，要维护社会正义什么的。"

"你自己说你有职业道德，从来不信口胡说。"阎非翻完差不多一个月的报纸，抬头活动了一下关节，"为什么家里不放她的照片而放笔？"

萧厉沉默了一会儿："因为我怕想起她死时的样子。"

阎非见萧厉侧脸发白，剩下的话便也咽了下去，他将头埋下去："我们时间不多，如果能找出来，我们或许就离这个人很近了。"

之后几个小时，档案室里只能听见报纸被沙沙翻阅的声响，萧厉是想说话，但无奈阎非根本不理他，跟个机器人一样翻看着报纸。这种情况下就算萧厉是个夜猫子也还是抵不住这样机械重复的活儿。天快亮的时候，他实在熬不住，眼半闭半睁就要栽在桌上，而就在这时，阎非忽然抓住他的肩膀，力气大得惊人："找到了。"

"你说什……"

萧厉脑子空白了一秒，睡意顷刻间就消失无踪。他一把将报纸抢了过来，只见在二十六年前《周宁晚报》民生区有一则胡新雨写的新闻，大体内容是反映当代大学生的思想品德问题，举了一个例子，说是普西某医科大学的大学生偷钱被主人发现，又被一名民警教育改正，篇幅非常短，但是留下了照片，照片上的大学生面容被打了码，然而正在对他进行教育的警察样子却很清楚。

"是我父亲。"冷光灯下阎非脸色煞白，两只眼睛熬得通红，"咬上了。"

早上六点，周宁的天将亮未亮，阎非踩着油门，几乎一路卡在超速边缘。

"所以说，在'七一四案'案发的六年前，我妈曾经在无意间报道过你爸办的一个案子。"萧厉熬了一个大夜，此时却完全感觉不到困，他仔仔细细地研究了他们拍下的报纸内容，"这边只说了是普西，你爸怎么会跑到普西去？"

阎非摇头："我爸一直都在周宁，但是具体有没有被临时借调过去一段时间我也不知道，得回局里查记录。"

萧厉皱着眉盯着日期看了一会儿："十月二十七号……这天是你生日呀？"

"你怎么知道？"这回轮到阎非惊讶了，"你之前调查过我什么？"

"什么调查你！"萧厉没好气道，"我没跟你一起出过差啊？你身份证上头写得清清楚楚，我那是记性好。"

阎非这才收回目光："确实是我生日，但是发生什么我也记不清了。"

萧厉道："二十六年前你才四岁，能记起来才怪了，想来你也没那么天赋异禀。"

阎非摇摇头："就算是我再大一点也不会知道，家里很少陪我过生日，毕竟都是刑警。"

萧厉一愣，紧接着打了个激灵："我忽然就有点好奇，您老不会打小就这么早熟吧？我儿子以后要是四五岁就跟你一样，我大概得给他送医院看看脑子去……"

阎非冷冷看他一眼："姚建平说他们那边也有结果了，我们回去跟他们对一下。"

两人风驰电掣地赶回了局里，姚建平顶着两个硕大的黑眼圈和他们打了招呼："头儿，这个陈亚的网咖从薛哲出事之后就停业了，然后这个人也失踪了一段时间，我和小林昨晚和张琦一起加了班，好在查出点东西。"

他把一张资料用磁铁吸在了白板上："首先这个陈亚也不是网咖的老板，只是个代理，网咖真正的老板名叫张博立，一直在国外。陈亚和他不是雇佣关系，网咖所有收入是直接打到张博立的账户，相当于陈亚只是一个管事的房东而已。"

"他是故意的？"萧厉皱起眉，"没有账户信息就不好查他这个人，没有雇佣关系，没有劳务合同，甚至连店都不是他的，这个张博立心也真够大的，放心这样一个人来管他的店。"

姚建平用笔敲了敲白板："我们已经联系过张博立了，他相当信任这个人，但是不愿意讲理由，在小林反复追问下才说陈亚曾经帮过他一个大忙，和他老婆有关系。"

阎非问道："他老婆怎么了？"

萧厉笑笑："以陈亚的本事，多半是查到他老婆出轨了呗，现在这种时代，事情只要上了网，都能找到蛛丝马迹。"

姚建平道："张博立确实和他老婆离婚了，时间我们还得再核对。"

他随即又在白板上贴上了一张照片，被放大后有些模糊，但是依稀能看出是一个长相有点阴沉的中年人。姚建平说道："陈亚在时代网咖这么久，直到最后停业，几乎都没有留下任何可供追查的东西，包括账户和证件，只有这个……是最早做员工证的时候陈亚用的照片，我们昨天晚上加班就是为了找他，运气还不错。"

他将一本档案交到阎非手里："人脸识别交叉对比错误率有点高，折腾了一晚上才找着，这个人真名叫作高冠杰，今年四十六岁，有过一次偷窃的前科，在普西。"

7

听到"普西"两个字，阎非和萧厉双双脸色一变，姚建平道："高冠杰没有结婚，父母在他大学辍学之后离异了，之后母亲去世，他在接管张博立的网咖前曾经做过一段时间的程序员。学历方面，高冠杰在普西医科大学读到大二，之后退学了，他目前登记的住址应该是他母亲的老房子，已经被搁置很久了。"

他说完，整个八楼陷入了一片死寂，所有人都难以想象他们真的已经接近了二十年前的真相，林楠过了许久才低声道："会是他吗？之前那么久都没有查出来……"

阎非冷冷地说道："那时候没人想到他是冲着警察来的，我们没有理解他的手法，杀人不过是第一步，他真正擅长的是靠舆论借刀杀人。"

"那我们还等什么？赶紧去普西确定一下这个事情之后就想办法找到实证啊！"

萧厉根本等不及，拉着阎非便去了一趟人事管理处，本是想查一下二十六年前的工作安排，然而局里的档案却只保存二十年。临走前阎非想起之前黄海涵说的事，顺带查了一下，竟真的找到了十七年前的回执。回执上头记录得很清楚，有人打电话来给刑侦局投诉，说阎正平在查案过程中走访取证不规范，最夸张的"每天打十几个电话"。

"以那时调查的强度来说，打这么多电话也不奇怪。"阎非说着还是将回执拍了照，两人随即启程前往普西。

两个多小时车程，萧厉径直开去了高冠杰留下案底的普西市刑侦局，不多时，这份档案便被交到了阎非手上。想到这个文件夹二十六年都没再被人打开过，萧厉有些忐忑："阎非你可千万冷静啊，无论里头写了什么，杀人犯法的。"

"我知道。"

阎非没有犹豫，打开档案之后里头却只有薄薄一张纸。二十六年前的十月二十七号，有一个名叫李简明的男子报案，说抓到一个学生偷了他的钱，由于这个叫高冠杰的大二学生身上有跟丢失金额一样的两百块钱，他本人又讲不出钱的由来，因此被认为有偷窃的嫌疑，视程度较轻，双方愿意私了，教育后归还财物便结束了。

"就这样？"萧厉从阎非手里抢过这张薄薄的笔录，甚至还翻过来看，但是上头确切记载的内容只有这些。

阎非咬着牙道："这案子不是我父亲办的。"

萧厉仔细看了一眼上头记录人的名字，是一个名叫胡瑞的警察，他不由得睁大了眼睛："这案子都不是你爸办的，那照片是怎么回事？"

阎非一言不发联系了队里，却发现这个叫胡瑞的警察在这个案子发生的一年后就牺牲了，而报案人李简明也已经死了二十三年，死因是走夜路坠河溺死。

萧厉皱眉道："和黄波一模一样，看来是那时候尝到了甜头，练熟了手。"

阎非忍到极点，甚至忍不住捶了一下桌子："和这个案子有关的人都死了，胡新雨、我父亲、李简明，如果再查不到任何与高冠杰相关的记录，是这个人的可能性很大。"

由于实在找不到和当年偷窃事件有关系的人进行走访，两人只能要了一份同时期在普西刑侦局接待处轮岗的警务人员名单，一个个问过去，好不容易才找到一个和胡瑞一起值过班的刑警，前几年因伤退休，如今住在普西的警员分配房里。

现在这个节骨眼上，两人一分一秒都不敢浪费，几乎马不停蹄地就上了门，已经退役的老警察名叫张航，长着一张很和气的脸，一番问候后，阎非也很快切入正题："我们身上还有案子，就不和您绕弯子了，今天来是想来打听一件二十六年前的事。"

他说着拿出那份档案的影印件递给张航："想问一下，二十六年前的这个偷窃案，您还有印象吗？"

男人接过档案来看了看，表情却是微微一怔："你们怎么会来问这个案子？"

萧厉一看有戏，惊讶道："您还记得吗？因为时间过去很久了，也不是什么牵扯到很大金额的盗窃案……"

"要是别的日子估计就记不得了，但这个日子，但凡在普西做过警察的都忘不掉，每年的十月二十七号都是对外交流日，那天有不少别的地方的同事来我们这儿做学习轮岗，是每年一个挺大的活动，还会有媒体来拍。"

"媒体？"萧厉心头一跳。

张航苦笑："这事儿想忘都难，就因为这个案子，那年的交流日差点黄了，后来局里领导每回都把这个事儿拿出来当典型讲，我们耳朵都快听出老茧了。"

"出了什么事？"

"我们这儿一般就和几个周边城市做交流，如果赶上周宁，来的人会比较多，媒体也多，领导就会比较重视，平时都出不了事，也就那年吧，跟见了鬼一样，媒体公开日来了个报案的，特别较真，拦都拦不住那种，差点弄得我们整个招待处都下不来台，我至今都记得他的名字，就是案子里这人，李简明。"

张航回忆起二十六年前的那天，似乎仍然记忆犹新，他叹了口气："那个年代，局里很少对外开放，所以这种日子是很隆重的，外头那些犯罪分子也知道，这一天都会很安分，我们很少有碰到在媒体公开日上局里报案的。当时我们值班的一共有四个人，我是其中之一，通常来说直接来局里报案的都是很严重的案子，小事儿在派出所就解决了，当时我们都没想到，会有人因为这么小的盗窃案来市局直接报案。"

　　萧厉拿出之前他们在报业集团找到的报道："我们找到这个新闻，当时经手这个案子的应该是您当时的同事胡瑞，但是为什么这个照片上不是他？"

　　张航想了想，很快说道："不是对外交流嘛，会有外地的同事来轮值，这应该是当时周宁那边来的一个同事，我现在有点想不起来了……就记得他长得挺端正的。"

　　阎非面色发白，拿出手机上阎正平的照片："是不是他？"

　　张航一眼就认了出来："对，我还记得据说是周宁那边的优秀警员所以才派来这边轮岗，当时应该是看他长得好，所以特意安排在接待处的。"

　　萧厉看了一眼阎非，果然见他的神情紧绷，本就瘦削的侧脸上拉扯出一道明显的线条，又问道："当时发生了什么？为什么会被拍下来？"

　　张航叹气："其实那天发生的事情要不是因为是媒体公开日，也不至于会那么严重，但偏偏是那个日子，整个局里都挤满了来参观的领导和媒体，当时那个报案人怒气冲冲地找上我们，还抓着一个大学生，说是现在的学生胆子太大，当街就敢偷他的东西。这个李简明文化水平也不高，嗓门很大，一进接待处，几乎所有媒体都注意到了。"

"笔录里说他就丢了两百块钱，不愿意私了。"

"可能是看准了对方是个学生，非要到我们这儿来闹一闹，当时那个学生也是，从头到尾一声不吭，在媒体和其他交流同事都在的情况下，我们也没办法，不能劝，只能公事公办。在那个年代，一个学生身上有这么多钱很奇怪，李简明一口咬死了这个钱是学生故意撞在他身上偷走的，他说得信誓旦旦，没有监控，我们也没法展开任何调查。那时什么事情都得按照流程办，媒体都盯着呢，既然闹到了我们这儿来，那肯定该有的都得有……我们没办法，通知了学生家长，后来男孩儿父亲来了，一听这个事情，不分青红皂白把小孩儿给打了，逼着他认，然后赔了钱，把人领了回去。"

萧厉听到这儿已经明白了大半，胡新雨多半就是那时趁乱拍下的照片，他皱眉道："那为什么照片上的警察最后不是经办人？这个案子他没跟完？"

张航被他问住了，然而这一次想了很久却还是记忆模糊："我有点记不得了，李简明最开始应该是他接待的，但是他轮值好像也只轮半天，后来就走了。"

"先走了？"阎非睁大了眼，"因为什么原因？"

张航摇摇头，无奈笑道："对不住哇，这个我是真的记不得了，可能是私事吧。"

听到"私事"两个字，阎非的脸色几乎白了一个度，萧厉看着他攥紧的拳头，心里猜中了大半，轻声道："也就是说，这个周宁来的警察只负责接待，后来高冠杰承认偷窃，被接走这些事情，他都不知情？"

张航点头："那天留下的文件不可能有误，肯定是完全按照流程写的，后来也上了网，如果上头写的是胡瑞，那就一定是胡瑞办的，我估计是来报案的人实在闹得太厉害，确定过金额之后就只能先按照他的想法处理了。"

阎非听到最后脑子里一直嗡嗡作响，张航又说了什么他甚至没听进去，出了张航家门，两人走出一段，萧厉转头看着他惨白的脸："你没事吧？"

阎非出神地看着地面，许久才说道："那个日子，他当时提前走，很可能是……"

萧厉在听到私事的时候就猜到了，上来拍拍他的肩："或许他回来陪你过生日了，但是你还太小，没有印象。"

如今断断续续的线索已经渐渐在他们面前被拼凑成一幅完整的图画，和这件事有关的人员都已经死了，但是这样的巧合全部加在一起，真相简直呼之欲出。

萧厉深吸口气："高冠杰就是陈亚，同时具备计算机和医学知识，他恨你爸是因为你爸没能负责完他的案子，恨我妈，是因为我妈报道了这件事，如果非要说他对你的仇恨，那就是因为……"

"我爸是因为我才走的。"阎非出声苦涩。

萧厉道："没想到当时来了那么多媒体，却单单是我妈报道了这个事，发的还是急稿，当天见的报。她可能是太想升职了，所以才不想放过任何她碰到的新闻。"

萧厉拿出那张报纸的影印件，上头"胡新雨"三个小字如今看来却是扎眼异常，二十六年前，她的介入增加了整件事的曝光度，然而如果高冠杰是被冤枉的……

"哪怕再多问一句，就一句……"萧厉想到母亲惨白的尸体，脸上的神色也不禁变得惨痛起来，"如果真的是因为这篇报道换来了十七刀，那也太不值得了。"

8

从张航那里出来，两人心情都相当复杂，上了车萧厉甚至不想拧车钥匙，就这么安静了一会儿，阎非忽然道："说起来，你爸的这个事情，你就没想过要杀了我泄愤吗？"

兴许是他的口气太像是在说晚饭吃什么，萧厉一时甚至没反应过来，隔了一会儿才震惊地别过头："你说什么？"

"我说你没想过杀我吗？或者用一些更极端的手段。"阎非神情平静地看着外头，"在这么多找我报仇的人里，你算是花样最多也是最傻的一个了。"

萧厉被挤对得莫名其妙："那敢情我上来给你一刀这就叫聪明啊？又不是你爸杀了我妈，也不是你爸打的我，本来咱俩这个仇就隔着一道……两道！我要是上来就捅你，也太不讲道理了。"

"报仇你还讲道理……"阎非被他逗乐了，又摇摇头，"不过要是都是这样的人，恐怕刑侦局没有一天安生日子可以过。"

"再说了杀人这种手法很低级，痛苦都是一次性的，还会把自己赔进去，得不偿失。相比之下，舆论炒作确实是个很聪明的手段。"萧厉哼道："这道理也是罗小男和我说的，以前我俩谈恋爱的时候，她总说要是我绿了她，她就让我和小三的照片在杂志头版头条上挂一个月。"

…………

阎非听他说完心情像是好了不少，他按照张琦发来的信息设置好了导航："高冠杰的父亲现在还活着，或许是知道什么隐情，他没被杀是有原因的。"

萧厉启动车子："或许是因为是家人下不了手，也不是谁天生就是杀人犯的吧。"

阎非摇摇头:"我看过这么多案子,人一旦跨出了这一步,杀人就再也不是什么难事,只是一个选择,他杀胡新雨和我父亲的方式也不一样,这其中是有逻辑的。"

萧厉不解:"你是说……"

阎非眼底冰冷:"胡新雨是将二十六年前事情曝光的人,所以他把她的尸体丢弃在大庭广众之下,我父亲没能跟完他的案子,所以最后被扣上了无能的头衔,对于他想杀的人,他甚至不惜做出一个连环案来构陷他,你刚刚自己也说,杀人是一种相对低级的手法,有的时候让一个人活着反倒才是最痛苦的。"

萧厉听得心底发寒,一时甚至不知道该如何接话,只能硬生生转变了话题:"说起来高冠杰他爸是做什么行业的?"

阎非淡淡地说道:"高英才,原本是普西医科大学心脏方面的教授,但是差不多十年前就已经不教课了,平时就靠写文章为生,普西医大偶尔会请他回去在学校开讲座。"

两人将车开到普西医大的教职工宿舍附近,高英才所住的小屋并不难找,而他本人也早已是个白发苍苍的老人了,阎非出示了证件后,老人无奈道:"冠杰已经很多年不和我联系了,你们来问我他的事情,我也不清楚。"

"我们知道你很早和高冠杰的生母离异了,但是我们现在要问的事情是二十六年前的旧事,那时候你这段婚姻还没有结束。"阎非根本不给他合上门的机会,"可以进去说话吗?"

高英才不得已,只能将两人迎进屋里,萧厉看到屋里满满当当的获奖奖杯和证书,脑子里想的都是当年萧粲的书房,而老人不知所措道:"是冠杰犯了什么事吗?"

阎非问道:"你最后一次和他联系是什么时候?"

屋里没有开灯，高英才脸上阴影分明，苦涩道："冠杰他……不愿意见我，我也没再找他，上一次联系已经是很多年前了。"

阎非给高英才出示了当年的新闻，老人看着白纸黑字的复印件，脸色渐渐变得苍白起来："这个事情……和他之后犯的事情有关吗？"

萧厉冷笑："我就这么说吧，当时和这个案子有关系的三个比较重要的当事人都已经被人谋杀了，而且还都死得非常惨。"

"他……"高英才整个人仿佛失去了力气一般跌坐在沙发上，"他当真这么记恨这个事……当时我也不知道，那孩子是拿了我的工资买书。"

阎非问道："当时发生了什么？高冠杰的钱是偷来的吗？"

老人神色晦暗："因为那件事，冠杰他，或许……这辈子都被我毁了。"

逼仄的小屋里，面色憔悴的老人抵不过两人的压力，沉默了很久后，终于慢慢同他们说起了二十六年前的旧事："我那时在大学教书，他妈妈的学历也不差，就想着一定要把冠杰培养成才，谁能想到这孩子不想学医，一心就想要搞计算机，打电脑……我当时实在是气不过，逼着他读了医大，但是还是没办法叫他完全断了这个心思。"

老人摊开双手，看着微微发抖的指尖叹了口气："我本来指望着他也能像我一样拿起手术刀，所以对他要求很严，他跟我求了几次，希望我能给他买那几本国外的计算机的书我都没同意，后来想想，如果让他买了，他也不至于要从我这儿偷钱……"

"所以那两百块钱，是他从你这儿拿的。"萧厉皱起眉，"你当时去警局领他的时候，难道没想到？"

老人被戳中痛处，崩溃一般地将脸埋进了手掌里："我当时是真的没想到他会拿我的钱，以为他为了买那几本书跑到大街上去偷，我，我实在气不过，想到我辛辛苦苦养大的儿子竟然做这样的事，气昏了头，又有那么多人在……"

在一瞬间，眼前老人浑身颤抖的样子几乎和十五年前萧粲的模样重合了，萧厉看着那些奖杯，冷笑道："还不就是为了你自己的面子，甚至都不愿意听你自己的亲生儿子辩解几句，能怪得了谁？"

萧厉话讲得很重，阎非见他眼底神色阴郁，将话接了过来："那后来呢，发生这件事之后高冠杰有没有什么变化？他辍学也是因为这个？"

老人听到"辍学"两字整个人懊悔地缩成一团："还是怪我，从小把他培养得心气极高，太在乎别人怎么看他。那件事之后，他就跟变了个人一样，不肯去学校，说他的同学看了报纸都会知道他偷过钱，他一辈子都洗不干净。我想像以前那样逼他但是没用，有的时候他把自己关在房间里一关就是一整天，他妈妈就哭，说孩子一辈子都被毁了，都是我的错……"

萧厉满腔的怒火不能发泄在一个白发苍苍的老者身上，直到到了宿舍楼下，他才压着火气道："有这样的爸，不疯才奇怪吧？"

阎非喃喃道："高冠杰没有杀他父亲……你没觉得刚刚有哪里有点奇怪吗？"

"怎么？"

"他并不太惊讶我们会来，你还记得我说要找高冠杰之后，他一下就联想到高冠杰犯了事。按道理说，多年没联系的儿子，警察忽然找上门，一般人都会担心儿子是不是出了什么意外，不会直接联想到儿子犯事上来。"

这么一说萧厉也反应过来："所以说，高英才或许早就知道他儿子有问题……可能暗中有联系？"

阎非道："我只是有这种猜想，你觉得高冠杰不杀他爸的原因是什么？"

萧厉想了想："你说杀人很低级的话，那么肯定得用什么别的方法折磨他，高冠杰和他父亲很像，高英才一看也是一个望子成龙、心气很高的人，对付这样的人……"

他摇摇头，笑容讥讽："我可有经验了，你只需要让他带着一个污点活下去，感觉一辈子都有人在对他指指点点，不出几年，非死即疯。"

阎非道："高英才至今都在后悔他把儿子变成了一个小偷，然而如果……他知道当年的事不仅仅把他儿子变成一个小偷，还变成了一个杀人犯呢？"

萧厉一惊："你是说……"

阎非道："高英才对他儿子牵扯进命案里并不惊讶，而且他的情绪起伏异常，从头到尾都不愿意让我们过多看到他的表情，应该是有心想要隐瞒什么。"

萧厉倒吸一口气："你是觉得高冠杰不杀他爸，就是为了在告诉他真相后让他一辈子带着这个秘密和罪恶感活下去？高英才又不可能出卖自己的儿子，就只能……"

"目前为止这些都只是推测，但是他确实给每个人选择的方式都不同。"阎非冷冷地说道，"我之前一直在想他为什么不杀我，明明有很多次机会，但是他都没有直接来找我，无论是白灵，还是后来那些舆论，他让我失去家人，重蹈我父亲的覆辙……"

想到旧事，阎非拳头捏得发白："这是他给我选的路，就像他没有杀高英才一样，是他选择让我活着受罪。"

萧厉之前还从来没看见过阎非现在这个样子，浑身上下都在冒寒气，他轻声道："所以说我们现在要不要把高英才带回去好好盘问一下？说不定能知道些什么。"

"没用的，以他心思缜密的程度，就算是告诉高英才了，也不会留下什么证据和把柄，更不用说高英才因为当年的负罪感，根本不可能出卖他的儿子。"阎非沉默了一会儿道，"我们的时间不多了，这些案子都是陈年旧案，我们照这么查，很有可能十天都找不到实证。"

萧厉问道："你想怎么做？"

阎非抬起眼，嘴角竟拉扯出个冷冷的笑来，轻声道："现在这些猜测刑侦局不能拿来抓人，但是，不代表它不能被公布出来，走非官方的渠道。"

阎非语气冰冷："想让一个人痛苦的方法有很多，舆论的威力他比任何人都明白，这一套，也是他在十五年前教我的。"

9

晚上九点，下城区某酒店。

阎非提着晚饭进门时，萧厉的动作、位置和三个小时前没有任何区别，昏暗的酒店房间里，他的脸被电脑的荧光屏照得发白，阎非打开灯："不怕瞎？"

萧厉连续工作了很久，稍微一动就四肢酸痛，他伸了个懒腰，将阎非给他带的炒面拉到面前："怎么样？"

"毫无纪律，非常胡来……原话。"阎非拧开瓶矿泉水递过来，又放了一包烟在他手边，"下午和省厅那边开了三个小时的电话会议，最终认为'七一四案'作为重大疑案，现在舆情又是这个样子，必须要加快破案，非常时期非常办法，他们可以容忍走非官方渠道进行'猜测'，但是绝不能一锤定音。"

"也就是说，我作为自媒体胡说八道是可以的？"

"你可以胡说八道，但我不可以，就这个意思，他们后期也会给我们提供支持……但是下不为例。"

阎非抱着胳膊靠在桌边："不早了，赶紧写，写完我看一遍。"

萧厉点上根烟哼道："怎么，信不过我写的稿子呀？"

阎非淡淡地说道："我的事情已经忙完了，或者你希望我先睡觉，让你一个人熬夜工作？"

萧厉被他这突然的关心弄得有点发毛，还是决定不继续这个话题，问道："你觉得这次的事儿能成吗？"

阎非在灯光下看着无名指上的戒指，眼前浮现出白灵的脸，时至今日，他还是不知道她在死前究竟经历了什么。

"他一定会来的。"阎非的声音很低，又像是在说给自己听，"他应该比任何人都要害怕这个才对。"

…………

十个小时后。

正值工作日的上班高峰期，周宁市一号线上，一个哈欠连连的白领连着刷新了几下微博，首页终于出现了一篇新的动态，在看到标题的一刹那，她嗤笑一声"标题党"，结果点进去不到半分钟，女人的脸色便发生了剧变。

短短两分钟内，与她一起转发的，还有将近三千人。

不到十点，萧厉一篇名为《"七一四案"抓错人了》的微博已经转发过了五万条，而在上午十一点左右，更多"大V"的加入加速了整个事件的发酵，半小时之内，转发突破十万条，关于"七一四案"真凶的话题也被顶上了热搜第一。

像一场风暴，沉寂了将近十五年的"七一四案"在这个上午席卷了整个社交媒体平台。

在长达万字的分析报道里，萧厉爆出了这次"七一四案"重启的真正原因，就在不久前，阎非发现在这十年内，"七一四案"的所有证人都已经意外死亡，其中熊有林和黄波的死更是明显存疑。在案件已经被封存的情况下，熊有林的妻子在他死前接到了关于"七一四案"的问询电话，而酒量很好的黄波在一条每天都走的道路上坠桥溺死……许多人单单读完这两段，背后都已是冷汗直冒。

话说到这一步，萧厉的言下之意已经相当明白，这些人的死是因为有人要灭口，而如果洪俊真的是凶手，那为什么还会有人残害"七一四案"证人的性命？

更让人震惊的是，萧厉在文里指出，三年前被杀害的刑事技术警察白灵恐怕也是死于"七一四案"真凶之手，白灵一案上他有意使用猎奇的手法毁尸就更说明了他蓄谋已久，残忍的手法扩大了谋杀本身造成的危害，许多犯罪细节一经公开，造成的结果，就是即便在被害者死后，伤害都不会就此终结。

萧厉在文中大胆猜想，"七一四案"本身或许只是凶手投石问路的练习，他在犯罪之初便已经想好了脱罪的方法，因此埋下人证、物证，去构陷一个精神失常的流浪人员。达到目的后，他有意走了非官方的渠道引发民众对于刑侦局的不满，为的便是挑拨公众对警方和司法系统的信任，利用舆情为自己遮掩，以此又逍遥法外了十几年。

萧厉在文章的末尾这样写道："如果'七一四案'的真相真如十五年前所说，不妨让我公开邀请这位十五年前的匿名英雄出来与我对峙，又或者说，一切正如我所料，十五年前本就是贼喊捉贼，舆论的一时纵容，让这个狡诈的凶手一而再再而三地从我们眼皮子底下逃脱，而十几年来无辜的人不断枉死。这样的悲剧，真的还要再继续下去吗？"

萧厉的文章至此戛然而止，全文将近两万字中没有任何实证，有的只有推测。一时间，无数分析填满了评论区，网友们的猜测五花八门，有人觉得萧厉是刑侦局花钱雇来的写手，也有人认为这样的剖白更像是破釜沉舟，毕竟之前才爆出萧厉、阎非一起密查"七一四案"，如今萧厉发的虽然是私人微博，但想必也有刑侦局在后头支持，不是官方，但却胜似官方。

许多人都猜，如果这是萧厉的个人行为，刑侦局方面绝不可能容忍，或许过不了多久就要辟谣……整整一个下午，无数网友都在等待，然而官方却始终没有个说法，几个小时过去，萧厉的粉丝数量暴涨了十几万，就在所有人都在期待萧厉对早上那篇稿子做出正面回应时，他本人却突然在下午四点再一次发出了重磅新闻。

《"七一四案"的真凶，我们已经找到了》，这一次，他的标题上这样写着。

在文章里，萧厉用将近五千字的篇幅，洋洋洒洒地写了一个人的生平，虽然从头到尾用的都是化名，但是却也处处都暗示这个人正是所有人都想知道的"'七一四案'的真凶"。

萧厉在文中写道，二十六年前，"七一四案"的凶手不过还是个学生，因为一次意外，他被冤枉偷窃，当时接受报案的警员正是阎正平，而事不凑巧，当天这起很小的案子被媒体报道，采编人便是"七一四案"的第三个受害者胡新雨。这起事件后，这个学生心智受挫，性格逐渐扭曲，最终采取极端的手段，报复了当年和这起意外有关的所有人。

萧厉如同小说一般地讲完了这段历史，似是有意要避开名字，但越是这样，却反倒越是欲盖弥彰，一时间"他是谁"的话题直追"七一四案"而去，很快登顶了当日话题榜的第二。

他是谁?

舆论热度来势汹汹，甚至不仅限于网络，更是发酵到了街头巷尾，直到这样的声音在老城区一处偏僻的网吧响起时，坐在角落里的一个中年人慢慢地捏扁了手里的可乐罐。

那是个肤色相当苍白的男人，因为常年不见阳光，还有不规律的作息，还不到五十岁脸上便已爬满皱纹，在这样几乎清一色都是年轻人的网吧里，这个人更是显得格格不入。

男人点上一根烟，两只眼紧盯着电脑屏幕上的长篇大论，心想阎非的胆子比他想的还要大，他能够让萧厉发这种稿件，就说明背后一定有刑侦局的撑腰，这件事绝不可能就是这两人的单打独斗。

男人咬了咬牙，视线落在萧厉发的第二篇稿子上，只看了两行，他的牙关就控制不住地咬紧，多年前报纸上的白纸黑字再一次如同梦魇一般地出现在他眼前。

他想到那个下午，背后不由得冷汗直冒，男人颇为神经质地四下看去，昏黑的网吧里却只有目不转睛盯着电脑的年轻人，除了键盘敲击的脆响，并没有人在对着他窃窃私语。

一切都是幻觉而已。

男人将本就佝偻的身子埋下去，目光阴毒地盯着电脑屏幕上的分析……其实早在薛哲被抓的时候他就意识到，如果不能把阎非逼退，查到自己就是早晚的事。如今的一切他早有预料，然而即便如此，男人还是觉得，简单杀了阎非未免太便宜他了。

二十六年前，阎正平明明就答应过他，要把事情弄清楚，然而最后却为了给儿子过生日走了，还有那个多管闲事的女记者，要不是她拍下来，这个事情压根儿不会见报。

因为这些人，他这辈子都要带着这个污点活着，既然这样，他也绝不能让他们好过。

男人永远记得他将李简明推下桥的那一刻，许多事情在他心中豁然开朗，那一瞬间的痛快，甚至超过了过去许多年他体会过的所有快乐。

如今在黑暗的网吧里，男人回想起二十多年前的一切仍是历历在目……在寻找胡新雨的时候，他无意间路过一间脏乱的房屋，门口坐着一个满脸痴傻的男人正在晒着太阳。男人试探着和傻子搭话，却发现在精神失常的影响下，对方甚至认不清他的脸，也浑然不觉有人会趁着夜色溜进他的住所，在他的手边留下东西。

一个罪恶的计划便这样在他心中有了雏形。

男人的胆子渐渐大了起来，他花了将近半年时间去熟悉洪俊的生活，将那些洪俊以为是玩偶的小动物尸体在夜晚埋进他的后院，等到一切准备妥当，他在垃圾屋的附近寻找可能的受害者，胡新雨必然要死，前头还得有两个人练手，毕竟只有连环凶案，才有可能惊动坐在刑侦局里的阎正平。

刘洁、王宝怡、黄波、熊有林、徐灿，他找到这些人，熟悉了他们每日工作的路线，就这样过了整整一年。男人的耐心超乎寻常，白天他做着闲工，用"洪俊"的样子反复出现在外，直到确定这副破破烂烂的打扮已经被人记住，时机成熟，二十年前盛夏的一个傍晚，他在学校附近的小巷里等着王宝怡……

他一共杀了三个女人，在杀胡新雨的时候，他有意多砍了几刀，欣赏过女人濒死前绝望的眼神后，男人简直恨不得立刻将她的尸体丢弃在大庭广众之下，好让这个女人死前的样子牢牢印在这些"看客"的眼里，一如当年她亲手写的报道一样。

男人也曾经想过最坏的结果，如果阎正平顺着他留下的人证找到了洪俊，他便会在结案后选择合适的时机，对外宣布"七一四案"的真凶仍然逍遥法外。无论如何，这个抓错人的帽子，他必然要扣在阎正平的头上。

短短几周内，"七一四案"的新闻铺天盖地，一切和他设想的一样，尸体很快被人发现，全周宁的媒体都被吸引了过来，市局更是将这个案子看得极重，"七一四案"就这样变成了周宁这数十年来最棘手的案子，他辗转做着黑工，虽然没挣上多少钱，但心中十分得意。

这是他经过整整一年筹备下的案子，没有监控，没有指纹，没有计划外的目击者，警察拿他毫无办法，五年，这个案子竟就这样吊着，随之而来的，便是大众的不满，还有舆论的指责……

男人本在等着一个时机，预备将公开信寄给媒体，然而让他惊喜的是网络进步得很快，这也给他省了许多事。十五年前，他就是在这样一处偏僻的网吧里将那篇"剖析"放上了网，果真一石激起千层浪，全周宁都因此知道，警察办不到的事，外面却有人可以做到。

五年的时间，已经足够让公众的不满积累到一个程度，甚至可以蒙蔽他们的双眼，让他们看不到这件事里一些并不合理的巧合。三个"证人"都被警察带去反复问询，被藏在洪俊屋子里将近五年的凶刀被发现，洪俊被捕，跟着阎正平被下调……

他在那时远远地看到，摘掉队长头衔的阎正平正陪着他那个宝贝儿子，一家三口其乐融融，甚至看不出有受到那场风波的任何影响。

再对比自己，过着这样的日子，有这样的父亲……男人还记得他是如何在黑暗中捏紧拳头，将牙齿咬得咯吱作响。

阎非。

高冠杰便是在那时，记住了那个还未长大孩子的名字。

10

"阎非，我看有人坐不住了。"

晚上八点半的南山高架上，萧厉在收到罗小男一连串的信息后终于打开微博扫了一眼，他脸色一变："这人把我俩扒光了游街呢，果然是要跟我们死磕了。"

短短两分钟内，那条曝光了他俩所有身份信息的微博转发已经过千条，萧厉干笑一声："没想到还真被你说对了，这事儿触及他的底线，他肯定会来。"

阎非抬眼扫到路牌的一角，距离下高架还有三公里："上头有什么信息？"

他话音刚落，两人的手机几乎同时开始狂振，萧厉苦笑道："什么都有，替你把手机关机了吧，这么下去今晚咱俩能接上万个电话。"

阎非皱起眉，为防止出岔子，他迅速变道往右，结果不等他将车子打直，一股巨大的冲撞力却径直从车子的侧面碾压过来，车里的气囊在瞬间爆开，他们的车子在高架上被直接顶翻了过去，滚了两圈，最后堪堪撞在另一边的防护栏上才停下。

萧厉的脑袋撞在一边的玻璃上，眼前一瞬间黑了下去，好在没有持续太久，他很快在剧痛里勉强睁开眼，依稀感到有一些玻璃碎片扎进了他的皮肤，血顺着额头淌进嘴里……他试着想动一动，但身体却被卡在了座椅和气囊的中间，稍微一动肋骨便剧痛，也不知道是撞到了什么。

"阎非……阎非！"

萧厉满嘴腥气，挣扎着扭过头去，却见阎非靠在座椅上已是一动不动，像是意识全无，他心下一凉，奋力抓住阎非的肩膀摇了摇："阎非，醒醒了，我们得赶紧出去……"

他的余光已经能看到闪烁的火苗，似乎随时都可能演变成更加剧烈的爆炸，外头有一些人下车朝他们跑来，嘴巴一张一合，但萧厉耳边嗡嗡一片，竟是渐渐连自己说了什么都听不清了。

晚上八点四十三分，高架上爆炸的巨响几乎小半个南山区都能听见，而之后的不到十分钟里，南山高架恶性交通事故便挤入了当日热门话题的前三。

作为周宁市连通两个大区的交通枢纽，南山高架上的这场爆炸引起了不小的车流堵塞，一时间无数现场的照片被上传到了网上。最清晰的视频资料里显示，一辆轿车被大型货车顶翻后起火，警方和救护车赶来后刚封锁了现场，车辆本身又发生了爆燃，导致整个南山区即使隔着百米都能闻到淡淡的硝烟气味。

轿车上的两名伤员在之后被紧急送往最近的周宁市第三医院，而在晚上九点半的时候，黄海涵接到了局里打来的电话，姚建平甚至还没有开口，黄海涵心中便生出一种极度不祥的预感。

电话里的声音就像是把她带回了十五年前，黄海涵的脸色瞬间变得惨白，她勉强撑着才没软倒在地，很快拿起手机便从宾馆的房间里夺门而出。

十五年前，这个人夺走了她的丈夫，而如今，他休想再夺走她的儿子。

…………

"不会真的是他俩吧？车牌号对上了呀。"

"不是说'七一四案'的真凶之前就怂恿过其他人去谋害阎非，这次不会也是……"

"楼上你是不是傻呀，现在承认是他俩受伤不就相当于默认了爆料是真的了吗？"

"有没有人在第三医院啊，萧厉女友和阎非母亲都赶过去了吗？照片是不是真的？"

到了晚上十点半，罗小男两眼通红地出现在第三医院门口的照片已经被传得满网都是，自从被发现出事车辆的车牌和萧厉的车一致后，车祸车主确系萧厉本人的消息便引爆了整个网络，舆论的热度在此刻也接近爆表。

上万名网友不厌其烦地刷新着热门话题，然而能得到的最新官方消息就是南山高架的伤员都被紧急送进了第三医院，至此刑侦局方面毫无动静，自始至终甚至没人出来回应车牌号一致的事，更无人出面解释为何罗小男会出现在医院里。

有人说刑侦局至今没有发出声明，意味着受伤的必然就是阎非和萧厉本人，然而现在这个风口浪尖上，萧厉出事也可能意味着之前那篇稿子说的内容属实——阎非真的找到了"七一四案"的真凶，逼得他恼羞成怒，才会出此下策来直接解决这两个人。

许多人都试图在之前萧厉的稿子里寻找蛛丝马迹，关于真凶身份的猜测更是五花八门，但无一例外的，几乎所有人都认定，如果出事的当真是阎非和萧厉，那这次事故必然是人为，就像萧厉稿子里说的——"'七一四案'的真凶曾经多次怂恿他人犯罪，先后数次借由旁人之手制造出惨绝人寰的凶案，其中更是有数起都是针对阎非个人的行为。"

随着时间流逝，舆论热度水涨船高，十一点整，官方终于松口，将南山高架车祸归为"犯罪嫌疑人齐某的报复行为"，精短的案情通报里没有一个字提及伤者的身份，然而越是如此却越是引人猜测。

十二点前，"阎非萧厉车祸"的热搜已经攀升至当日第一，紧跟着便是"'七一四案'真凶"和"他是谁"两个相关话题。网络舆论风向渐转，好事者推测，这场车祸代表着"七一四案"的真凶对两人宣战，真相至此已然呼之欲出，似乎下一步，这场闹剧背后的真凶就该直接跳出来，与刑侦局方面周旋对峙。

"只敢暗中搞这些东西，一点意思都没有哇。"

"对啊，杀了这么多人，这点胆子都没有吗？"

"赶紧出来说话啊！"

凌晨两点，黑暗的网吧深处，高冠杰看着荧光屏上不断刷新的消息，发出一声冷笑。事情到这一步，舆论似乎暂时站在了警方那边，但这并不能改变刑侦局方面没有掌握任何实证的事实。高冠杰同他们玩了这么多年的捉迷藏，要是有实证，刑侦局那边早该下通缉令了。如今只敢让萧厉用这种非官方的渠道来下战书，只能说明阎非想和他打舆论战，逼他出来。

无论这些猜测如何，警方一没有证据，二没有他的行踪，只要能熬过这段时间，一切最终还是会变成刑侦局自取其辱，重查"七一四案"，却没有办法成功翻案，同时还造成了巨大并且不可挽回的舆论影响。

高冠杰不屑地笑笑，他虽然最知道舆论的威力，但也知道寻常的舆论热度不过就是一阵风，许多都会了不了之，就像这一次，声势浩大，但如果没法将他逼出来也是一场空。

到了这个点，网吧里的许多年轻人都已经支撑不住地趴下去，高冠杰却还是精神极了，他反复翻看着南山高架车祸的新闻，怎么想都觉得这个事故来得巧了些。不久前他通过一些手段查出了大货车的车主，名叫齐磊，四年前因为当街捅人被阎非抓了，今年刚放出来，现今确实也在做工地上的生意。

就像之前那次曝光，秦昊伟看了他的微博便去撞了阎非，齐磊也像极了是来寻仇，只不过刚好赶在了这个节骨眼上，或许当真是看到他发的微博碰上的。

高冠杰心下生疑，却又觉得这件事当下于自己无害，无论真假，只要他沉得住气，警察终究不会在没有证据的情况下公开他的身份。二十六年前的事，如今亲历者都死得差不多了，剩下的人，又有谁会记得那样一篇无关痛痒的东西呢？

黑暗里，高冠杰点上一根烟，也不知是不是心虚，他犹豫了片刻，却还是在搜索栏里打下了高冠杰三个字。如今全网都在猜真凶是谁，如果现在没人能想到是他，那么以后就永远都不会有人能猜到是他了。

高冠杰阴沉的脸上浮起一丝冰冷的笑意，他的手指在回车键上悬了几秒，最终用力按了下去，一瞬间网页进行了刷新，同时最新的相关内容也跟着跳了出来。

他的视线落在荧光屏上，很快整个人就僵在了原地。

和高冠杰有关的微博只有一条，虽说只有短短两行，但也依然让他背后出了一层细密的冷汗，男人神经质地趴下去，凑得几乎要贴在屏幕上，仔仔细细地将微博的内容又读了几遍。

"这个人，听起来好像是我以前一个大学同学啊，好像叫高冠杰，他真的偷东西被抓过，不过应该不是吧，都多久没联系了。"

高冠杰瞪着眼，只觉得整个胸腔里都填满了冰冷窒息的空气，他的手脚发麻，"偷东西"三个字就如同一根刺，一下扎得他坐都坐不住，整个人如同被架在火上烤一般。

怎么可能……怎么可能还会有人记得！明明他很早就离开学校了，也没什么朋友，总不能是那个老东西出卖他，或者说，是警察下的套？

高冠杰神经质地瞪大了眼，上下牙咬在一起几乎要发出声响，只觉得有无数双眼睛都黏在他的身后……他如芒在背，佝偻着身子点进"蓝色爱恋"的微博主页，发现这个人的粉丝只有一百多个，本身也不是什么新号，已经注册了将近七年。

"就是他呀，上了报纸的那个？"

"还做医生呢，先好好上上普法课吧。"

在黑暗里，高冠杰能听见许多人的声音密密匝匝地交织在一起，他的胸口剧烈起伏，手指飞快地滑动，翻看着"蓝色爱恋"过去七年里发的微博。

这多半是阎非搞的鬼，先用车祸让他降低戒心，再用这个事引他上钩，一定是……高冠杰咬着牙，内心不断重复告诫自己，但手上的动作没有停下，倏然间他的视野里划过什么，很快，冷汗便争先恐后地从他每个毛孔里往外冒。

五年前，"蓝色爱恋"曾经去参加过普西医科大学的校庆，从照片里拉的横幅上来看，和他确实是同一届。

11

到了凌晨四点，"蓝色爱恋"的微博似乎还没引起任何人的注意，转发评论点赞都是0。

高冠杰目不转睛地盯着那短短两行字，手心里出了一层又一层细密的冷汗，这两个小时以来，他就像是一尊石像一般，在黑暗中一动不动，无数猜测在他脑海里盘旋，紧接着又被一一划去。

现在无论做什么都太过冒险了。这个"蓝色爱恋"出现的时机太巧，虽说过去的微博不会骗人，但是难保他不是警察找来专门对付他的饵。

在高冠杰的经验里，跟阎非打交道，每一步都要小心翼翼才对。

要不是薛哲被抓，他本该有更长的时间去想怎么对付阎非，只可惜他这两次找到的人都算不上好。李兴腾胆子小却又沉不住气，叫萧厉一激便越了界，高冠杰无奈之下只能杀他。他假意怂恿李兴腾听从萧厉的建议将阎非约在监控薄弱的区域，本来是想将两人一并解决，谁知他只是当面同李兴腾说，他才是"七一四案"的始作俑者，男人便忽然捂住胸口脸色发青，高冠杰看出他是心脏病发作，接连又说了一些手段吓他，竟就这么将他活活吓死了……

就连高冠杰自己也未曾想过这般结果，李兴腾猝死，他只能临时变动了计划，原先做好了准备要暴露身份将两人杀死，可当下李兴腾的死更像是意外，那么萧厉这笔账，便也该顺理成章地安在一个死人头上。

也正因如此，他当时没有直接动手杀死萧厉，现在想来，这能说得上是他走得最错的一步棋。如果萧厉死了，之后曾成化的案子阎非便该是孤立无援，到时再叫媒体挖出萧厉是"七一四案"受害者家属的身份，阎非的日子就会更不好过……只可惜，萧厉没死成，反倒还成了阎非的帮手。

男人将烟盒里的最后一根烟抖出来，逼着自己冷静，事到如今，越是危险就越不能乱了阵脚。曾成化的案子他已经吃了亏，太急于想将阎非逼得失控，反倒留了把柄在对方手上，从齐放的微博找到马骁骁，再找到曾成化，前后不过几天，他在曾成化身上赌了一把，却是赌输了，曾成化落网，那些留在他微博上的东西也会变成日后指证白灵案子的证据。

要不是他留了退路，没去直接见曾成化，后果简直不堪设想。

高冠杰深吸口气，在"蓝色爱恋"的主页上，他已经找到了不少可以往下细查的东西，定位和照片比比皆是，只要他想，不到一个小时，他就能知道"蓝色爱恋"是谁，然而这件事的风险极大，只要动用手段去查，势必容易被对方追踪，如今还不知道这是不是饵，贸然去查，万一真的咬了钩，他这二十年来铺陈的一切就都会前功尽弃。

有了萧厉的帮助，阎非在这件事上倒是学会了以其人之道还治其人之身。

荧光屏上的那两行字抹不掉，更没办法删除，它就静静地挂在那里，每每看上一眼，高冠杰内心深处暴戾的冲动便会暴涨。他在进退两难间迎来了天亮，随着网吧外的天色变青，高冠杰握在鼠标上的指节也被他生生捏白。

那些窃窃私语已在他的耳边响了一整夜。

这个点网吧里的年轻人已经开始慢慢苏醒过来，过不了多久，他们或许就会发现那条"蓝色爱恋"的微博，有许多人都会知道高冠杰这个名字……想到这儿，男人浑身的肌肉都跟着绷紧，他的神经甚至因为过度紧张开始疼痛起来。

如果找到"蓝色爱恋"，他是不是可以澄清，或者杀了他？但那样不就坐实了他说的话是真的？

高冠杰过度运转的脑子里嗡鸣不止，手指却已经不受控地又一次点进了"蓝色爱恋"的主页，就在三天前，根据这个人的微博还有定位，只需要花一点点的工夫，就能找到他……

高冠杰心烦意乱，进退维谷之际，黑暗里的手机倏然发出一声嗡鸣，屏幕变得雪亮，那上头显示出他关注的人发了新动态："熬了这么多年，终于该解脱了，许多年前的事情是我做得不对，我也已经受到了惩罚，只希望要是在黄泉路上碰到你们，能够听我说一声对不起。"

高冠杰心神巨震，反反复复又将那条微博看了好几遍，发现这是一条定时微博，换句话说，无论这个号的主人要做什么，如今他或许都已经做完了。

"老东西……"

高冠杰用两只血红的眼死死盯着那两行字，这是高英才用来联系他的微博号，多年来高英才每每要对他说什么，都只用这个小号来传达。

而如今他或许已经死了。

高冠杰眼前浮现起二十六年前的那天，要不是因为高英才不给他买书的钱，逼着他去偷，逼着他去认……那一日的情景如今还是历历在目，高冠杰笑得青筋暴起，荧光屏的白光下，他的脸色惨白，又哭又笑，神情称得上极尽狰狞，寻常人看了只怕都要给吓出一身冷汗来。

这么长时间以来，唯一知道他是"七一四案"凶手又还活着的人只有高英才，多年前高冠杰一心只想用这个秘密逼他这辈子都抬不起头，曾经他也担心这个老东西会出卖他，可如今看来，他唯一的后顾之忧已除，阎非手上没有实证，眼下这个饵，如果他不咬，没人能来逼他。

高冠杰狠狠抹了一把脸，这下终于彻底冷静下来，恍惚间他像是回到了那个杀死王宝怡的夜晚，血沾在手上是热的，但他全身上下却感受不到一丝温度，像是一只冰冷运转的机器一般。

阎非的十天期限就快到了。

高冠杰狞笑着关掉"蓝色爱恋"的微博，又用力咬了一口自己的食指，尖锐的疼痛抚平了他脑子里最后一丝躁动，那些在他耳边响个不停的窃窃私语也都安静了下来。

这场游戏，终究会是他赢。

…………

一周后。

周宁市刑侦局出通报说明"七一四案"暂未发现新线索的当日，仍然没有任何官方说明阎非的下落，在巨大的好奇下，无数人涌向刑侦局的官微求一个答案，但得到的依旧是一片沉默，对于外界来说，这样暧昧的回避更像是一种对传闻无声地默认……所有人至此都相信了，阎非恐怕早在一周之前就因为受人报复入院，至今生死未卜。

在官方发声之后，纷纷扰扰吵了快一周的话题至此又有了新的讨论方向，虽然"七一四案"还没有定论，但大多数民众对阎非和萧厉的遭遇却都抱以同情的态度，自从两人在南山高架上出了车祸，许多人甚至都已经在潜意识里相信了萧厉在分析里说的……"七一四案"的真凶没有被抓，甚至现今还在犯案。

这些流言渐渐在网络上传播开来，短短几日内，"七一四案"这块安稳了十五年的心病竟又开始发作起来，随着越来越多的人相信

"七一四案"的凶手没有被抓，要求警方加大力度重查的声音也就越来越大。一连几天，刑侦局都召开了紧急的会议，段志刚要求姚建平带领几个得力的警员成立专案组，顺着之前阎非查了一半的线索继续往下挖，争取能掌握一些实证，把人抓到。

一晃快半个月过去了，由于这个所谓"真凶"并没有进行下一步动作，刑侦局的调查虽然还在继续，但翻案似乎又遥遥无期。缺少官方消息的更新，"七一四案"的网络热度也跟着回落，更多人则开始好奇，从南山高架事故起便一直杳无音信的阎非和萧厉，如今究竟在哪里。

…………

"阎非，你看看，你都'死'这么久了，还有这么多人关心你。"

"七一四案"被搁置的第三个星期，立北区某间出租屋里，萧厉吊着胳膊还不忘刷手机，不大的屋子里充斥着一股药味儿，在他对面的床上，靠在床头的阎非看上去异常惨不忍睹，浑身上下缠满绷带，面色发白地问道："朱昊那边有动静吗？"

萧厉笑笑："还没有，不过他已经登过朱昊的外卖软件了，咱们这个'蓝色爱恋'的饵没白下，只是追踪归追踪到了，却是浮动的 IP 地址……想想也是，他都忍到现在没对'蓝色爱恋'动手，总归是有点戒心的。"

他说完看了一眼表，这个点差不多朱昊该下班了。'蓝色爱恋'的真名叫朱昊，从普西医大临床医学毕业后，他在本校又读了研究生，再之后便进入立北区人民医院做医生。萧厉轻车熟路地取下帽子扣上，又戴上一副巨大的墨镜："看这架势这两天他就该出现了，我也去凑凑热闹。"

他说完便要往外走，却又觉得手腕一紧，阎非低声道："一切小心，不要硬来。"

"废话，老子原本就打不过他。"

萧厉翻了个白眼，变完装很快便从出租屋里出去。阎非和他秘密出院后直接在朱昊家附近租了套房子，"蓝色爱恋"这个饵是萧厉找到的，在医院醒了之后，他们同朱昊沟通再三，对方终于同意在刑侦局的保护下继续放线钓鱼，如今这一路上都安插了不少便衣，一旦发现可疑人员，便可以立刻执行抓捕。

将近二十天以来，明面上刑侦局是在走访二十年前的相关人员，实际却是在暗中布局引高冠杰出来，这次行动由段局跟上级申请后直接指挥，姚建平他们执行，按理说，本不该和阎非萧厉有什么瓜葛。

毕竟阎非被停职后从名义上已经不算是刑侦局的人，他这次伤得不轻，在医院昏迷了快两天才醒，被停职后也没太多抱怨，交了枪和证件很快就办了出院，姚建平本以为他至少会回家休养一阵，却不想没两天阎非就带着萧厉住进了立北区的出租屋。

按照萧厉的话说，阎非恐怕压根儿就没怎么在乎过这些虚名，毕竟这段时间两人也没走过什么正规路子查案，所谓"停职"，对阎非而言不过就是个说辞罢了。

借着半暗的天色，萧厉远远看见朱昊满脸疲惫地从医院正门出来，在他回家的路上少说有二十个刑侦局的人，但即便这样，萧厉也还是远远地跟着。

最开始，姚建平怎么都想不通，为什么阎非到这地步还是放心不下由他带队，年轻的刑警打来电话，声音里满是挫败，萧厉为此还特意避开阎非安慰过他。

"这件事你得理解一下他。"萧厉在电话里说，"换了你，父亲和老婆都死在同一个人手里，你会甘心让别人抓他吗？"

12

又过了两日，高冠杰还是没什么动静，医院周末的下班点相比往日还要晚些，将近九点，朱昊终于从医院大门里慢悠悠地走出来。他的运气不错，在离工作地点不到一公里的小区租到了住所，照朱昊的习惯，路上他会途经一家便利店并去那买晚饭，而便利店所在的巷子也是这一路唯一的监控死角，为保万无一失，周围足足布了六个警力。

借着夜色的遮掩，萧厉一路远远跟着，中间拉了将近大半个街区的距离，就这样目送朱昊进入了小区大门，萧厉知道今天恐怕又要无功而返，他轻轻叹了口气："兔崽子还挺沉得住气的。"

之后的事情他管不上，小区内部有专门的行动组跟着，萧厉伸了个懒腰便开始往回走。出院以来，他和罗小男都没有太多联系，因为南山高架的车祸，黄海涵和罗小男至今受到保护，萧厉搬入立北区公寓的事情也没有和她说，几天不用之前的手机，他估计自己的微信已经快被罗小男一个人承包了。

萧厉走到出租屋楼下，一摸口袋烟盒瘪了，这几日守株待兔，他和阎非两人比任何人都希望这事儿赶紧有个结果，也因此每天出租屋的烟缸里都能堆出满满的烟蒂。

萧厉悻悻地叹了口气，转身往便利店走，然而还没走出两步，他身后陡然传来一阵急促的脚步声，萧厉后脑一痛，整个人便一声不吭地栽倒在地。

黑暗里的男人捂得严严实实，动作极快地将他拉起来往不远处的车里拖。男人看着身形瘦削，但力气却着实不小，萧厉脑后剧痛，迷糊中只觉得手脚都叫人用力捆住，他勉强睁开眼："姓……高的……？"

高冠杰一言不发，轻车熟路地顺着之前看好的路线，将车子驶进一片空旷的停车场，四下无人，高冠杰将萧厉从车上拖下来，见他动弹不得，转身便去后备厢里拿刀。

萧厉躺在一片碎石子里，感到血在顺着头发丝往下淌，他头晕眼花地闭上眼："你是怎么找到我的……"

高冠杰用力合上车后盖，还是沉默，萧厉这时看到他手上拿着的剔骨刀，虚弱地笑了笑："你胆子越来越大了，不要告诉我之前你杀我妈，也是在荒郊野外这么动的手。"

黑暗里高冠杰还戴着口罩，看不清他的神色，在他身边铺开一张塑料布，四角用石头压紧，跟着便将萧厉整个人拽了上去。

萧厉虚弱地喘了口气，看着高冠杰手脚利索地做着这一切，竟还扯出个笑来："我说，你是不是都打听好了，这周围这个点不会来人？话说我的手都已经断了，你能不能别这么绑，很痛的。"

高冠杰冷冷看他一眼，伸手去拿手边的大力胶，萧厉将他的动作看了个满眼，笑得更大声了："我说何必呢，我都要死了，你就不能让我多说两句？"

高冠杰的动作一顿，皱起眉："你不怕？"

萧厉满头是血地看着他："你说这一切和十五年前像不像？当年阎正平被下调，你立马怂恿人杀了他，这次阎非出了车祸又被革职，你果然马上找上门来，还专门避开他来对付我。姓高的，你可真是我见过最擅长落井下石杀人诛心的……就不好奇为什么我和阎非特意挑了个周围没监控的楼住吗？"

高冠杰越往后听脸色越是难看，他猛地站起身，也就在同时，在他身后不远处传来一声车鸣，有人猛地打开了车的远光灯，原先置于黑暗中的两人立刻就被照亮了。

萧厉满头是血却还笑个不停："你一定觉得自己很聪明是不是？警察都是傻子，布了个饵，你一下就察觉了，螳螂捕蝉黄雀在后，你一定觉得自己是黄雀吧？"

高冠杰看着远处阎非从车上下来，脸色变得狰狞至极，他手上刀一横便要去割萧厉的喉咙，却一下被萧厉用双手抓住了胳膊。

"你……"

高冠杰猛地睁大了眼，萧厉被他抓到的时候吊着胳膊，但如今刀柄上传来的却分明是双手的力道，他心下一凉，萧厉几乎是从牙缝里挤出声来："阎非，你是来这儿看热闹的？"

他话音刚落，高冠杰脖子上一紧，阎非一把将他从萧厉身上扯了起来，明明看上去满身都是伤，但动作却是暴戾异常，高冠杰被他一把按在了车上，震惊道："你们……"

萧厉甩掉手上的石膏绷带，用底下藏着的小刀割开自己脚上的束缚，冷笑道："螳螂捕蝉黄雀在后，姓高的，你是不是忘了还有猫啦，阎非，你赶紧给他喵一个。"

他从地上站起来，看着给阎非压制得动弹不得的高冠杰冷冷地说道："你爸死了之后，和二十六前那件事有关的人几乎都死光了，只剩下一个阎非，你必然想要对付他，但要是不出这些事让你放松警惕，估计你也不会这么轻易地找上门。"

高冠杰脸色一僵，萧厉就好像能读心一般地看着他笑了："你也别想得那么夸张，我和阎非没那么神通广大，车祸是真的。说实在话，要是你那个小弟真把我俩撞死了，也就没现在这么多事，只可惜，我俩身边死了这么多人，命硬得很，也没你想的伤得那么重。"

萧厉如今回想起上高架的那一天，阎非执意要把油箱里大半桶油放掉他还有点纳闷，但后来事实证明多亏了他们不是满油行驶，翻车后才没有立刻发生剧烈的爆炸……萧厉在副驾上受伤还算轻，阎非则相对严重，被拖出车后几乎是撑着最后一口气嘱咐姚建平，要在现场弄出点更大的动静来，争取让外头觉得他俩都是重伤。

他们本来只想用"七一四案"重查失利的消息让对方放松警惕，可如今既然发生了这样的意外，自然也要好好利用。萧厉在医院时通知罗小男让他们翻车的消息见报，但舆论的速度比他们想得更快，甚至还不等罗小男那边出消息，便已经有人发现了车牌号。

为了防止有意外发生在罗小男和黄海涵身上，萧厉让姚建平通知两人来医院。阎非伤到头，刚进医院的时候情况很不乐观，昏迷了近两天才醒。而萧厉在医院里听说了高英才自尽的事，意识到在高冠杰想要报复的人里，阎正平、李简明、胡新雨、高英才都已经死了，要说剩下的只有一个阎非，相比于他们有意安排突然冒出来的朱昊，高冠杰一定更想来找阎非的麻烦。

"所以，真正的计划是让你以为我和阎非在以朱昊做饵，实际把我俩的位置暴露给你，有意让你来找我们的麻烦……加上刑侦局那边派了行动组来，你应该也觉得挺像那么回事的吧。"萧厉头还有点晕，他试探着摸了一下后脑上的伤，几乎立刻吃痛地倒吸口凉气，"我本来以为我醒过来阎非这边可能都完事儿了，结果你是故意不把我完全打昏的。之前你杀人的时候，是不是也会故意让她们清醒着？"

他语气冰冷，高冠杰借着车灯看清萧厉脸上的神情，心里突然有了一种极不好的预感，为什么阎非会是一个人来的，如果事情已经到了这一步，刑侦局那边的人呢？

他还没来得及想出个缘由，就听阎非在他耳边淡淡地说道："这么看起来普西那边也不算抓错人，如果他们知道你最终会变成一个杀人犯的话，绝不会这么轻松地就把你放走。偷窃是能看出一个人的品性的。"

阎非有意将"偷窃"两个字咬得很重，高冠杰捏紧拳头，他知道阁非和萧厉的目的，事已至此，多说一句都可能会成为未来指证的证据。他咬紧牙关，正打算今晚再不多说一个字，却见在微光下，阁非脸上竟浮现出一丝冷笑："我现在已经不是警察了，你杀了我的妻子和孩子，让人害死了我父亲，你以为我今天是来让你认罪的吗？"

高冠杰心里一凉，萧厉的声音也冷下来："你杀了我妈，又害得我爸受牵连，我被打了整整五年，让法律制裁你也未免太便宜你了……姓高的，要不你以为，为什么这儿只有我们两个人？"

高冠杰睁大了眼，发现两人的神情都是阴冷至极，萧厉头上还带着血，他斜睨了一眼地上的塑料布，冷冷地说道："得亏了你挑的好地方，这个点就没人了，而且连东西都很齐全，倒是给我们省了不少事。"

"你们……"

高冠杰没想到两人竟是这般打算，心头巨震，紧跟着颈上又是一凉，阁非手里拿着不知何时掏出的弹簧刀贴在他颈动脉上，轻声道："你放心，不会这么便宜你的。"

"你捅了我妈十七刀，又是怎么杀的白灵，心里应该有数吧？"

萧厉抹掉头上的血，一张笑脸冷下来之后更显得阴森，高冠杰没料到事情会变成这样，张了张口，却发现他竟然找不出理由来说服两人，只能垂死挣扎一般道："你们，你们不能杀我……"

"为什么不能？"萧厉和阁非合力将他翻过来，萧厉道，"要说原来阁非还是警察，我要杀你他还得拦着我，但现在他的枪和证件都交了，姓高的，你说我们为什么不能杀你？"

高冠杰听得心惊，千算万算，没想到这两人居然会要直接杀他……以这两人的身世背景，落在他们手上定然讨不着任何好，他虽说一早就想过死，但是也不想以这样的方式死在他俩手上。

高冠杰想到这儿心下一横，他看着阁非冷笑："你知道你老婆当年求过我什么吗？"

阎非的神情僵了一瞬，直勾勾地看着他，高冠杰又说道："你放下刀，我告诉你。"

阎非阴冷地盯着他："我不放下刀，一会儿也可以逼你说出来。"

"她说……"高冠杰压低了声音，"她说，为了孩子……"

他有意拖长了声音，也就在两人注意力不约而同有些分散之际，高冠杰忽然狠狠撞向萧厉，后者刚刚挨了一闷棍，至今还有些头晕，被他撞得措手不及，刀一下脱了手。

这样的机会不会有第二次了。

高冠杰知道阎非的身手，突出包围后几乎掉头就跑，然而还没跑两步，他小腿一阵剧痛，惨叫一声便扑倒在地。高冠杰眼前发黑，转过头去，却见他小腿上深深插着一把弹簧刀，而就在几秒钟前，这把刀还在阎非手上。

13

"阎非！"

萧厉叫了一声但毫无作用，等高冠杰缓过劲来，阎非已经捡起萧厉的刀大跨步地朝他走来，高冠杰疼得眼前发黑，这下终于认清了，这两个人当真不打算将他移交给司法机关，如果落在他们手上肯定生不如死，倒不如让阎非现在就动手。

高冠杰拼命想翻过身子，但阎非的动作更快，一把扯住他的头发将他从地上拉起来，冷冷地说道："白灵说了什么？"

高冠杰看着男人脸上几近狰狞的神情，忍着疼笑起来，一字一句道："她说，为了孩子，能不能不杀她，她想为你把孩子生下来，但是紧接着我就活生生地给她喂了药……"

高冠杰说得得意万分，他紧盯着阎非的眼睛，如果此刻能逼人杀了自己，那阎非的后半生也算毁了……毕竟杀了人就没有回头的路了。高冠杰此时生出些破罐破摔的快意，本以为下一刻他就会在阎非的眼底看到赤裸裸的杀意，却不想阎非的眉头却是一松。

"拿到了。"

阎非开口的时候连高冠杰都有些发怔，他的大脑空白了一秒，然后忽然意识到他刚刚说了什么，脑子里跟着"嗡"的一声。

不同于当年的"七一四案"，白灵案子的许多细节没有对外公开，除了警察和凶手，没有第三个人知道更多关于孩子的事。

换言之，这是最简单能证明他就是三年前凶手的办法。

高冠杰倒吸一口凉气，一旁的萧厉此时已然满脸是笑，而阎非挑衅似的对他扬起眉毛，意思再明显不过……二十多年来，高冠杰从未栽过这样的跟头，他意识到自己被摆了一道，心下陡然生出股邪火来，总归也逃不了，死也要再拉个垫背的！

高冠杰眼底倏然闪过一丝戾气，恶狠狠拔下小腿上的弹簧刀，反手便捅向了离他最近的阎非。

"喂！"

萧厉隔得远，等看到高冠杰动作的时候已经迟了，他本以为以阎非的身手一定能躲开，却想不到高冠杰这刀却是扎扎实实地扎在了阎非的身上……

萧厉借着灯光看清半截刀柄露在外头，一下惊得连骂人都忘了，直接跳起来往这边跑，黑暗里也不知道阎非做了什么，只听到一声惨叫，高冠杰已经倒在了地上。

萧厉上来把阎非拉开，看到他侧腹还插着的刀手足无措，在原本他们和上级领导开会商讨出的对策里，他和阎非只需要逼高冠杰承认他和案件有关，方便刑侦局开始调查就可以了，但是萧厉也没想到高冠杰竟然有胆子跑，还有胆子捅阎非，这下反倒弄巧成拙。

高冠杰捂着下身在地上扭动了一阵很快就昏死了过去，萧厉打完电话，回头见阎非脸色惨白地靠在车上，他一堆骂人的话都噎在喉咙口："你是故意的是不是？让他捅你，这样你才好还手，后头刑侦局那边也好交代。"

阎非垂着眼没说话，萧厉知道自己说得八九不离十，没好气道："你……算了，他们很快能到，高冠杰应该救得活。"

"嗯。"阎非低低应了一声，忽然用满是血的右手抓住他，"消气了吗？"

"什么？"萧厉反应了一下才明白他的意思，苦笑道，"大哥，你是指什么消气，对你还是对他呀？"

"都有。"

萧厉早知道阎非这回执意带着自己查案就是为了赔罪，无奈地摇摇头："我没你想的那么记仇，更何况我和你其实没有仇，非要说的话，就是你把我灌醉搜屋子那个事儿，这个仇我这辈子都过不去。"

"是吗？"

阎非这回声音轻得几乎听不见了，萧厉心里咯噔一声，他们所在的位置光线不好，加上阎非穿的衣服颜色很深，他到现在也没看清楚阎非的伤口到底是什么情况……萧厉越想越不对，伸手要去撩他衣服："大哥你别吓我呀，你给我看看，到底捅得有多深？是不是捅到肾了？"

"不用看，看了也没用，和我说说话。"

阎非拉开他的手，但即便只碰到一下，萧厉也能感觉到阎非的衣服几乎已经被血浸透了，他倒吸口凉气："你在搞什么，怎么流血流成这样？"

阎非摇摇头："换你被捅这么一刀也会流血的，说话。"

萧厉没好气道："说什么？要不然你还有什么遗言一起交代了吧？"

阎非道："照顾我妈。"

萧厉简直要被他气笑了："你还真说啊，会不会聊天？"

"你让我说的……"阎非虚弱地喘了口气，声音越发轻。

萧厉知道不能跟一个伤患计较，无奈道："你可千万撑住哇，你自己的妈自己照顾，我赚的可没你这种固定工资多，还有罗小男要伺候，多一个人可养不起了。"

他有意挑着轻松的和阎非说，然而这一回他的话却像是石沉大海，阎非没再答话，在微弱的光线下半阖着眼，萧厉看得心里发慌，又推了他两下："喂，说好没捅多深的，你别吓我呀？不行还是我直接把你送医院吧。"

他喊的声音不小，但阎非还是没什么反应，甚至连头都歪到了一边，萧厉见状慌了手脚，一把撩开他的衣服，就见弹簧刀一如阎非所说，只捅进去一半，但是因为位置不好，出血量骇人，稍稍一碰便满手都是。

萧厉见状简直心急如焚，进退两难下，他忽然想起这时应该要让阎非保持清醒，紧跟着脑子一热，挥手一个耳刮子便抽在了阎非脸上。

"醒……"

萧厉才刚说出一个字，昏暗的灯光下阎非幽幽睁开眼："你打我做什么？"

萧厉被阎非看出一身鸡皮疙瘩，默默将手放下，而阎非冷冷道："要我保持清醒和我聊天就行了，不要干多余的事，我不像你……我还不想死。"

萧厉一愣，正要反驳自己明明已经很久没想过这个事儿了，救护车的声音此时由远及近，阎非也不知是不是因为放松了神经，几乎一下就昏厥了过去。

二十分钟后，高冠杰因为伤势较重被送进周宁市中心医院急救，阎非那一刀相当精准地阉割了他，虽说能捡回一条命，但医生也直言照这个伤势，他下半辈子可能就是个废人。由于发生了计划外的突发状况，刑侦局方面也来了人问情况，萧厉回想起阎非当时的态度，失血成那样都不让他碰，恐怕也是为了让伤势看起来更严重些，他不敢多说，简单对付了两句便说要包扎伤口，借故离开。

接近凌晨，萧厉草草去处理了一下头上的伤，回来时只见阎非的母亲黄海涵脸色惨白地坐在急诊室门口，萧厉看得心生不忍，走过去轻声安抚。

黄海涵之前在医院便见过他，对他勉强笑笑："没事，刚刚大夫已经来说过了，刀伤不算严重，要怪就怪他之前的脑震荡没好利索，强行出院，昏迷大概也是这个原因。"

萧厉听到"脑震荡"三个字心里咯噔一下，想到最后他抽的那个耳光，用的力气也不小……他吞咽了口唾沫："阿姨您别太担心了，一会儿出了急诊，说不定今晚就能醒。"

黄海涵毕竟过去做过刑警，眼下虽是心急如焚，但在外人面前却仍是保持着镇静，勉力笑道："小姚他们都和我说了，也是难为你，阎非这么乱来还要帮着他，以后有空来阿姨家吃饭。"

"这事儿嘛……"萧厉没敢说这整件事里最核心的馊主意其实都是他出的，包括用舆论来引高冠杰出来，他有点心虚地打了个哈哈，"阿姨您也不用这么客气，毕竟也是我妈的案子，我……"

他话说了一半，身后忽有高跟鞋急急作响，萧厉甚至不用回头，光听就知道是谁。

要说麻烦，这才是个大麻烦。

萧厉心中叫苦，回过头挤出个相当难看的微笑，一个响亮的耳光就直直抽得他差点背过气去。

"萧厉，你要死呀！"罗小男红着眼睛咬牙切齿，"之前车祸的事情还嫌不够，你还敢查！"

萧厉印象里，罗小男上一次发这么大的火还是他第二次割腕在医院里醒来的时候，如今这个向来精致的女人急得两眼通红，妆也花了大半，萧厉看得心头一软，二话不说就将罗小男往自己怀里搂："好好好，我的错……这不活蹦乱跳的吗？打一下消消气。"

罗小男气得恨不得在他怀里咬他两口，过了好一会儿才冷静下来，一把把他搡开："这段时间被你害的，我这个主编都差点没得当，不知道损失了多少，你怎么赔！"

萧厉在这件事上自知理亏，毕竟他和阎非用自己钓鱼这个事儿是直接和段局还有省厅那边的专案组商议的，为求逼真，姚建平那边都不知道，就更别说罗小男了。他还在斟酌着说辞，女人却用力吸了一下鼻子，抬眼盯着他："后续报道怎么说？交给哪家来做？"

罗小男语气里还带着些许哭腔，但神色间却已经恢复成了百分之百的罗主编，萧厉心中叹了口气，将人拉远了些，低声道："阎非还在急诊室里，等他出来再说。"

"再等下去黄花菜都凉了！"罗小男急道，"你们好不容易把人钓出来，当然要趁热打铁，阎非现在因公受伤，打感情牌博大众同情是个很好的选择。"

萧厉做了这么多年媒体，不会不明白罗小男的意思，但如今贸然和外头说他和阎非这么长时间来都在混淆视听更容易弄巧成拙。他让罗小男少安毋躁，两人在急诊室门口又等了半个小时，阎非在晚上十二点左右终于慢慢恢复意识。他的刀伤算不得严重，倒是脑震荡让他晕得够呛，刚醒来时反应迟钝到人鬼不分的地步。

"高冠杰那边，怎么样了……"

阎非躺在病床上头昏得睁不开眼，就这样竟然还不忘工作，萧厉简直心服口服，心想市局这回非得给阎非颁个劳模证才算对得起他，说道："失血过多，估计下半辈子得做太监……姚建平那边看着呢。"

黄海涵看着阎非惨白的脸，如今也只有心疼的分儿："儿子你先养好伤再管这个事儿，总归人已经抓到了，他那情况要清醒还得个把天呢。"

"但舆论等不了这么久了。"罗小男毫不客气地插入了对话里，"最近这种舆论的转向应该也是阎队你想要的吧？我们不能让这个热度过去，你们抓了人的事情最好立刻就能给外头一个交代，顺便把你受伤的事情也说了……这么多年了，'七一四案'已经不仅仅是一个凶杀案，只有让公众站在你们这边，它才是真正意义上的翻案。"

14

当天夜里，刑侦局针对高冠杰的案件紧急开了会，罗小男有四年前和刑侦局合作的经验，显得驾轻就熟，她建议天一亮就让新闻上网，不用定性高冠杰是"七一四案"的嫌犯，有之前萧厉的那篇非官方的报道做铺垫，只要交代高冠杰和三年前的白灵被害案有关，网友们自然会有自己的判断。

段志刚之前虽说和组织上一起同意了阎非这个冒险的计划，但也没想到最后会弄到这般两败俱伤，他对高冠杰重伤的原因自有猜测，但如今却不愿戳破，只是吩咐腾出一间会议室来专门给他们工作，争取能赶上工作日的早高峰，让舆论彻底翻盘。

凌晨两点，罗小男却精神得像是早上八点："让他们自己猜出来，远比你们告诉他们效果要好，如果真如萧厉他们猜的，那十五年前他就是用这招坑的你们。"

会议室里的灯就这么亮了一夜，翌日清晨，正值早上八点半的上班高峰期，上班族们百无聊赖地挤着公交地铁，也不知道是谁最先发现了"小厉害"发了新微博，几乎就在同一时间，车厢里所有人都低下了头去。

萧厉的号沉寂了快一个月之后，终于有了更新，这无疑像是一颗核弹，直接炸开了这些日子已经日趋平静的社交媒体。

也就在同时，周宁市诸多纸媒都追加了紧急页，电视和广播这样的视听媒体里随处能听到阎非停职后为抓捕"七一四案"疑犯再度重伤入院的消息……罗小男花了一个晚上打通的渠道就像是在周宁拉开了一张巨大的网，"七一四案"和阎非的关键词很快就重新登了热度榜的首位。

"点击破亿了。"

刑侦局八楼，罗小男看着话题后头一路飙升的红色数字忍不住推了一把萧厉，满脸喜色："可以呀丽丽，这算是你发稿的巅峰了，上次出现这种架势，还是四年前。"

萧厉甚至来不及读稿件下的评论，只能挑着看，好在除了少量质疑刑侦局玩弄大众视听的声音外，其他人这一次几乎都清一色地站在了阎非这边，甚至有不少小姑娘心疼阎非两次受伤，吵着要去中心医院给梦中情人送花。

大局已定。

到了十点，萧厉合上电脑长舒了口气，靠回椅子上活动了一下僵硬酸痛的颈关节："等这次阎非出院了，他可真得请我俩好好吃顿饭。"

"一顿饭就能把你给打发了？"罗小男兴奋地盯着还在暴涨的热度，"我这次回去就跟老高要两个整版做阎非的专访，不光如此，看看能不能和他领导沟通一下，再让他拍两张照是最好的……这张脸可不能浪费了，周宁市的大众情人，刚好可以给我们刊吸引年轻的女性读者。"

…………

萧厉看着罗小男这个样子忍不住打了个寒战，坐在刑侦局里还敢大鸣大放把阎非当摇钱树的估计也只有这个女人了，他没好气道："大功臣明明在这儿好不好，你这样真的很容易失去我的，阎非都已经想把我挖到刑侦局来干活了。"

"挖你的墙脚？"罗小男好笑道，"可以呀，你这个年纪当警察得重读警校，估计还得挨揍，到时候最多给你安排个闲职，比如说运营官方微博什么的……"

"行了行了。"萧厉听不下去了，"你还想不想要我给你干活了？"

不知是不是因为他的表情太过难看，罗小男被逗得大笑起来，又道："人都抓到了，这下子可以不用再想那些破事了吧？"

萧厉摸到手腕上的腕表："不好说，我现在晚上还会做噩梦的。"

罗小男是个相当聪明的女人，换作旁人可能会被萧厉这副神伤的样子骗过去，她却只是挑起眉："是不是因为旁边没我？"

"嗯。"萧厉重重点头，立马摆出一副可怜兮兮的模样，"主要是因为没你。"

"那等什么时候你存款够两百万再来找我吧。"

罗小男压根儿不吃他这一套，转过头去刷热搜，在萧厉看不见的地方，女人眼底露出淡淡的愁色："反正我一时半会儿也顾不上找男人，你努力努力，或许我还能考虑一下。"

…………

两个月后。

等阎非真正意义重返刑侦局的时候，外头闹了很久的舆论已经尘埃落定。

会见室里，萧厉无聊地转着笔，在他身边坐着的阎非时隔两个月重新上岗，整个人又瘦了一圈，显得脸上棱角分明，因为在逮捕过程中涉及故意伤人，正当防卫的界定又花了一些时间，再等到阎非复职，高冠杰也已经出了院。

时隔两个月，虽然"七一四案"的调查已经有了一些进展，但审讯方面却相当不顺利。姚建平在医院审讯几次高冠杰，但他都一口咬死他和"七一四案"没有任何关系，也没有怂恿任何人进行犯罪，除了白灵的案子和对萧厉杀人未遂他已经无法抵赖之外，刑侦局至今没有取得关键性的突破。

两人在会见室里等到十点，狱警准时将高冠杰带了过来，高冠杰这两个月来也消瘦了许多，脸色泛着病态的青白，见到阎非，高冠杰的眼神几乎立刻转为阴冷。

萧厉笑道："别来无恙啊，最近过得怎么样？伤口还疼吗？"

高冠杰一言不发，只是冷冷看着他们，阎非对他的态度也不意外，淡淡地说道："你可以不开口，今天也不是为了审你，只是为了告诉你，薛哲已经同意出庭做证，你不可能完全撇清关系，接下来只需要掌握你过去曾在网吧登录特定账号的证据，你就抵赖不掉。"

高冠杰还是不说话，萧厉见状笑道："我知道你还记恨阎队废了你的事儿，不过这也没办法，你先捅他的，人家是正当防卫，还有，这次来主要是给你看这个。"

萧厉说着将手边几份打印文件推过去，高冠杰狐疑地看了他一眼，拿起来却发现上头都是微博截图，见热搜上写着"七一四案"凶手落网几个字，他的脸色一下变了。

萧厉抱着手臂："你可以看看日期，这是这个星期的实时截图，这个'七一四案'凶手的名头可不是我们给你的……对于刑侦局来说，要让你因为'七一四案'上法庭是需要证据的，但是想让外界相信你就是'七一四案'的凶手可不需要这么麻烦，这件事你得感谢齐磊，也得感谢你自己，你们做的这些事对外头的群众来说就是证据，我那篇推测分析里的很多东西外头都相信了。"

高冠杰脸色发僵，许多年前他虽然没有偷，但是媒体却成功地让所有人都相信了，如今的一切就仿佛是当年的重演……

阎非冷冷地说道："光是白灵的案子就够让你在里头待很久了，考虑到你在信息方面的闭塞，看守所会给你提供单独的阅读时间，我已经提过申请了。"

"你……"高冠杰一把推开手边的报纸，恶狠狠道，"你们破不了当年的案子的，已经过去这么久了，你们翻不了案。"

"谁知道呢？"萧厉耸肩，"一旦相信了是你做的，谁知道会不会有人来提供线索？毕竟现在外头人人都认识你的脸了。"

高冠杰脸色难看至极，萧厉看着他这副样子，嘴角带的笑都变得阴冷："有件事我一直很好奇，当时你是怎么怂恿严昊杀阎正平的，或者说，原来你指望的不是严昊吧？"

高冠杰咬了咬牙，仍是不发一言，萧厉便自顾自说下去："我背上有道疤，是被我爸打出来的，当时他接了一个电话后忽然大发雷霆……我一开始一直以为那是阎正平打来的，但事实上，我后来查了我的住院日期，对着案卷来看，打那个电话来的并不是阎正平，而是一个知道案情，又存心想来刺激我爸的人。"

他冷冷抬起眼："你明明可以让三起凶杀看起来一模一样，但是到了我妈的时候你却有意改变了一些手法……因为最早的时候你没指望严昊杀人，你押宝押的是我爸，但是最终我爸因为我的缘故没动手，你才找上了严昊。"

阎非想起阎正平当日的惨状，放在膝盖上的手指捏得发白："因为这件事，我们也仔细对过严昊在动手杀人前的行动轨迹，他的同事说他在杀人前接到过很多次警方盘问的电话，为此严昊甚至给警局投诉过，但事实上那段时间对于家属和朋友的走访早就结束了，联系他又了解案件详情的人，除了警方，就只会是凶手……他有意想将严昊逼到崩溃。"

阎非神色冰冷："你不用着急，这一切早晚会水落石出，活着才能更痛苦，这是你教我的，所以在法律对你制裁之前，你也必须活着承受这一切。"

萧厉笑道："别担心，会有越来越多人相信，我们所说的就是真相。"

高冠杰脸色僵硬，他比任何人都知道"相信"是一种可怕的惯性，当初他也不过是利用了这一点让公众"相信"了洪俊是凶手，事情到了那一步，即使是和洪俊素不相识的人都可能来指认他，然而现在舆论风向已转……

高冠杰越想越是心慌，随着耳边幻听的声音渐响，他的脸色也变得惨白，阎非淡淡地说道："过去你的运气不错，但也就到此为止了。"

从看守所出来，太阳很大，萧厉在门口的吸烟处点上一根烟，又给阎非也递了一根："接下来怎么办？虽然人抓到了，但是你们二十年前可是错抓了洪俊，人都死了，这个事情估计有点麻烦，当时局里的领导是不是也是段局？"

"嗯。"阎非给烟上了火，"段局说了他之后会退下来，当是引咎辞职，算是对'七一四案'有个交代，之后他有个师弟，姓杨，会过来接替他的位置。"

萧厉没想到会是这种结果，惊得微微睁大了眼："这么严重？"

阎非点头："这也是段局的意思，这个位置不好坐，过去这么多年，能够全身而退的人也不多，他想歇一歇。"

萧厉叹了口气，虽说这次他和阎非的整个计划确实是和组织上开会讨论过的，但毕竟施行起来的时候也出了不少岔子，他那天晚上在刑侦局眼睁睁看着段局前后接了不下二十个电话，身上担着的压力可想而知，事到如今这个结果也是意料之中。两人各自沉默地抽了一会儿烟，末了阎非将烟头摁在烟缸里："你一会儿有事？"

"怎么？"

"我妈说要叫你去吃个饭，现在已经做上了。"

萧厉措手不及，僵在原地："我……这不方便吧，能不去吗？"

阎非冷冷地睨他一眼："可以，你答应我去警校深造，那我替你和我妈解释。"

…………

萧厉翻了个白眼，见阎非越走越远，他到底还是没法子，匆匆追上去。

"哎，你讲不讲道理呀，我都快三十的人了，哪有你这么天天逼着我去上学的……阎非！"

尾　声

十天后。

阎非接受采访是早就定下来的事，技术队排查了高冠杰去过的将近三十家网吧，虽说他很小心地选择了一些边缘地区，不需要登记，但经过大量筛网式的调查，他们还是从一位当时在高冠杰身后做直播的网民视频里，找到了高冠杰曾经给曾成化发图的证据，与此同时，也陆续有人开始联系他们要提供"七一四案"的线索，姚建平一个星期内就至少接待了三四个人。

虽说进展相对缓慢，但是高冠杰身上背负的血案也在一点点理出头绪，警方的下一步是追查高冠杰和李兴腾的网络关系，预计也要耗时一个星期才能完成。

在这个时间点，上级领导批示阎非可以接受采访，自然也有进一步争取舆论转向的意思，上午十点，阎非出现在录影棚的时候穿了一身正装，罗小男难掩脸上的兴奋："就这一身再捯饬捯饬，到时候放出去肯定有很多小姑娘埋单。"

萧厉无奈："你控制一点行不行，你这又不是娱乐报刊，再说，人还戴着婚戒。"

罗小男哼笑："我看最近三年前的案子解决了，他脸色都比原来好了，倒有重新焕发第二春的可能性。"

她说完便热情洋溢地迎上去，招呼化妆师来给阎非打理，萧厉看她这副殷勤的样子简直万分无奈，心想罗小男这人的原则真是相当简单粗暴，无论是之前让他去找阎非不痛快，还是现在把阎非当封面人物，其中心思想就只有一个，流量。

十点半左右一切准备妥当，阎非在罗小男的对面落座，因为之前发生的一系列事情，萧厉的身份相对敏感，原本应由他来做的采访如今只能让罗小男来问了。

萧厉对此不觉得可惜，毕竟这种出风头的事情干多了确实会有麻烦，更何况罗小男的父亲忽然回国，罗小男向来喜欢在她父亲面前表现，这样的机会自然得让给她。

萧厉站在场边看着监视器，两人先从一些比较简单的问题开始，按照一般人物访谈的套路，从阎非在警校的事情说起。之前萧厉也多少听姚建平说过一些，阎非在他的母校周宁市警官司法学院里是全校有名的尖子生，虽说因为阎正平的事情多少受了一些牵连，但实力放在那里，以至至今每年学校都还会请他做战术训练。

说辞昨晚大概都已经对过，采访进行得相当顺利，聊了十五分钟后，罗小男终于开始切入了这次的主题："阎队长，对于这次

'七一四案'的翻案以及之后引起的舆论风波，您是怎么看的？在决定做这件事后，有过后悔吗？"

萧厉心知肚明接下来的回答才是重中之重，只见监视器里阎非稍稍思索片刻，很快平静地开口："对于我们警察来说，碰到案子，找到真相，这是我们的职责，十五年前我父亲接手了这个案子，因为种种原因没有能够找到真相，甚至还给一些受害者的家属带来了更大的伤害，在这件事上他确实失职了，我父亲最终也是带着遗憾走的……从我还在警校的时候就知道，如果我父亲还在，他同样也会支持我现在的这个决定。因为不论舆论怎么说，大众怎么看，真相都不应该被埋没，对我来说，抱着这样的信念，即使我真的被永久停职了，我还是会继续查下去，没什么好后悔的。"

录影室里一片安静。

萧厉现在越发觉得阎非平时不说话纯粹是因为懒，如此一番话过后，一些平时偶尔会开小差的摄像场工都个个目不转睛看着阎非，可见其魄力。

罗小男之后又问了几个关于高冠杰落网的问题，其中有不少都是有意编排出来替外界解惑的，例如，高冠杰受伤的真实情况是什么样的，为什么第一次车祸后刑侦局方面一直没有发声……这些东西阎非一早就和萧厉统一过口径，如今回答起来也是倒背如流，直到采访最后，罗小男问阎非还有什么话要对外界传达，一直以来没犹豫过的支队队长，这才第一次短暂地陷入沉默。

不知为何，萧厉隐约能猜到他想说什么。

半分钟后，在所有人屏息凝神的注视下，阎非开口说道："对于高冠杰过去犯下的案子，刑侦局现在还在做调查，这一次我们不会再那么草率，一定会将十五年前没查出来的真相公布于众。"

他的语气平静，目光直视着一边的镜头："我个人虽然代表不了刑侦局，但是我很清楚，刑侦局里的每一位同僚现在都在为查出真相而努力，这是我们个人的选择，如果未来有一日我们为了这个真相受伤或者牺牲，我们也不会因此而怪罪任何人，但只希望大家能够理解我们的工作，不要轻信流言，也不要盲目从众。"

这并不是阎非昨晚和他对过的词，萧厉抱臂的手下意识地捏紧，在过去二十年里，已经有太多人沦为流言下的牺牲品，其中甚至包括高冠杰。

"舆论不该左右司法，即使它可以为正义提供助力，但它终究不应该凌驾在司法之上。"阎非顿了顿，"人言可畏，我个人希望，'七一四案'是最后一个和舆论完全挂钩的案子。"

…………

中午十二点，阎非的采访正式结束，罗小男提出要请客吃个饭，其大方的态度莫名让萧厉打了个寒战，悄悄附在阎非耳边道："你可要小心啊，看这架势不对，你收了她的好处，她可能一会儿就要狮子大开口了。"

"萧厉你是不是又说我坏话了？"

罗小男笑眯眯地望过来，萧厉顿时打了个激灵，赶忙赔笑道："哪里敢啊，罗大编辑，你可是我亲爸爸……我胆敢说你的坏话，那不是断了我自己的财路嘛。"

"断了财路就来刑侦局上班。"阎非顺理成章地接过话，"我有同学留在警校当老师，你要是去的话，他可以好好教你……至少教出一个及格分是足够了。"

"你有完没完，你们队里究竟有多缺人啊？"萧厉一而再再而三地被阎非挖墙脚，终于有点忍不住了，"你是不是使唤我使唤习惯了，那我以后万一真做了你搭档，每天还不跑腿跑死。"

"那可不一定，我看阎队长就是欣赏你。"罗小男最后插了一句嘴便被老高叫走了，临走前还不忘使唤他，"在被他挖走前你帮我把车开过来。"

萧厉无奈，带着阎非出去提车，没好气道："真是一个比一个会使唤人。"

阎非淡淡地说道："她还使唤你，说明你还有点希望。"

萧厉一愣："什么希望？"

"你不是要把她追回来吗？"阎非理所当然地看他一眼，"你不想？"

萧厉给噎得翻了个白眼，两人走到罗小男的车前，这几年罗小男明显没少赚钱，开的车一路从二十万到了一百多万，萧厉想到自己那辆小破车，心里止不住就有点发酸。

这要到驴年马月才能挣到两百万把罗小男追回来？

萧厉这边还在郁闷，阎非就仿佛会读心般地凑过来："说不定你有份正经的工作罗小男就能再考虑你，真的不考虑来刑侦局吗？"

萧厉实在不想理他，觉得事情会变成这样不是他脑子被门夹了就是阎非脑子被门夹了。他一个快三十的人，究竟是怎么沦落到被自己的前仇人天天催着上学的？

果然一开始就不该来招惹这个老狐狸，萧厉腹诽，轻车熟路地启动罗小男的车子，开到写字楼前等人下来。初夏的蝉鸣一声响过一声，阳光很烈，萧厉被照得眯起眼睛，恍惚间觉得，长久笼罩在这个城市上的阴霾也都消散了大半。

夏天来了，同时也意味着，周宁这个多灾多难的春天终于过去了。

萧厉想到这儿心情不由得大好，鬼使神差的，他开口喊了一声："阎非。"

"怎么？"

"先说好，我就问问啊，没别的意思，就问问而已。"

萧厉想了想："你们刑侦局转正之后的工资是多少来着？"

图书在版编目（CIP）数据

寂静证词. 无声 / 不明眼著.—北京：现代出版社，2021.3
ISBN 978-7-5143-8886-2

Ⅰ.①寂⋯　Ⅱ.①不⋯　Ⅲ.①推理小说—中国—当代　Ⅳ.①I247.5

中国版本图书馆CIP数据核字（2020）第270612号

寂静证词. 无声

作　　者：不明眼
责任编辑：申　晶
出版发行：现代出版社
通信地址：北京市安定门外安华里504号
邮政编码：100011
电　　话：010-64267325　010-64245264（兼传真）
网　　址：www.1980xd.com
电子邮箱：xiandai@vip.sina.com
印　　刷：三河市宏盛印务有限公司

开　　本：880mm×1230mm　1/32　　印　　张：9.75
版　　次：2021年3月第1版　　　　　印　　次：2021年3月第1次印刷
字　　数：237千字
书　　号：ISBN 978-7-5143-8886-2
定　　价：42.00元